KOPF KICK

KOPF-KINO IST COOLES KINO

Über den Autor:

Markus Stromiedel hat schon als Kind davon geträumt, irgendwann einmal eine Tür zu öffnen, hindurchzugehen und sich plötzlich in einer neuen fremden Welt wiederzufinden. Aber er musste erst die Schulzeit, seine Ausbildung zum Journalisten und sein Studium abwarten, bis ihm das gelang: Sein erstes Drehbuch entwarf er mit fast 30 Jahren. Seither schreibt Markus Stromiedel vor allem Krimis für das Fernsehen. Aus seiner Feder stammt zum Beispiel die Figur des Kieler Tatort-Kommissars Klaus Borowski. Seit einigen Jahren schreibt Markus Stromiedel auch als Buchautor erfolgreiche Thriller für Erwachsene. Mehr Infos gibt es unter: www.markus-stromiedel.de

Die Musik zum Torwächter und die von Markus Stromiedel selbst vorgelesenen Hörbücher sind online auf der Webseite www.kopf-kick.de zu hören. *„KOPF-KICK"* bedeutet *„KOPF-*Kino *I*st *C*ooles *K*ino".

Markus Stromiedel

DER TORWÄCHTER

Der verbotene Turm

Kick Verlag · Bonn

2. Auflage

Redaktion: Viola Eigenberz
Einbandillustration: Helge Vogt
Satz: Satz & Layout – Sebastian Lemke e.K., Ratingen
Druck: Print Group Sp. z o.o
Printed 2017
ISBN 978-3-946312-00-0

www.kopf-kick.de
www.markus-stromiedel.de

Prolog

Simon schlug die Augen auf. Sein Herz klopfte heftig. Wo war er?

Die Welt um ihn herum flirrte, Millionen Teilchen wirbelten durcheinander und setzten sich neu zusammen, um sofort wieder auseinanderzubrechen. Wie ein Tornado umkreiste ihn der bunte Sturm. Nur er selbst blieb, der er war, und das ließ ihn ruhig werden. Geduldig beobachtete er die Teilchen bei ihrem wilden Tanz.

Mit der Zeit ließ das Wogen nach. Simon begann, Formen zu erkennen: der Knauf eines Schaltknüppels, die Rundung eines Lenkrades. Dann spürte er eine Lehne in seinem Rücken. Erstaunt sah er sich um. Er befand sich in einem Auto, es war ein Geländewagen. Offenbar hatte er ihn gefahren, denn er saß auf dem Fahrersitz. Neben sich entdeckte er seinen Rucksack.

Nun formten die Teilchen auch die Welt vor den Fenstern des Fahrerhauses. Simon sah eine Straße, sie war breit und sauber, Bäume säumten die Fahrbahn. Links und rechts reckten sich Häuser in die Höhe, auch dahinter standen Wohngebäude, hoch und imposant, sie gehörten zu einer Stadt voller Menschen. Um Simon herum fuhren Autos, sie umkurvten ihn elegant. Niemand hupte oder sah wütend zu ihm hin, obwohl der Wagen halb auf der Fahrbahn stand und einen Teil der Straße versperrte. Auch die Fußgänger auf dem Gehweg beachteten ihn nicht. Alle schauten auf flache, rechteckige Kästchen, die sie in ihren Händen trugen und von denen sie keinen Blick ließen. Die Autofahrer, bemerkte Simon jetzt, sahen ebenfalls nicht auf die Straße, denn die Autos fuhren, ohne dass jemand sie steuerte.

Was war das für eine Welt? Was war geschehen?

Langsam kehrte die Erinnerung zu ihm zurück. Alles hatte in einem Dschungel begonnen, dorthin war er mit seinem Großvater geflohen. Männer in Schutzanzügen hatten sie mit sich genommen und in ein Krankenhaus gebracht.

Simon stutzte. Warum nur ihn und seinen Großvater? Wo war Ashakida? Sie war in Avaritia zurückgeblieben, fiel ihm ein, und er hatte sich aufgemacht, sie zu retten. War es ihm gelungen?

Simon lehnte sich zurück und schloss die Augen. Er konzentrierte sich. So wie sich die Welt um ihn herum geformt hatte, so fügten sich nach und nach auch seine Erinnerungen wieder zusammen. Simon sah im Geiste das Zimmer, in dem er aufgewacht war, er hörte das Fiepen der medizinischen Geräte, er spürte den rauen Stoff der Decke auf seinem Körper …

I

Leise schob Simon die Decke zurück und kletterte aus dem Bett. Der Boden des Krankenzimmers war kalt, Simon zuckte zusammen, als seine nackten Füße die metallisch glänzenden Platten berührten. Er schlich zur Tür und horchte. Draußen im Flur war es still, die Schritte, die er den ganzen Tag über im Gang gehört hatte, waren vor einer Weile verstummt, wenig später war das Licht im Raum dunkler geworden. Simon vermutete, dass es Nacht war. Seit Stunden schon hatte niemand mehr nach ihm geschaut.

Behutsam legte Simon seine Fingerspitzen auf die Sensorfläche, die neben dem Ausgang in die Wand eingelassen war. Für einen Augenblick fürchtete er, eingesperrt zu sein, doch dann leuchtete der Sensor auf, und die Metallfläche, die die Türöffnung verschlossen hatte, glitt zur Seite.

Der Flur vor dem Zimmer war verlassen. An den Wänden glimmten blaue Nachtleuchten, ihr Licht ließ Simons Haut bleich aussehen. Die Leuchtdecke, die bei seiner Ankunft hell gestrahlt hatte, war erloschen und wirkte grau und unscheinbar. Niemand war zu sehen. Simon stand regungslos und wartete mit angehaltenem Atem. Hatte ihn jemand bemerkt? Doch es blieb still, bis auf einen immer wiederkehrenden Piepton, er kam aus einem der Nachbarzimmer und zerschnitt die Stille wie das Ticken einer Uhr.

Leise huschte Simon den Gang hinab. Er sah verschlossene Türen und Fächer mit Medikamenten, dazu medizinische Geräte, ein leeres Krankenbett, ein Rollwagen mit Thermoskannen. Das hier war eine Krankenstation, so viel war klar. Als sie ihn und seinen Großvater hierher gebracht hatten, war er zu erschöpft gewesen, um auf alles zu achten. Jetzt bemerkte er, dass es auch hier im Flur keine Fenster gab, genau wie in seinem Zimmer. Simon fand das seltsam.

Was war das für eine Welt, in der sie nach ihrer Flucht aus Avaritia gelandet waren? »Superbia« hatte sein Opa diesen Ort genannt, nachdem sie das Weltentor passiert hatten und im Dschungel angekommen waren, alleine, ohne Ashakida. Bei dem Gedanken an sie wurde Simons Herz schwer.

Er hatte die Leopardin bei ihrer Flucht zurücklassen müssen, der Stundenfluss hatte Ashakida erfasst und fortgetragen, als sie beide gemeinsam seinen Großvater aus der Hand Drhans gerettet hatten. Sie brauchte seine Hilfe, genau wie Ira und Philja, die von den Soldaten ergriffen worden waren. Er musste so schnell wie möglich wieder zurück! Doch wie sollte er ein Weltentor finden, das ihn nach Avaritia brachte? Alleine hatte er kaum eine Chance, trotz des Ringes, den er trug. Er musste mit seinem Großvater sprechen, denn der konnte ihm sagen, wo es in dieser Welt ein solches Tor gab.

Simon hatte keine Ahnung, in welchem der vielen Zimmer sich sein Großvater befand.

Ein Licht am Ende des Ganges weckte Simons Aufmerksamkeit, es fiel aus einer geöffneten Tür in den Flur und wirkte warm und einladend. Leise schlich Simon näher. Jetzt war eine Stimme zu hören, es war die einer Frau. Sie sang eine seltsame Melodie, Simon kannte sie nicht, und auch die Sprache hatte er noch nie zuvor gehört.

Die Frau im Inneren des Raumes war eine Krankenschwester, sie ging zwischen den Regalen umher und sortierte Medikamente in kleine Schälchen. In der Hand hielt sie einen flachen Bildschirm. Sie bemerkte nicht, dass Simon sie beobachtete.

Er zögerte. Konnte er sich ihr anvertrauen? Oder würde die Schwester ihm nicht glauben und nur auslachen, genau wie die Männer im Dschungel und der Pfleger, der ihn im Krankenzimmer betreut hatte?

Es gab einen Weg, das herauszufinden. Simon schloss die Augen und konzentrierte sich. Er wusste nicht, ob er es schaffen würde, sich mit der Krankenschwester zu verbinden: Zwar war sie nur wenige Meter von ihm entfernt, doch er hatte schon länger nicht mehr versucht, die Gefühle eines anderen Menschen zu lesen.

Es klappte auf Anhieb: Seine Hände begannen zu kribbeln, die Wärme lief seine Arme hinauf und weiter in seinen Rumpf hinein, bis sie seinen ganzen Körper erfasst hatte. Simon wusste, was jetzt kam, und er erschrak nicht mehr: Schlagartig stürzten die Gefühle der Frau in ihn hinein und er spürte, was sie empfand, so als ob es selbst fühlen würde.

Die Schwester war müde, erschöpft von der Nachtschicht, sie freute sich auf ihr Bett und ihr Kind, die Frau dachte gerade intensiv daran. Simon sah das Bild, das die Frau in ihrem Herzen bewahrte: Es war ein Junge, etwas jünger als Simon, er schlief, nur ein strubbeliger Haarschopf lugte unter der Bettdecke hervor. Simon spürte die Liebe, die die Krankenschwester für ihren Jungen empfand, es war ein schönes und starkes Gefühl. Simon machte es traurig, denn er musste an seine eigenen Eltern denken, er vermisste sie sehr. Immer wenn die Schwester ein Medikament auswählte, verblasste das Bild des schlafenden Jungen ein wenig, um danach wieder stark und klar zu leuchten.

Plötzlich durchzuckte etwas die Gefühle der Krankenschwester, es war wie ein heller Lichtblitz, der aus den Wolken hervorbricht und zur Erde züngelt. Überrascht taumelte Simon zurück, im gleichen Augenblick brach die Verbindung ab. Simon sah auf. Erst jetzt bemerkte er, dass die Frau ihn anstarrte: Sie hatte ihn entdeckt.

Ein Lächeln legte sich auf ihr Gesicht. »Ach, du bist es. Puh, hast du mich erschreckt.« Sie zwinkerte ihm zu. »Unser Wunderkind. Ich bin Schwester Lisa.«

Simon war überrascht. »Wieso Wunderkind?«

»So nennen dich hier alle. Weißt du das nicht?«

Er schüttelte den Kopf. »Warum?«

»Weil du mit deinem Großvater draußen im Strahlwald gewesen bist: Und trotzdem sind deine Körperwerte vollkommen normal.«

Jetzt erinnerte sich Simon an die Worte seines Opas, nachdem sie durch das Weltentor geflohen und im Dschungel von Superbia wieder zu sich gekommen waren: Er hatte gesagt, sie müssten dort so schnell wie möglich weg.

»Ist denn der Dschungel gefährlich?«

Die Krankenschwester sah ihn an, als habe er etwas sehr Dummes gefragt. »Das weißt du doch! Niemand darf sich ungeschützt im Strahlwald aufhalten. Das hast du schon im Kindergarten gelernt!«

Simon musste daran denken, wie die Männer ihn und seinen Großvater gefunden und mit ihrem Geländewagen fortgebracht hatten. Keiner von ihnen hatte während der Fahrt seinen Schutzanzug geöffnet. Selbst die Visiere ihrer Helme hatten sie nicht hochgeklappt, solange sie im Urwald waren.

Es war eine kurze Fahrt gewesen, vielleicht zehn oder fünfzehn Minuten lang. Die riesigen Meerkatzen, die sie in Superbia begrüßt hatten, waren neben dem Geländewagen hergelaufen, um sie mit lautem Gekreische zu begleiten. Bald hatte sich der Dschungel gelichtet und sie waren auf eine Lichtung gefahren, in deren Mitte ein flaches Gebäude stand. Simon erinnerte es an einen Bunker. Ohne zu stoppen, war der Wagen durch eine Öffnung in das Innere des Hauses geschossen und sofort hatte sich hinter ihnen ein schweres Tor geschlossen.

Die Krankenschwester betrachtete ihn nachdenklich. »Ich glaube nicht an Wunder. Wie bist du in den Strahlwald gekommen?«

Simon biss sich auf die Lippen. Sollte er ihr erzählen, dass er ein Torwächter war? Sollte er ihr sagen, dass die Zeit vor vielen Jahren aufgesplittert war und dass es nun sieben Welten gab, die nebeneinander existierten und sich ähnelten, ohne wirklich gleich zu sein? Sollte er ihr davon berichten, dass Drhan, der Fürst der Finsternis, diese Welten nach und nach erobern und unter seine Kontrolle zwingen wollte? Sollte er ihr erzählen, dass Drhan seine Soldaten geschickt hatte, um ihn zu verfolgen und zu ergreifen? Auch ohne sich noch einmal mit ihr zu verbinden, war ihm klar: Sie würde ihm niemals glauben.

Er zuckte mit den Schultern. »Ist doch nicht wichtig. Ich suche meinen Großvater, das ist wichtig!« Erwartungsvoll sah Simon die Krankenschwester an. »Ich muss ihn unbedingt sprechen.«

»Du kannst nicht mit ihm reden. Tut mir leid.«

»Aber warum nicht? Wo ist er? Bitte sagen Sie es mir!«

Die Schwester betrachtete ihn nachdenklich. Dann legte sie den Bildschirm zur Seite und ging zur Tür. »Komm.«

2

Schweigend gingen sie den Gang zurück, durch den Simon gekommen war. Niemand begegnete ihnen, die Krankenstation wirkte wie ausgestorben. Sie passierten Simons Zimmer und bogen in einen anderen Flur ein, dann in einen weiteren, er führte sie zu einem Treppenhaus, in dem die Krankenschwester wortlos abwärts stieg. Bald hatte Simon die Orientierung verloren. Dieses Haus war anders als jedes andere, das er bisher betreten hatte. Es gab kaum rechte Winkel, manche Gänge krümmten sich, andere führten leicht abwärts, um bald schon wieder anzusteigen. Simon kam es vor, als füge sich das Gebäude einem äußeren Zwang anstatt dem Plan eines Architekten.

»Warum gibt es hier keine Fenster?« Suchend sah sich Simon um. So wie in seinem Zimmer, konnte er nirgendwo in den Wänden eine Öffnung entdecken, durch die er hätte sehen können, was draußen war.

Die Schwester lachte. »Warum sollte es hier unten Fenster geben? Du könntest doch sowieso nicht hinausschauen.«

»Hier unten?« Simon war erstaunt.

Die Krankenschwester sah ihn an, als wäre er eine Kuh mit zwei Köpfen. »Ja, natürlich. Du weißt doch, wo wir sind, oder?« Sie betrachtete ihn aufmerksam.

Simon schwieg nachdenklich. Nach seiner Ankunft hatten ihn die Männer zunächst geduscht und ihm neue Kleidung geben, danach war er in einen Untersuchungsraum gebracht worden und sofort eingeschlafen. Die Luft hatte nach süßen Orangen geduftet, das war das Letzte, woran er sich erinnerte. Als er wieder aufwachte, schoben sie ihn gerade in das Zimmer, in dem er den vergangenen Tag verbracht hatte. Niemand wollte seine Fragen beantworten, und jeder, der zu ihm gekommen war, hatte ihn neugierig oder scheu gemustert.

Ihr Weg endete in einem langen Gang, die Schwester stoppte vor einer der Türen, sie war breiter als die von Simons Zimmer.

»Ist er dort drin?«

Die Krankenschwester legte ihren Finger auf die Lippen, als Zeichen, dass er still sein sollte. Dann nickte sie. Sichernd sah sie sich um, bevor sie sich über ein glimmendes Tastenfeld beugte und einen Code eintippte. Das Gerät quittierte die Eingabe mit einem hellen Ton, Momente später summte es leise und die beiden Metallplatten, die den Eingang versperrt hatten, glitten wie die Türen eines Aufzuges zur Seite.

Überrascht blieb Simon stehen.

Vor ihnen lag ein großer Raum, breiter und höher als die anderen, die Simon bisher in der Krankenstation gesehen hatte. Im Zentrum stand eine eigentümlich geformte Maschine, sie sah aus wie ein klobiges Bett mit einer gläsernen Kuppel darüber. Sein Großvater lag unter dieser Kuppel, er hatte die Augen geschlossen. Er trug keine Kleidung, und es gab auch keine Decke und kein Kissen für ihn.

Doch das war es nicht, was Simon überraschte: Es waren die Roboterarme, die im Inneren der Kuppel direkt über der Liegefläche angebracht waren und die über den Körper seines Opas kreisten. Sie bewegten sich behutsam, so als würden sie ihn streicheln. Rotes Licht glühte an ihren Spitzen.

»Was ist mit ihm?« Vorsichtig ging Simon näher an die Maschine heran.

Die Krankenschwester lächelte. »Keine Sorge, es geht ihm gut. Seine Knochenbrüche heilen schnell, auch seine Haut und die inneren Verletzungen. Bald wird es ihm wieder besser gehen.«

»Kann ich mit ihm reden? Ich muss ihn unbedingt etwas fragen.«

Bedauernd schüttelte die Schwester den Kopf. »Er ist sediert.« Sie sah Simons fragenden Blick. »Das bedeutet, sie haben ihm ein Schlafmittel gegeben, damit er die Schmerzen erträgt.«

Erst jetzt sah Simon die feinen Schläuche, die zur Nase und in den Mund seines Großvaters führten. Zwei weitere Schläuche endeten in einer Kanüle, die im Arm des alten Mannes steckte.

»Sie wecken ihn auf, wenn alles verheilt ist. Es dauert nur ein paar Wochen.« Beruhigend legte die Krankenschwester ihre Hand auf Simons Schulter.

Simon fuhr entsetzt herum. »Ein paar Wochen? Das ist zu spät!«

»Wofür zu spät?«

Simon beantwortete ihre Frage nicht. »Ich muss sofort mit ihm sprechen! Bitte!«

»Das geht nicht. Wir dürfen ihn nicht aufwecken. Du willst doch auch, dass er wieder gesund wird, oder?«

»Aber wie soll ich ohne meinen Großvater ein Weltentor finden?« Simon war verzweifelt.

Die Krankenschwester sah ihn erstaunt an. »Was für ein Weltentor?«

Statt einer Antwort trat Simon an die Glaskuppel. »Opa, wach auf! Es ist wichtig!«

»Hör sofort auf damit!« Die Krankenschwester war ärgerlich.

Simon beachtete sie nicht. »Ashakida ist in Gefahr, Opa. Hörst du mich?« Er klopfte gegen das Glas. »Wach auf, Opa! Ich muss zurück nach Avaritia! Sag mir, wo ich ein Weltentor finden kann!« Simon bemerkte, dass sich der Kopf seines Großvaters etwas bewegte.

Eine Hand packte ihn, es war die der Krankenschwester, sie griff nach seinem Arm und zerrte ihn vom Bett fort. »Ich hab dir doch gesagt, dass wir ihn nicht wecken dürfen! Das ist gefährlich!«

»Aber ich brauche ihn! Ich muss Ashakida helfen.«

»Dein Opa braucht Hilfe! Alles andere ist jetzt unwichtig.«

Simon dachte an die Leopardin. Er war verzweifelt: Warum verstand denn niemand, dass er zu ihr musste? Er riss sich los und lief zurück zum Krankenbett. Sein Großvater bewegte sich stöhnend unter der Glaskuppel. Simon sah, dass er seine Augen zu öffnen versuchte. »Opa, hier bin ich!« Aufgeregt versuchte er, die Kuppel über dem Bett zu entriegeln, um sie aufzuklappen.

Plötzlich, Simon rüttelte gerade an den Verschlüssen, ertönte ein lauter Alarm und ein rotes Licht flammte neben der Glaskuppel auf. Erschrocken fuhr Simon zusammen. Die Krankenschwester war blass geworden. Hastig griff sie nach Simons Hand und zog ihn mit sich. Doch bevor sie den Ausgang erreicht hatten, glitten die Türen auseinander, vier Männer in weißen Kitteln stürzten in den Raum. Sie packten Simon und zwangen ihn zu Boden. Auch die Krankenschwester wurde von den Männern überwältigt.

»Opa!« Simon schrie in seiner Verzweiflung. »Opa, hilf mir!«

Einer der Pfleger lief zur Glaskuppel, unter der sich sein Großvater nun aufgerichtet hatte. Er hieb seine Faust auf einen Notknopf, Nebel zischte aus einer Düse im Inneren der Maschine, er hüllte den nackten Körper ein. Bevor die Schwaden die Sicht versperrten, sah Simon gerade noch, wie der Körper seines Großvaters in sich zusammensackte und zurück auf die Liege sank.

»Opa!« Simon strampelte verzweifelt, er versuchte, sich zu befreien, doch es war vergeblich: Der Griff der Männer war fest wie eine Stahlfessel. Jemand riss den Ärmel seines T-Shirts hoch, Simon spürte einen Stich in seinem Oberarm. Momente später wurde ihm schwarz vor Augen.

3

Als Simon erwachte, lag er in seinem Bett, die Decke über sich gedeckt. Sie hatten ihn in sein Krankenzimmer zurückgebracht, als er bewusstlos gewesen war. Das Licht an der Decke leuchtete, aus dem Gang waren Stimmen und Schritte zu hören, es musste Tag sein.

Vorsichtig richtete sich Simon auf. Sein Kopf schmerzte, genau wie die Stelle am Arm, an der sie ihm das Betäubungsmittel gespritzt hatten.

Ein Rascheln ließ ihn aufmerken. Eine Frau in einem weißen Arztkittel saß auf dem Stuhl neben seinem Bett und blätterte im Skizzenbuch seines Großvaters. Sein Rucksack stand geöffnet neben ihr. Sie hob ihren Kopf und blickte ihn ernst an. »Ah, da bist du ja.«

Simon betrachtete die Frau: Sie sah streng aus und schien ärgerlich zu sein über das, was geschehen war. Ihr scharf geschnittenes Gesicht und ihre dunklen Haare, die sie zu einem festen Dutt zurückgebunden hatte, unterstrichen diese Wirkung. Und doch gab es etwas an ihr, das ihm vertraut war.

Sie musterte ihn forschend. »Du hast Kopfschmerzen, richtig?« Ohne seine Antwort abzuwarten, legte sie das Buch zur Seite und trat an den Nachttisch, um sich eine bereitliegende Ampulle aus Kunststoff zu nehmen. »Die Dosis, die sie dir gespritzt haben, war zu hoch. Ist aber nicht schlimm, du hast einfach nur ein wenig länger geschlafen.«

Simon setzte sich auf. »Wie lange?« Sein Kopf pochte.

»Die ganze restliche Nacht und den halben Tag.« Mit einer schnellen Bewegung drehte sie den Kopf der Ampulle ab. »Hier, trink das. Hilft gegen die Schmerzen.«

Simon nahm die Ampulle. Das Mittel schmeckte süß und bitter zugleich.

»Ich bin Dr. Lytras. Ich leite diese Krankenstation. Schwester Lisa hat mir alles berichtet. Warum hast du das gemacht?«

Simon wandte den Kopf ab und schwieg.

»Du wolltest etwas von deinem Großvater wissen. Wo ein Weltentor ist, richtig?«

Für einen kurzen Augenblick keimte die Hoffnung in Simon auf, dass sie ihn ernst nehmen und ihm helfen würde. Doch als er aufblickte, sah er den spöttischen Zug um den Mund der Frau.

Sie betrachtete ihn lächelnd. »Du hast offensichtlich eine blühende Fantasie. Sind die Bilder von dir?« Sie wies auf das Skizzenbuch, das sie gerade betrachtet hatte.

Simon schüttelte den Kopf.

»Dann ist das Buch von deinem Großvater? Mit dem du durch das Weltentor gekommen bist?« Erneut lächelte sie, und Simon wusste, dass sie nicht an zersplitterte Welten, an Torwächter und an sprechende Leopardinnen glaubte. Und doch war etwas an ihr, das ihn Zutrauen fassen ließ und ihm Mut machte, alles zu erzählen: von ihrem Umzug in das Dorf des Großvaters, von dem Weltentor, das er aus Versehen geöffnet hatte, von seinen Freunden Ira, Tomas, Filippo und Luc, die er im Dorf kennengelernt und die er später in Avaritia wiedergetroffen hatte. Er erzählte ihr von Iras Oma und ihren Kräutern, von den Kindern in der verlorenen Stadt und von ihrer Flucht, die im Dschungel geendet hatte, an jenem Ort, den sie hier den Strahlwald nannten.

Es war still im Zimmer, als er alles berichtet hatte. Die Ärztin sah ihn stumm an, das spöttische Lächeln war aus ihrem Gesicht verschwunden. Simon tastete sich in ihre Gefühle: Sie glaubte ihm immer noch nicht. Doch etwas an seiner Geschichte hatte sie nachdenklich gemacht.

Schließlich stand sie auf und steckte das Buch zurück in den Rucksack. »Sie wollen dich sehen. Die Wächter warten schon auf dich. Überlege dir sehr genau, was du ihnen sagst.«

Bevor Simon fragen konnte, wen oder was sie damit meinte, war die Ärztin zur Tür gegangen. Sie hielt eine Karte vor den Sensor, die Türflügel glitten zur Seite.

»Er ist wach. Ihr könnt ihn jetzt mitnehmen.«

Die Ärztin trat zur Seite und sah stumm dabei zu, wie zwei Männer, die vor der Tür postiert gewesen waren, den Raum betraten. Sie trugen lange schmucklose Gewänder. Auf ihrer Brust prangte ein Wappen, das Simon an etwas erinnerte. Die beiden forderten ihn auf, mit ihnen zu kommen. Schnell zog sich Simon an, wobei er sich bemühte zu vergessen, dass sowohl die Männer als auch Dr. Lytras mit im Raum waren. Immerhin wandte sich die Ärztin ab, während er in seine Kleider stieg. Niemand sagte ein Wort.

Als er seinen Rucksack nehmen wollte, kam ihm die Ärztin zuvor. »Den kannst du hierlassen.« Simon wollte ihr widersprechen, doch sie legte ihm ihre Hand auf den Arm. »Ich passe auf deinen Rucksack auf. Glaub mir, das ist besser so.« Ihre Augen weiteten sich, so als ob sie ihm ein stummes Zeichen geben wollte, unbemerkt von den Männern.

Simon ließ den Schulterriemen, den er gegriffen hatte, wieder los.

»Viel Glück.« Die Ärztin lächelte. Es war ein freundliches Lächeln.

Simon durchzuckte es: Jetzt wusste er, was ihm an der Frau bekannt vorkam: Das Lächeln der Ärztin erinnerte ihn an Ira.

4

Schweigend führten ihn die beiden Wächter durch das Labyrinth der Krankenstation. Bald erreichten sie den Ausgang, doch er führte nicht hinaus auf einen Platz oder auf eine Straße, die Stufen auf der anderen Seite der Tür endeten in einem breiten Tunnel, der Simon an einen U-Bahn-Schacht erinnerte. Die eine Hälfte des Tunnels war für Fußgänger reserviert, auf der anderen Seite flitzten kleine Elektrokarren und Transportwagen vorbei, dazu E-Taxis, Minibusse und dreiräderige Roller. Jetzt begriff Simon, wo sie waren: Sie befanden sich unter der Erde. Deshalb hatte es in der Krankenstation in keinem der Räume ein Fenster gegeben.

»Wo gehen wir hin?«

Die Männer warfen sich einen kurzen Blick zu.

»Ich soll verhört werden, richtig?«

»Sei still.« Einer der beiden knurrte ungehalten.

»Ist es wegen meines Großvaters?« Simon gab sich schuldbewusst. »Das tut mir leid. Ich hatte nicht gewusst, dass es so gefährlich ist, ihn aufzuwecken.« Er beobachtete die beiden Männer genau.

Keiner von ihnen antwortete. Der jüngere der beiden Wächter warf einen zögernden Blick auf seinen Kameraden, er schien zu überlegen, ob er etwas sagen sollte. Schließlich wandte er sich Simon zu. »Wir bringen dich in den Kuppeldom. Bischof Aristide will wissen, wo du herkommst. Niemand überlebt den Strahlwald ohne Schutzanzug.«

»Ruhig jetzt! Kein weiteres Wort!« Ärgerlich unterbrach der ältere Soldat die Worte des anderen. »Wir beide kriegen riesigen Ärger, wenn sie erfahren, dass du mit ihm gesprochen hast.«

Nach einer Weile öffnete sich der Tunnel zu einer hell erleuchteten Halle, Simon brauchte eine Weile, bis er erkannte, dass sie einen ehemaligen U-Bahnhof betraten. Viele Menschen kreuzten den Platz, Simon sah mehrere Schächte, die in der Halle endeten, daneben Läden, Cafés und auch Spielzonen, in denen Kinder Bälle gegen Wände kickten. Sie mussten sich direkt unter der Stadt befinden, nahe dem Stadtzentrum, nur dort gab es unterirdische Bahnhofshallen, die so groß waren wie diese. Doch hier in dieser Welt gab es keine Stadt mehr, stattdessen bedeckte in Superbia ein Dschungel die Erdoberfläche. Simon musste an die von Schlingpflanzen überwucherten Mauerreste denken, die er bei seiner Ankunft zwischen den Bäumen gesehen hatte. Irgendetwas hatte in dieser Welt vor vielen Jahren die Stadt zerstört und die Menschen gezwungen, in den Untergrund zu fliehen.

Die beiden Männer stoppten vor einer Glaswand, die den hinteren Teil der Halle vom vorderen abgrenzte. Die Glasfläche reichte vom Boden bis zur Decke. Ein Wappen war auf die Barriere gemalt, es war rot und schwarz, in der Mitte prangte ein gelber Kreis mit drei abgerundeten Dreiecken, die wie ein Propeller um einen schwarzen Punkt gruppiert waren. Es war das gleiche Wappen, das auf der Brust der Wächter prangte. Jetzt erinnerte sich Simon, wo er den gelben Propeller schon einmal gesehen hatte, es war noch gar nicht lange her: Es war in Avaritias Unterwelt gewesen, in jenem Raum, in den sie sich geflüchtet hatten, nachdem sie dem Stundenfluss entkommen waren. Er hatte das Zeichen auf dem Schild entdeckt, auf dem stand, wie man sich duschen und die Kleidung wechseln sollte.

»Wir bringen den Jungen.« Der ältere der beiden Wächter beugte sich über eine Sprechanlage, sie war in einer neben dem Eingang stehenden Säule eingelassen. Niemand antwortete, nur eine kleine Kamera in der Säule surrte, sie richtete ihr Objektiv auf Simon. Die Tür glitt auf. Die Männer führten ihn durch die Öffnung.

Neugierig sah Simon um sich. Während es vor der Trennwand laut war, schluckten hier dicke Teppiche jeden Laut, und nachdem sich die Eingangstür wieder geschlossen hatte, war es so still, dass es fast in den Ohren wehtat. Die Menschen, die umhereilten, sahen alle sehr geschäftig und irgendwie wichtig aus. Manche trugen eigenartige lange Gewänder, die bis zum Boden reichten. Niemand sagte etwas, alle schienen sich nur durch Blicke zu verständigen. Wer etwas mitteilen musste, beugte sich zu seinem Gegenüber und murmelte es in sein Ohr.

Überraschte Rufe ertönten, die Ersten hatten Simon gesehen. Nach und nach wurden alle auf ihn aufmerksam, und bald starrte ihn jeder an. Eine junge Frau wurde blass, als sie Simon entdeckte. Scheu, fast ehrfürchtig blickte sie ihn an. Ein Stapel Papiere, den sie getragen hatte, rutschte aus ihrer Hand und fiel zu Boden, ohne dass sie es bemerkte. Als Simon an ihr vorbeiging, sank sie auf die Knie und streckte ihre Hand aus, um ihn zu berühren.

Simon wich der Frau aus. Er war irritiert. »Was haben die alle?«

Er bekam keine Antwort. Simon spürte nur, dass der Griff an seinem Arm fester wurde und der Schritt der beiden Wächter zu seinen Seiten schneller.

Der Raum mündete in einer Reihe von breiten Stufen, die wie die Halle mit dickem Teppich bedeckt waren und zu einem prachtvoll verzierten Durchgang hinabführten. Die Tür, mit dem das Portal verschlossen werden konnte, war aus Holz, Simon erinnerte es an das Tor einer Kirche. Es stand offen.

Auf der anderen Seite des Durchgangs öffnete sich eine weitere Halle, noch größer und höher als die, in der sie eben gewesen waren. Das musste der Kuppeldom sein, von dem einer der Wächter gesprochen hatte. Erstaunt sah sich Simon um, er hatte keine Ahnung, wofür der riesige Raum genutzt wurde. Dies hier war kein ehemaliger U-Bahnhof, diese Halle hatten die Menschen eigens in die Erde gegraben. Der Saal war rund, Bänke waren in einem Halbkreis um eine erhöhte Fläche gruppiert. An der Wand direkt gegenüber dem Eingang entdeckte Simon das Wappen, das er draußen auf der Glaswand gesehen hatte, nur hier war es viel größer und noch eindrucksvoller. An der Decke darüber, direkt über der Mitte des Raumes, sah Simon ein riesiges nach außen gewölbtes Fenster, darüber erkannte er die Streben eines Stahltores, das die Kuppel komplett bedeckte. Das Tor war verschlossen, kein Lichtstrahl drang von außen herein.

»Warum hat das so lange gedauert?« Ein dicker Mann war durch eine Seitentür in die Halle geeilt, er trug ein bis zu den Knöcheln reichendes schwarzes Gewand, das Simon an den Talar eines Priesters erinnerte. Der Geistliche im Dorf seines Großvaters hatte ein solches Kleidungsstück getragen. Um den Hals trug der Mann eine dicke Kette, deren Glieder mit Ornamenten geschmückt waren und an der ein ebenso verziertes Medaillon hing. Das Symbol, das die Ornamente umrahmten, ähnelte dem, das über ihnen die Kopfseite des Raumes schmückte.

Mit einer ungehaltenen Handbewegung bedeutete der Mann den beiden Uniformierten, dass sie gehen sollten. »Lasst den Jungen hier. Ich brauche euch nicht mehr.«

Der ältere der beiden zögerte. »Aber Dr. Lytras sagt …«

»Was Dr. Lytras sagt, gilt hier nicht. An diesem Ort bestimme ich, was geschieht. Also lasst mich mit ihm alleine.«

Simon schluckte. Ihm gefiel weder der Mann noch das, was er sagte.

Die beiden Wächter zögerten. Schließlich drehten sie sich um und verließen die Halle. Die Holztür schwenkte vor das Portal, das Krachen, mit dem das Tor ins Schloss fiel, hallte im Inneren des Raumes nach.

Der dicke Mann betrachtete Simon misstrauisch. Er kam näher und umkreiste ihn lauernd. »Mich legst du nicht rein.«

Simon rang seine Angst nieder. »Wer sind Sie?«

»Mein Name ist Aristide. Ich bin der Bischof in dieser Enklave. Mir untersteht die Gemeinde.«

»Welche Gemeinde?«

»Das weißt du ganz genau. Du bist doch nicht ohne Grund hier!« Der Bischof lachte verächtlich. »Wunderkind! Lächerlich! Wie hast du das gemacht?«

Simon hatte keine Ahnung, was der Mann von ihm wissen wollte.

»Was willst du uns hier vorspielen? Dass du unverwundbar bist? Dass du der Macht des Bösen trotzt?« Aristide kam näher. »Gib's doch zu! Dich hat jemand mit einem Schutzanzug in den Strahlwald gebracht und gewartet, bis der Rettungstrupp kam. Und hier denkt jeder Trottel, dass ein Wunder geschehen ist, weil du nicht verstrahlt bist!« Er packte Simon. »Los, sag die Wahrheit!«

Eine Stimme ließ ihn herumfahren. »Ich dachte, du glaubst an Wunder, Aristide.«

Ein weißhaariger Mann hatte den Kuppeldom betreten, gemeinsam mit vier weiteren Männern. Alle trugen schlichte weiße Gewänder, die sie über ihre Kleidung geworfen hatten. Nur der Umhang des Anführers, der gerade gesprochen hatte, war golddurchwirkt, sein lockiges Haar wurde durch einen goldfarbenen Stirnreif gebändigt.

Aristide quälte ein Lächeln auf sein Gesicht. »Stephane! Willkommen!« Er wies einladend mit der freien Hand zu der erhöhten Fläche im Zentrum des Raumes, auf der zwölf gepolsterte Hocker in einem Kreis aufgestellt waren. Der Weißhaarige dankte mit einem angedeuteten Nicken und schritt, gefolgt von seinen Begleitern, die Stufen hinauf, um sich zu setzen. Aristide folge ihnen, Simon vor sich her stoßend. Simon spürte den warmen Atem des Mannes in seinem Nacken, der Bischof beugte sich über ihn. Seine Stimme war leise und drohend: »Wehe, du wagst es, mir meinen Platz streitig zu machen. Ein falsches Wort, und du bist erledigt.«

5

Aristide stieß Simon in die Mitte des Halbkreises. Die fünf Männer hatten auf den Hockern Platz genommen, auch der Bischof setzte sich auf seinen Stuhl, es war ein thronähnlicher Sessel, der höher als die Hocker war und eine geschnitzte Rückenlehne hatte. Eine Weile sagte niemand ein Wort. Simon fühlte sich unwohl unter den Blicken der Männer, die ihn prüfend musterten.

»Du weißt, wer ich bin?« Der Weißhaarige mit dem Goldreif durchbrach die Stille.

Simon schüttelte den Kopf.

»Ich bin Stephane, ich bin der Ratsvorsitzende dieser Enklave. Das hier sind meine Beisitzer.« Er wies auf seine Begleiter, die mit ernstem Gesichtsausdruck Simon zunickten. »Und wie heißt du?«

»Ich bin Simon.«

Wieder war es eine Weile still. Simon spürte, wie sein Herz klopfte. Er zwang sich, die Blicke der Männer auszuhalten.

»Man hat mir berichtet, dass der Rettungstrupp dich im Strahlwald aufgegriffen hat. Stimmt das?«

Simon nickte.

»Was hast du dort gesucht?«

Simon zögerte. Was sollte er sagen? Die Wahrheit glaubte ihm niemand. »Ich … ich weiß es nicht.«

Der dicke Bischof lachte spöttisch auf. »Er weiß es nicht. Wie rührend.«

»In der Krankenstation wird erzählt«, fuhr der Ratsvorsitzende fort, »dass du ein Weltentor gesucht hast. Das hast du den Pflegern erzählt. Was soll das sein, ein Weltentor? Und warum gehst du dafür in den Strahlwald?«

Simon schwieg hilflos.

»Du musst keine Angst haben. Erzähl uns einfach, wie ihr an den Ort gekommen seid, an dem euch der Rettungstrupp gefunden hat.« Gespannt beugte sich der Weißhaarige vor.

Simon überlegte fieberhaft. Was sollte er ihnen nur sagen?

»Das kann doch wohl nicht wahr sein!« Aristide platzte der Kragen. »Jetzt sag es uns endlich: Wer hat euch in den Strahlwald gebracht?«

»Es waren meine Freunde. Sie haben mich begleitet.« Das, dachte Simon, war noch nicht mal gelogen. Seine Freunde waren auf der anderen Seite des Weltentores zurückgeblieben.

»Deine Freunde also …« Aristide beobachtete ihn lauernd. »Mit einem Wagen und mit Schutzanzügen, richtig?«

Simon nickte stumm. Auf der Wahrheit zu beharren würde das Gespräch endlos verlängern, war ihm klar, und er hatte keine Zeit, sie hier zu vergeuden. Wollte er Ashakida und Ira helfen, musste er dieses Gespräch so schnell wie möglich hinter sich bringen.

Der Bischof ließ Simon nicht aus den Augen, während er weitersprach. »Deine Freunde haben dich und deinen Großvater in den Strahlwald gebracht und dann den Rettungstrupp alarmiert. Und kurz bevor die Retter bei euch waren, haben dein Großvater und du die Schutzanzüge ausgezogen und versteckt. So war es doch, oder?«

Erneut nickte Simon.

Der weißhaarige Ratsvorsitzende war dem Dialog stirnrunzelnd gefolgt. »Wenn es so war, wie Aristide es sagt, dann erkläre mir eines: Dein Großvater war schwer verletzt. Wie ist das passiert?«

»Wir sind in einen Fluss gestürzt. Das Wasser hat uns mitgerissen.«

»Eure Kleidung war aber nicht feucht, als wir euch gefunden haben.«

Simon wusste nicht, was er antworten sollte. Dass sie in einem Plastikfass durch die reißenden Fluten getrieben waren, würden sie ihm nicht glauben.

Ein breites triumphierendes Grinsen legte sich auf das Gesicht des dicken Bischofs. »Sie trugen Schutzanzüge, darum sind sie nicht nass geworden.«

Der Ratsvorsitzende beachtete Aristides Worte nicht. Nachdenklich, ohne ein Wort zu sagen, sah er Simon an. Dann beugte er sich zu seinen Beisitzern und die fünf Männer berieten sich flüsternd. Schließlich stand der Ratsvorsitzende auf. »Die Befragung ist beendet.« Er sah zum Bischof. »Die Wache wird den Jungen zurück auf die Krankenstation bringen. Er bleibt in der Obhut von Dr. Lytras. Sobald es dem Großvater des Jungen besser geht, treffen wir uns wieder.«

»Aber das kannst du nicht machen!« Aristide war empört. »Du weißt, wie ein unerlaubter Aufenthalt im Strahlwald bestraft werden muss.«

Der Ratsvorsitzende begegnete dem Blick des Bischofs kühl. »Du wagst es, mir zu sagen, was ich tun soll? Kümmere du dich um die Seelen deiner Gemeinde, Aristide, und überlass mir den Rest.«

»Aber …«

»Ich bin hier das Gesetz!« Der Ratsvorsitzende unterbrach den Bischof scharf. »Misch dich nicht in Dinge ein, die dich nichts angehen!«

Unterdessen hatte einer der Beisitzer den Raum verlassen, jetzt kam er mit den beiden Wächtern zurück. Sie quittierten den Befehl des Ratsvorsitzenden mit einem stummen Nicken und nahmen Simon mit sich.

»Du glaubst, ich mache einen Fehler …« Der Ratsvorsitzende betrachtete Aristide spöttisch.

»Ich glaube es nicht, ich weiß es!«

»Tatsächlich? Dann sage ich dir, was du nicht weißt: Meine Männer haben den Strahlwald durchsucht. Es gibt keine versteckten Schutzanzüge. Auch keine Reifenspuren oder irgendein anderes Indiz, dass jemand die beiden dort hingebracht hat. Es gibt noch nicht einmal Spuren, die zeigen, dass sie durch den Urwald gegangen sind.«

Der Bischof war kreidebleich geworden. Fassungslos starrte Aristide den Ratsvorsitzenden an.

*

Im Gang draußen war es still, und das Licht im Raum war heruntergedimmt, als Simon aus tiefem Schlaf hochschreckte. Er brauchte einen Moment, um sich zu zurechtzufinden. Dann fiel ihm wieder ein, was alles geschehen war.

Die Männer hatten ihn nach der Befragung zurück auf die Krankenstation der unterirdischen Enklave gebracht. Diesmal war es Simon nicht gelungen, auch nur ein Wort aus den beiden Wächtern herauszubekommen. Sie hatten ihn in sein Zimmer gebracht und die Tür verschlossen. Simon hatte es sofort ausprobiert: Er war eingesperrt, er konnte den Ausgang von innen nicht mehr öffnen. Kurz hatte er überlegt, zu schreien oder an die Tür zu hämmern, damit sie ihm öffneten. Doch er wusste, sie würden ihn nicht gehen lassen, selbst wenn jemand auf seine Rufe reagierte. Um nachzudenken, war er kurz in sein Bett geklettert, er war erschöpft gewesen und wollte sich nur einen Moment lang ausruhen. Er hatte nicht bemerkt, dass er eingeschlafen war.

Simon setzte sich auf und lauschte. Etwas hatte ihn geweckt, ein Geräusch, das nicht hierher gehörte. Er stieg aus dem Bett und blickte um sich. Das Krankenzimmer war verlassen, das Nachtlicht neben dem Bett leuchtete. Alles schien unverändert. Doch dann sah er, dass jemand im Raum gewesen sein musste, während er geschlafen hatte: Auf seinem Nachttisch standen ein Tablett mit Essen sowie eine Trinkflasche, und seine Kleidung, die er achtlos über einen Stuhl geworfen hatte, hing sorgfältig zusammengelegt über der Stuhllehne.

Es klopfte leise.

Jetzt wusste er, was ihn geweckt hatte. Simon lief zur Tür. »Wer ist da?«

»Hier ist Schwester Lisa. Kann ich reinkommen?«

»Moment!«

Eilig stieg er in seine Hose und zog sich sein Sweatshirt über – es musste ja nicht sein, dass sie ihn in seiner Unterwäsche sah. »Jetzt.«

Die Tür glitt auf, Schwester Lisa betrat den Raum. Simon erkannte sie nicht sofort. Sie trug keine Schwesterntracht, sondern eine Hose und eine Bluse, sodass sie wie eine ganz normale Frau aussah.

Sie lächelte, als sie Simon erblickte. »Wie geht es dir?«

»Geht so. Warum bin ich hier gefangen?«

Schwester Lisa wurde ernst. »Das war nicht meine Entscheidung, sondern die von Dr. Lytras. Sie fand, es sei das Beste für dich.«

Simon spürte, wie Wut in ihm aufstieg. Wieso glaubten Erwachsene immer zu wissen, was gut für einen war? Immerhin wurde er im nächsten Jahr 14 Jahre alt, er konnte also gut selbst auf sich aufpassen. Stattdessen sperrten sie ihn hier ein und verhinderten, dass er seinen Freunden half.

Flehend blickte er die Schwester an. »Ich muss hier raus! Bitte!«

Schwester Lisa nickte ernst. »Das sagt Dr. Lytras auch. Und zwar sofort. Sie hat mich gebeten, dich zu mir zu nehmen. Pack deine Sachen, okay?«

Eine Bewegung im Gang vor dem Zimmer ließ Simon stutzen.

Schwester Lisa sah seinen Blick. Sie lächelte. »Ich habe jemanden mitgebracht: meinen Sohn. Du hattest Dr. Lytras von ihm erzählt.« Sie wandte sich um und nickte in die Dunkelheit.

Ein Junge trat aus dem Schatten des Flurs.

Simon zuckte zusammen, als er sah, wer dort hereinkam. »Luc!« Ein Lächeln zog über sein Gesicht. »Das ist ja super!« Freudig ging er auf den Jungen zu.

Luc starrte ihn stumm an, ohne das Lächeln zu erwidern.

Dann drehte er sich zu seiner Mutter um und schüttelte den Kopf. »Tut mir leid, Mama. Ich kenne ihn nicht.«

6

Die Wohnhöhle, in der Luc mit seiner Mutter lebte, war gemütlich, aber sehr klein, der Lohn für Lisas Arbeit als Krankenschwester reichte nur für eine P1-Einheit in einer der Siedlungen am Rand der Enklave. Die Box bestand aus zwei Räumen sowie einem Flur und einer winzigen Nasszelle. Luc hatte erzählt, dass Roboter die Wohnboxen in endlosen Reihen in die Erde gruben und die gegrabenen Höhlen sofort mit strahlungsfestem Kunststoff auskleideten. Es dauerte nur wenige Stunden, dann war eine neue Wohnung fertig. Selbst die Luftschächte, die die Wohnhöhlen mit gefilterter Atemluft versorgten, wurden von den Baurobotern gegraben und sofort an das Versorgungsnetz angeschlossen. Dafür brauchten die Arbeiter Wochen, bis sie die Versorgungsleitungen und die Technik installiert und die Elektronik an den Hauptserver angeschlossen hatten.

»Du kannst in meinem Bett schlafen.« Schwester Lisa klappte eine Liege aus der Wand. »Ich lege mich auf das Gästebett im Wohnbereich.«

Neugierig sah Simon um sich. Luc teilte sich mit seiner Mutter den Schlafraum, jeder hatte eine Seite des Zimmers für sich, mit einem Klappbett, einem Schrank und einem Nachttisch. Ein Vorhang trennte die beiden Betten voneinander. Luc hatte seine Hälfte mit Postern und selbst gemalten Zeichnungen geschmückt, sie zeigten Planeten oder startende Raketen, auf anderen Bildern waren fremde Welten zu sehen. Am besten gefiel Simon eine karge Steinlandschaft, durch die eine vieläugige Schlange kroch. Auf dem Regal über dem Bett stand das Modell eines Raumschiffes, daneben hatte Luc kleine Plastikfiguren gruppiert, es waren bunt gekleidete Weltraumkrieger, Simon kannte keinen Einzigen von ihnen. »Ist das aus einem Film?«

Luc nickte.

Simon wies auf den Bösen, gegen den die Weltraumkrieger antraten, einen schwarz gekleideten Kämpfer mit einer unheimlichen Maske und einem langen Umhang. »So einen Ähnlichen gibt es auch bei uns.«

Ehe sie es sich versahen, waren die beiden Jungen in ein anregendes Gespräch vertieft, in dem sie feststellten, dass sie beide die gleichen Geschichten mochten und dass die Filme, die in Simons Welt Gula und in Lucs Welt Superbia gezeigt wurden, in vielen Dingen ähnlich waren.

Lucs Mutter beobachtete sie lächelnd. Die Jungen bemerkten erst nach einer ganzen Weile, dass sie in der Tür stand und ihnen zusah.

»Mama, was soll das?« Luc war es peinlich, dass sie belauscht worden waren.

Lisa lachte auf. »Ich lass euch ja gleich alleine. Aber vorher macht ihr euch für die Nacht fertig. Es ist schon spät.«

Simon zögerte, dann sah er Lucs Mutter an. »Bekommen Sie Ärger, weil Sie mich zu meinem Opa gebracht haben?«

»Mach dir keine Gedanken.« Lisa lächelte. »Jeder auf der Krankenstation versteht, dass du deinen Großvater sehen wolltest.«

Simon nickte ernst und sah sie an. »Danke.«

»Wofür?«

»Dass ich hier sein darf. Ich bin froh, nicht mehr in diesem Krankenzimmer sein zu müssen.«

»Danke nicht mir, danke Dr. Lytras.« Lisa nahm frische Nachtwäsche für Simon aus der Kleiderbox. »Sie ist gar nicht so schlimm, wie du denkst. Sie wirkt so streng, weil sie sich verantwortlich fühlt. Außerdem hast du sie nachdenklich gemacht.«

»Womit?«

»Als du von deinen Freunden erzählt hast, von Ira, Tomas, Filippo und Luc.« Sie warf ihrem Sohn einen kurzen Blick zu.

Simon wollte nachfragen, doch Lucs Mutter beendete das Gespräch resolut. »So, jetzt ist Schluss! Ab ins Bett mit euch. Luc zeigt dir alles. Es ist hier bei uns sicher vieles anders als bei dir zu Hause.«

Simon schwieg bedrückt. Er musste an das Haus des Großvaters denken, das verbrannt war, als sein Vater das offene Weltentor schließen wollte. Er hatte kein Zuhause mehr. Und ob seine Eltern noch lebten, wusste er nicht.

Lisa betrachtete ihn voller Mitgefühl. »Keine Sorge, du wirst deine Eltern wiedersehen.«

Überrascht sah Simon auf. »Woher wollen Sie das wissen?«

Lucs Mutter zuckte mit den Schultern. »Keine Ahnung. Woher weiß ich, dass deine Geschichte wahr ist? Ich spür's einfach.« Sie zeigte auf ihr Herz.

Simon schwieg bedrückt. Spontan und ohne zu fragen nahm Lisa ihn in den Arm. Simon sträubte sich ein wenig, doch dann legte er, die Augen geschlossen, seinen Kopf an ihre Schulter.

Manchmal war es gut, nicht stark sein zu müssen.

Luc wandte sich ab und ging in die Nasszelle.

Als Simon ihm kurz darauf folgte, putze Luc sich gerade die Zähne. Simon quetschte sich neben ihn und holte die Zahnbürste aus der Verpackung, die er von Lucs Mutter zusammen mit seiner Nachtwäsche bekommen hatte. Keiner sagte ein Wort.

Dann zeigte Luc ihm alles: das klappbare Waschbecken, den Fußhebel für den Wasserspeier, das Klobecken, das aus der Wand gefahren werden konnte. So ein winziges Bad hatte Simon noch nie zuvor gesehen.

Schließlich lagen die beiden Jungen in ihrem Bett, getrennt durch den Vorhang. Das Licht dimmte herab, bis Simon nur noch Schemen erkennen konnte. Im Nachbarraum war Lucs Mutter zu hören, es quietschte, als sie sich aus der Sitzgruppe das Gästebett baute. Nach einer Weile war es still, bis auf das leise Säuseln der Belüftungsanlage, die frische Atemluft in das Innere der Wohnbox strömen ließ.

Keiner der beiden Jungen fand Schlaf.

»Deine Mutter ist echt nett.« Simon sprach als Erster.

»Sie kann auch ganz anders«, antwortete Luc. Doch es war zu hören, dass er Simons Meinung teilte.

Wieder war es still.

»Sag mal«, setzte Luc an, »stimmt das wirklich, dass du aus einer anderen Welt kommst?«

»Glaubst du mir nicht?«

»Was würdest du an meiner Stelle sagen, wenn einer kommen würde und dir erzählt, dass es dich selbst und deine Welt siebenmal gibt?«

»Ich würde sagen, dass das der größte Blödsinn ist, den ich je gehört habe.«

Luc prustete los, und auch Simon musste kichern.

Der Vorhang zwischen den beiden Betten glitt zur Seite, Luc hatte ihn aufgezogen. Er setzte sich auf und blickte Simon gespannt an. »Erzähl mir mehr von deiner Welt.«

»Was soll ich erzählen?«

»Wie es dort aussieht, was für Leute da leben …« Luc hielt inne. »Nein, erzähl mir von Ira.«

Simon versetzte es einen Stich, als er an sie dachte: an die Ira, die in seiner Heimat Gula lebte und von der er am Weltentor getrennt worden war, und jene Ira, die sich in Avaritia in den Händen von Drhans Soldaten befand.

Eine Weile war es still im Raum.

Dann begann Simon zu erzählen, und in seinen Worten wurde Ira so lebendig, dass ihm erst jetzt wirklich klar wurde, wie sehr er sie vermisste.

Luc hörte ihm zu, ohne ihn zu unterbrechen. Nur als Simon von Iras Oma und von Iras verbittert in seinem Zimmer hockenden Vater berichtete, stellte er ein paar Fragen.

Plötzlich polterte es, ein Schaben war zu hören, es schien aus der Wand zu kommen. Das Geräusch kam näher, bis es über ihnen war, so als jemand über ihnen wohnen würde. Simon wusste, dass das nicht möglich war: Sie befanden sich in einer Höhle unter der Erde, über ihnen gab es keine weiteren Zimmer. Er warf einen fragenden Blick zu Luc, doch der verzog keine Miene. Das Schaben verstummte, etwas knarrte in der Wand. Überrascht sah Simon, wie das Gitter vor dem Lüftungsschacht zur Seite schwang. Kurz darauf lugte ein Kopf aus der Öffnung. Simons Herz setzte kurz aus, als er das vertraute Gesicht sah. Es war Ira.

7

»Ist er das?« Ira hockte in der Öffnung des Luftschachts und musterte Simon kritisch.

Luc nickte.

Behände kletterte sie aus dem Rohr und sprang auf Lucs Bett. »Er sieht eigentlich ganz normal aus.« Sie grinste Simon an. »Hi, ich bin Ira.«

»Ich weiß.« Simon grinste zurück. Er musste sich zusammenreißen, nicht aufzuspringen und das Mädchen in den Arm zu nehmen. Das hier, sagte er sich, war nicht seine Ira, auch wenn sie genauso aussah: mit den kleinen Grübchen und ihren winzigen Lachfalten, den gleichen zerzausten Haaren, dem gleichen spöttischen Blick.

Sie setzte sich neben ihn, ohne die Augen von ihm zu lassen. Ein vertrauter Geruch stieg in seine Nase, vermischt mit einem Duft nach Seife, der ihm fremd war.

»Hab ich einen Pickel auf der Stirn? Warum starrst du mich so an?«

»Wo soll ich denn sonst hinsehen? Du starrst doch auch.«

Ira lachte. »Stimmt.«

Luc mischte sich ein. »Er kennt dich, deshalb schaut er so.«

»Echt? Woher?«

Simon zögerte kurz, dann wiederholte er in knappen Worten, was er zuvor schon Luc erzählt hatte.

Ira grinste ungläubig. »Das ist die verrückteste Geschichte, die ich jemals gehört habe.«

»Aber sie ist wahr.« Simon wusste selber, wie unglaublich sich all das anhörte.

»Beweise es mir! Sag mir etwas von mir, dass du eigentlich nicht wissen kannst.« Ira verschränkte ihre Arme vor der Brust und sah Simon herausfordernd an.

Simon überlegte. »Du wohnst bei deiner Oma. Sie ist eine Heilerin und kennt sich gut mit Kräutern und solchen Sachen aus. In einer der Welten wohnt auch dein Vater bei dir, aber er kommt nie aus seinem Zimmer und brüllt nur rum. Ich weiß nicht, was mit ihm ist.«

Ira lachte. »Na super. Da stimmte ja gar nichts. Außer, dass meine Oma eine Heilerin ist. Aber das weiß hier jeder.« Ira erzählte, dass ihre Großmutter in einer Siedlung am anderen Ende der Enklave lebte. Sie selbst wohne bei ihren Eltern ganz in der Nähe. »Mama will nicht, dass ich oft bei Oma bin. Ich glaube, meine Mutter hat Angst, dass sie einen schlechten Einfluss auf mich hat.« Ihre Großmutter sei nämlich manchmal etwas verrückt.

Simon nickte wissend, so hatte er die Großmutter von Ira auch kennengelernt: Die meiste Zeit war sie vernünftig und klar, aber es gab Momente, da wirkte sie total abgedreht.

»Du kennst meine Mutter übrigens. Sie ist Ärztin und leitet die Krankenstation.«

Simon war verblüfft. »Dr. Lytras ist deine Mutter?« Er musste daran denken, wie eigenartig vertraut ihm die Ärztin vorgekommen war.

Ira lehnte sich an die Wand an und umschlang ihre Beine mit ihren Armen. Ihr Blick war spöttisch. Simon brauchte nicht in ihre Gefühle einzutauchen, um zu wissen, dass sie ihm immer noch nicht glaubte.

»Ich denke, dass du einfach nur ein Spinner bist«, verkündete sie ihr Urteil. »Ein ganz netter Spinner, aber in Wirklichkeit kennst du mich gar nicht. Alles, was du angeblich von mir weißt, kann dir jeder erzählt haben.«

Simon dachte nach. Dann fiel ihm etwas ein. »Du hast einen Leberfleck, ungefähr hier.« Er zeigte auf Iras Hüfte. »Er sieht aus wie ein Herz.«

Ira fuhr überrascht herum. »Woher weißt du das?«

»Wir haben zusammen geduscht.«

»Wie bitte?« Sie sah ihn mit großen Augen an.

»Also, nicht wir beiden, sondern ich mit der anderen Ira.« Simon spürte, wie er rot wurde. »Nicht richtig zusammen, sondern jeder für sich, nacheinander.«

»Und da hast du den Leberfleck gesehen?«

»Ja. Weil wir unsere ganze Kleidung verbrennen mussten, wegen der Spinnen. Und da mussten wir uns ausziehen.« Simon verstummte, bevor die Sache noch peinlicher wurde. Er ärgerte sich, überhaupt davon angefangen zu haben.

Ira betrachtete ihn interessiert. Sie fragte nach, und Simon erzählte, wie sie in der Scheune die gefräßigen Spinnen entdeckt hatten und vor ihnen hatten fliehen müssen. Danach hatten sie zusammen im Badezimmer die winzigen Tiere von ihrer Haut und aus den Haaren gespült.

»Stimmt das mit dem Leberfleck?« Luc sah gespannt zwischen Simon und Ira hin und her.

Ira beachtete Lucs Frage nicht. Sie sah Simon nachdenklich an. »Okay, dann noch mal ganz von vorne.« Sie begann, Fragen zu stellen. Simon erzählte bereitwillig die ganze Geschichte, von ihrem Umzug in das Dorf seines Großvaters an bis zu seiner Flucht nach Superbia. Ira hörte ihm aufmerksam zu. Je mehr

Simon erzählte, desto besser fühlte er sich: Er spürte, er hatte auch in dieser Welt Freunde gefunden.

Es war eine ganze Weile still, als Simon seinen Bericht beendet hatte.

Ira starrte nachdenklich in die Dunkelheit. »Diese Legende, von der du erzählt hast …«

»Du meinst die Legende vom Dunklen Tag.«

»Der Tag, an dem die Welt zersplitterte und die Göttin sieben neue Welten geschaffen hat«, ergänzte Luc.

Ira nickte und sah Simon stirnrunzelnd an. »Wie, sagtest du, hieß die Göttin?«

»Aphyr. Wieso?«

Jetzt stutzte auch Luc, er schien zu ahnen, worauf Ira hinauswollte.

Simon fiel etwas ein. »Wartet mal, ich zeige euch was.« Er holte seinen Rucksack, öffnete ihn und zog den Handschuh hervor, den er von Iras Großmutter bekommen hatte. »Hier, das ist von der Göttin.« Er wies auf den winzigen Schriftzug auf dem Rücken des Handschuhs. »APHYR. Seht ihr? Dort steht ihr Name.«

»Und dort steht er auch, und dort, und dort …« Ira zeigte auf den Lichtsensor zwischen den Betten, auf die zentrale Bedieneinheit neben der Tür und zuletzt auf die Steuerung der Belüftungsanlage, die in die Wand eingelassen worden war. »Aphyr ist bei uns der Name der Abteilung, in der alle elektronischen Dinge hergestellt werden.«

Simon sprang vom Bett, um sich das neben der Tür angebrachte Terminal genauer anzusehen. Unter dem Bildschirm war tatsächlich ein winziger Schriftzug eingraviert, er glich exakt jenem auf seinem Handschuh: APHYR.

Simon war verblüfft. »Aber wie kann das sein?«

Ira hob die Schultern. »Eins steht fest: Aphyr ist keine Göttin.«

»Und die Legende, von der Ashakida berichtet hat?«

»Ist vielleicht ein Märchen.«

Simon schüttelte den Kopf. Das war nicht einfach nur eine Geschichte gewesen, die Ashakida erzählt hatte, die Leopardin hatte es sehr ernst gemeint. In ihrer Welt wurde die Aphyr-Legende von Generation zu Generation weitergegeben.

Plötzlich vibrierten die Wände, erst leise, dann immer lauter, sie zitterten im Rhythmus schwerer Schritte, die sich draußen im Gang der Wohneinheit näherten. Sie stoppten direkt vor dem Eingang. Die Klingel schrillte, dann hämmerte jemand mit der Faust an die Tür. »Sofort aufmachen!«

Luc reagierte als Erster: Er kletterte aus dem Bett und prüfte auf dem Display des Terminals, wer vor der Tür stand. Der Bildschirm zeigte vier Männer in langen Gewändern, sie hatten sich vor der Eingangstür aufgebaut und sahen grimmig aus.

»Wer ist das?«, flüsterte Luc.

Ira hatte das Wappen auf der Brust der Männer erkannt. Sie war erschrocken. »Das sind Sittenwächter. Bischof Aristide muss sie geschickt haben.«

Luc wurde blass. »Aber was wollen die hier?«

»Ich glaube, die wollen mich holen.« Simon war mulmig zumute.

Ira sprang auf. »Dann musst du weg hier! Und zwar schnell«

»Und wie soll das gehen?« Simon wies auf den Bildschirm. »Sie stehen direkt vor der Tür. Wie soll ich an denen vorbeikommen?«

»Zieh dich an, verdammt!« Ira war wütend. »Nicht reden, einfach machen!«

Draußen im Flur war Lucs Mutter zu hören, sie ging zum Eingang und sprach über die Sprechanlage mit den Männern, ohne ihnen zu öffnen. Luc huschte hinaus zu ihr.

So schnell er konnte, sprang Simon in seine Kleidung.

Ira war auf Lucs Bett geklettert, sie hangelte sich zum Lüftungsgitter hinauf. Momente später war sie in der Öffnung verschwunden. Jetzt wusste Simon, wie er fliehen sollte. Er warf Ira seinen Rucksack hinterher, sie fing ihn auf und schob ihn hinter sich in den Schacht.

»Nein, hier ist niemand außer mir und meinem Sohn. Sie irren sich.« Das war die Stimme von Lucs Mutter draußen im Flur, sie hielt die Männer hin. Offenbar hatte Luc ihr gesagt, was Ira vorhatte.

Dann war auch Simon bereit. So schnell er konnte, kletterte er Ira nach. Es war schwerer, als er gedacht hatte, und er drohte an der Wand abzurutschen, doch Ira griff nach ihm und zog ihn zu sich hinauf. Draußen im Flur war Lärm zu hören, ein Krachen, dann ein Schrei, die Sittenwächter hatten die Tür der Wohneinheit aufgebrochen. Schritte polterten, jemand stieß die Tür des Schlafraumes auf. In letzter Sekunde zog Simon seine Beine in den Schacht, während sich Ira an ihm vorbeiquetschte und das Gitter vor die Öffnung zog. Sie hielten den Atem an: Hatten die Männer sie bemerkt?

Die Wächter durchsuchten den Raum, sie waren grob und nahmen keine Rücksicht. Es dauerte nur Sekunden. Auch aus dem Nebenraum war ein lautes Poltern zu hören, als die Sittenwächter die Schränke aufrissen, um sie zu durchwühlen.

»Er muss hier irgendwo sein! Sucht gründlicher!« Das war die Stimme von Aristide, er war seinen Männern nachgekommen. Simon ahnte, der Bischof würde nicht lockerlassen, bis sie ihn gefunden hatten.

Ira blickte Simon an. »Bist du bereit?«

Simon nickte.

»Dann komm!«

8

Der Weg durch das Lüftungsrohr war mühsam, denn der Schacht, durch den sie robbten, war flach und schmal. Simon musste seinen Rucksack vor sich herschieben, um voranzukommen. An besonders engen Stellen half ihm Ira. Sie hatte sich eine Stirnlampe aufgesetzt und das Licht eingeschaltet. Auch Simon hatte seine Taschenlampe hervorgeholt, sie leuchtete hell, sie konnten gut sehen. Endlich erreichten sie den Verbindungsschacht, an den alle Wohneinheiten der Siedlung angeschlossen waren. Jetzt wurde es einfacher, vorwärts zu kommen, denn das Rohr war etwas größer. Simon schnallte sich seinen Rucksack auf den Bauch und sie krabbelten zügig weiter.

Ein leises Säuseln ertönte, das Geräusch schwoll an. Der stete Luftzug, der sie umgab, wurde stärker.

»Was ist das?« Misstrauisch starrte Simon zurück in die Dunkelheit. Er musste an die Reinigungsroboter denken, die sie in den Lüftungsschächten von Avaritia beinahe erfasst hatten.

»Keine Sorge, das ist normal. Wir sind gleich am Hauptrohr, da ist der Winddruck höher.«

Es war so, wie Ira es angekündigt hatte: Kurz darauf erreichten sie das Ende des Verbindungsschachts und kletterten in ein ovales Rohr. Es war groß, Ira konnte bequem darin stehen, und auch Simon, der etwas größer war als sie, konnte sich ganz aufrichten. Er spürte, wie seine Haare die Decke des Schachts streiften.

Gespannt sah sich Simon um. Das Rohr schien endlos zu ein, schnurgerade verschwand es in der Dunkelheit. Ganz entfernt konnte man eine Biegung ahnen. Ein starker Wind wehte und zerrte an ihrer Kleidung. Simon musste an seine alte Heimat denken: Wenn im Herbst der Wind vom Meer kam, fühlte sich das genauso an. Nur war am Meer der Wind kalt und feucht gewesen, dieser Wind hier war warm und trocken.

Während sie weitergingen, erzählte Ira, dass das Hauptrohr durch die gesamte Enklave führte, alle Lüftungsschächte waren daran angeschlossen.

»Aber wie orientierst du dich?« Simon war erstaunt. Ira konnte unmöglich den gesamten Plan der Lüftungsanlage im Kopf haben.

Sie grinste. »Ist ganz einfach. Jeder Schacht hat eine eigene Nummer. Hier, siehst du?« Ira wies auf eine Reihe von Ziffern und Buchstaben neben einer der Rohröffnungen, an der sie gerade vorbeigingen. »Eine solche Nummer findest du an jeder Abzweigung.« Sie erklärte ihm das System: Die Buchstaben am Anfang gaben an, ob die Abzweigung zu einer Siedlung der Enklave führte oder ob ein öffentlicher Raum wie eine Halle oder die Krankenstation mit Frischluft versorgt wurde. Die Ziffern dahinter benannten nacheinander den Abschnitt, die Abteilung und zuletzt die einzelne Einheit, je nachdem, wie tief man in das Rohrsystem vordrang. »Die Nummern sind die gleichen wie die unten in den Gängen. So weiß ich immer genau, wo ich bin.«

Simon erzählte ihr, dass in seiner Welt die meisten Straßen Namen hatten und nur die Häuser Nummern. Ira hörte ihm gespannt zu: Sie wusste noch nicht einmal, was Häuser und Straßen waren, in ihrer Welt gab es so etwas nicht.

Erst jetzt begriff Simon, dass Ira und ihre Freunde noch niemals in ihrem Leben die unterirdische Stadt verlassen hatten.

Schweigend gingen sie weiter. Ira wirkte nachdenklich. Es war, als hätte erst Simon ihr klargemacht, dass die Stadt unter der Erde ihnen nicht nur Schutz bot, sondern dass sie hier unten auch eingesperrt waren.

»Wohin bringst du mich?« Simon stupste Ira an, als sie nicht antwortete.

»Zu unserem Versteck. Wir haben einen Ort, an dem uns niemand findet. Dort bist du sicher.«

»Und dann?«

Ira antwortete nicht.

Nach einer Weile stoppte sie an einer Abzweigung und studierte die Nummer neben der Öffnung. »Hier ist es. Komm.« Ira krabbelte in den Schacht. Simon schnallte sich seinen Rucksack auf den Bauch. Er seufzte, bevor er ihr folgte. Er mochte es nicht, wenn es eng wurde.

Doch es war nicht so schlimm, wie Simon befürchtet hatte: Der Verbindungsschacht war höher als jener, der in Lucs Siedlung führte, und auch die Seitenschächte, die in das Rohr mündeten, waren nicht ganz so schmal wie jener, durch den sie ganz am Anfang ihrer Flucht gekrochen waren.

»Wo sind wir hier?«

Ira legte ihren Zeigefinger auf die Lippen und bedeutete ihm, still zu sein. Leise krabbelten sie weiter. Bald darauf waren Stimmen zu hören, sie drangen durch ein Lüftungsgitter im Boden des Schachts zu ihnen herauf. Ohne einen Laut zu machen, kroch Ira über das Gitter. Als Simon ihr folgte, erspähte er durch die Streben einen Raum, in dem Frauen und Männer arbeiteten, sie saßen an Pulten mit Schaltern, Drehhebeln und

Bildschirmen. Zu gerne hätte er Ira gefragt, was dort unten geschah.

Ira beantwortete seine Frage, als sie weit genug entfernt waren und die Männer und Frauen sie nicht mehr hören konnten. »Das sind Bauern. Sie versorgen unsere Enklave mit Gemüse.«

»An Arbeitspulten?« Simon war verblüfft.

»Wie denn sonst?«

»Na, auf Feldern. Draußen, wo die Sonne scheint.«

Ira grinste schief. »Alles, was von draußen kommt, ist gefährlich. Wir bauen unser Gemüse hier unter der Erde an.«

Simon war beeindruckt. Er hatte keine Idee, wie so etwas funktionieren sollte. Er konnte sich Gemüsepflanzen nur auf einem Acker vorstellen oder höchstens noch in einem Gewächshaus, dort kam die Sonne durch das Glas. Hier unter der Erde gab es keine Sonne und schon gar keine Äcker. Zwar wusste Simon, dass es Pflanzen gab, die ohne Sonnenlicht gedeihen konnten, ein früherer Lehrer von ihm hatte Champignons in seinem Keller gezüchtet. Doch Simon glaubte nicht, dass die Menschen in dieser Stadt nur Pilze aßen.

Mit der Zeit wurde es im Gang heller, Simon begriff es erst, als Ira ihre Stirnlampe ausschaltete. Das Licht spiegelte sich in den Wänden, es kam aus einem der Lüftungsgitter, die in den Boden des Schachts eingelassen waren. Ira hob das Gitter an und kletterte durch die Öffnung.

Als Simon ihr folgen wollte und den Kopf durch die Lüftungsöffnung schob, war er sprachlos: Unter ihm breitete sich eine riesige Halle aus, sie war strahlend hell erleuchtet und voller Regale, in denen dicht gedrängt vom Boden bis zur Decke Gemüsepflanzen wuchsen. In einem Teil der Halle sah er Salat,

Tomaten, Kohl und Zucchini, ein Stück weiter standen weiße Boxen in den Regalen, darin hatten die Bauern Kartoffeln, Karotten und Rettiche angepflanzt. Ein paar Reihen dahinter rankten Bohnen bis zur Hallendecke. Nirgendwo gab es Erde, die Wurzeln hingen in Nährlösung, die über Schläuche zu den Pflanzen transportiert wurde. Gewächse wie Kartoffeln oder Karotten, die im Boden groß wurden, wuchsen in einem blauen Granulat. In fast einem Drittel der Hochregale war Korn ausgesät, vor allem Weizen, die Halme waren kurz, die schweren Ähren hingen seitlich aus den Pflanzkisten heraus. Ernteroboter fuhren zwischen den Regalen umher und pflückten reife Früchte, gruben das Wurzelgemüse aus oder ernteten die Ähren, andere Roboter prüften die Qualität der Pflanzen und den Reifegrad der Früchte.

Jetzt wusste Simon, warum die Bauern in dieser Welt an Pulten saßen und Knöpfe drückten, anstatt selbst Hand anzulegen.

»Was ist? Brauchst du eine Extraeinladung?« Ira stand auf dem Pflanzregal, das sich direkt unter dem Lüftungsschacht befand, es reichte bis fast an die Decke und war leicht zu erreichen. Statt einer Antwort zog Simon seinen Kopf zurück und ließ sich mit den Füßen voran durch die Öffnung gleiten. Ira grinste, als er neben ihr stand. »So sehen bei uns Felder aus. Beeindruckt?«

Simon nickte.

Behände begann Ira damit, an dem Regal herabzuklettern, sie benutzte die Regalstreben wie die Stufen einer Leiter. Simon machte es ihr nach. Ira wartete, bis er bei ihr war, dann führte sie ihn durch das Labyrinth aus Regalen und Blättern, wobei sie darauf achtete, den umherfahrenden Robotern auszuweichen.

Der Duft in der Halle war intensiv und schwer. Überall tropfte und zischelte es, manche der Gewächse wurden mit Nährlösung eingenebelt. Als sie an einem Hochregal mit besonders reifen Tomaten entlanggingen, pflückte Ira eine der kleinen roten Früchte und reichte sie Simon. Er aß sie, obwohl er Tomaten eigentlich nicht mochte. Der Fruchtgeschmack, der in seinem Mund explodierte, war unglaublich intensiv.

Zum Erstaunen von Simon befand sich Iras Versteck im Zentrum der Halle und nicht am Rand oder in einem Seitenraum, wie er es erwartet hätte. Doch jetzt, als sie weitergingen, verstand er, warum die Mitte der Halle der perfekte Ort war, um sich zu verstecken: Die Pflanzregale waren ringsherum parallel zu den Hallenwänden angeordnet und bildeten jeweils ein Viereck. Die nächste weiter innen stehende Regalreihe ergab ein weiteres Viereck, dann kam das nächste, und so weiter. Quergänge verbanden die Karrees. Je weiter man in die Mitte der Halle kam, desto kleiner wurden die Vierecke. Der Raum im Zentrum war leer, er war zu klein, um ein weiteres Regal aufzustellen, vor allem reichte der Platz nicht für die Ernteroboter, die in den Gängen rangieren mussten. Doch er war groß genug, um vier Jugendlichen ein Versteck zu bieten.

Ira suchte sich eine Lücke und schlüpfte durch die Wand aus Pflanzen. Simon folgte ihr. Beeindruckt blickte er sich um. Im grünen Dämmerlicht sah er eine gemütliche Höhle, mit Stühlen, einem Tisch und mehreren Matratzen. Sogar eine kleine Kommode stand in dem Versteck. Simon fragte sich, wie es Ira und ihre Freunde geschafft hatten, all das herzubringen.

Ira öffnete die Kommode und holte eine Decke und ein Kissen hervor. Aus einem anderen Fach nahm sie eine Flasche mit Wasser. »Zu essen haben wir hier leider nichts. Außer das Gemüse hier.« Sie grinste und wies auf die Pflanzregale, die das Versteck begrenzten und auf denen Erbsen und Bohnen wuchsen.

Simon nahm die Decke, das Kissen und das Wasser und legte alles auf eine der Matratzen.

»Ruh dich aus, du musst erschöpft sein, nach allem, was passiert ist.«

»Und was machst du?« Simon hoffte, dass Ira bei ihm bleiben würde.

»Ich muss zurück nach Hause, bevor meine Eltern merken, dass ich weg bin.« Sie betrachtete Simon nachdenklich. »Das war mit Abstand der verrückteste Abend, den ich seit Langem erlebt habe.«

Simon grinste verkniffen. »Für mich war das seit Langem mal wieder ein normaler Abend. Na ja, ziemlich normal.«

Ira musste kichern.

Auch Simon lachte, dann wurde er wieder ernst. »Wie geht es jetzt weiter? Ich muss zurück nach Avaritia, so schnell es geht.«

Ira nickte. »Ich sag den anderen Bescheid. Wir halten Kriegsrat, gleich morgen früh. Wir werden dir helfen, ein Weltentor zu finden.«

9

Am nächsten Morgen erwachte Simon durch ein Rascheln in der Blätterwand. Erschrocken setzte er sich auf. Er brauchte einen Moment, um sich zurechtzufinden, er hatte geträumt, doch dann erinnerte er sich wieder an alles.

»Ist er das?« Ein sommersprossiges Gesicht lugte durch die Blätter. »Na klar ist er das, wer denn sonst?« Der Junge grinste. »Hi!«

Simon grinste zurück. »Hallo Filippo!«

»Er kennt mich! Oh mein Gott!« Filippo tat so, als ob er erschrocken sei. Sein Gesicht verschwand wieder, und wenig später kroch er durch eine Lücke in der Pflanzenwand. Ira und Luc folgten ihm, sie begrüßten Simon freudig, während Tomas, der als Letzter in das Versteck kam, ihn misstrauisch musterte.

»Hier, ich hab dir was mitgebracht.« Ira reichte ihm eine Tasche, darin fand Simon zwei belegte Brote und eine Flasche mit Wasser. Erst jetzt merkte er, wie hungrig er war.

Filippo ließ sich auf eine der Matratzen fallen. Er betrachtete Simon neugierig. »Ein echt cooler Auftritt. Aristides Wächter suchen dich überall, und Ira hast du auch beeindruckt.«

Ira runzelte die Stirn, doch Filippo sprach ungerührt weiter. »Jetzt sag schon: Wie hast du das gemacht? Woher kennst du unsere Namen? Hast du uns heimlich beobachtet? Oder hast du unsere Ident-Akten geklaut und auswendig gelernt? Diese Geschichte mit den Weltentoren stimmt doch nicht, oder?«

Simon hatte in eines der Sandwiches gebissen, während Filippo sein Fragen-Feuerwerk abschoss. Er kaute zufrieden. »Bist du fertig?«

Filippo grinste. »Ich habe noch nicht mal angefangen.«

Ira hatte sich neben Filippo gesetzt, jetzt rammte sie ihm genervt den Ellenbogen in die Seite. »Nun sei doch mal still.«

Filippo spielte den Beleidigten, doch seine Augen blitzten weiter fröhlich. Immerhin sagte er jetzt nichts mehr.

»Erzähl ihnen, was du mir erzählt hast«, forderte Luc Simon auf und hockte sich auf einen Stuhl. Auch Tomas setzte sich.

Simon begann zu berichten. Die anderen lauschten gespannt, ohne ihn zu unterbrechen.

»Sieben Welten!« Filippo lachte ungläubig, als Simon geendet hatte. »So ein Blödsinn!« Auch Tomas wirkte abweisend. Simon hatte den Eindruck, dass sein Misstrauen weniger ihm galt als vielmehr Ira. Immer wieder hatte er argwöhnisch beobachtet, wie sie Simon ansah.

Jetzt stand Tomas auf. »Das ist doch alles Quatsch. Und du glaubst ihm auch noch!« Er warf Ira einen vorwurfsvollen Blick zu. »Gibt es irgendeinen Beweis für das, was er sagt?«

Ira biss sich auf die Lippen. Simon ahnte, dass sie den anderen nichts von dem Muttermal an ihrer Hüfte gesagt hatte.

Ärgerlich schnaubte Tomas durch die Nase. »Mir ist das hier zu blöd. Ich hau ab.« Ohne ein Wort des Abschieds ging er zum Ausgang des Verstecks.

»Warte!« Simon war etwas eingefallen. Er griff sich seinen Rucksack, um den Handschuh hervorzuholen. Es dauerte einen Moment, die Sicherungsschlaufe seiner Taschenlampe hatte sich in dem Schuppengewebe verhakt, Simon musste das Durcheinander erst entwirren, bevor er Tomas den Handschuh reichte.

»Was ist das?« Misstrauisch drehte Tomas den Handschuh in seinen Händen.

»Ich weiß es nicht genau. Ich hab es in einer der anderen Welten bekommen.«

»Und was beweist das?«

»Gibt es so etwas bei euch?«

»Keine Ahnung.«

Auch Filippo betrachtete den Handschuh interessiert. »Wie funktioniert das Ding?«

Simon zögerte. Er wusste immer noch nicht genau, wie der Handschuh benutzt wurde und was für eine Wirkung er besaß. Er hatte damit eine verschlossene Tür geöffnet und im reißenden Stundenfluss eine rettende Leiter erreicht, dann wiederum war ein Fass, das er mithilfe des Handschuhs hatte öffnen wollte, einfach verschwunden. Aber wenn er beweisen wollte, dass er die Wahrheit sagte, hatte er keine Wahl.

»Gib ihn mir bitte.«

Simon nahm den Handschuh, den Filippo ihm reichte, und stülpte ihn über. Leise klickerten die Schuppenglieder. Dann zog Simon die Manschette, die den Arm bedeckte und an der zwei Kabel befestigt waren, bis zum Ellenbogen hinauf, sodass das federleichte Gewebe keine Falten mehr warf. Die erhabene Fläche auf dem Handrücken war schwarz und unscheinbar.

Gespannt sahen ihm die anderen zu.

Simon schloss die Augen und konzentrierte sich. Er hatte den Handschuh bisher nur in Situationen größter Not benutzt, und so genau wusste er nicht, wie er das Licht zum Leuchten gebracht hatte. Was musste er denken oder fühlen, um den Handschuh zu aktivieren?

Die erstaunten Rufe der anderen ließen ihn aufmerken: Das Licht auf dem Handrücken strahlte. Leise klickernd zogen sich die Schuppenglieder zusammen, bis der Handschuh eng und fest um Simons Hand und um seinen Arm lag.

»Und nun?« Gespannt beugte sich Filippo vor. »Kommt da jetzt ein Todesstrahl raus, oder bist du damit superstark?«

Simon schüttelte den Kopf. »Ich kann mit dem Handschuh Dinge verändern.«

»Zeig es uns.« Herausfordernd verschränkte Tomas seine Arme vor der Brust.

Auch Ira und Luc beobachteten Simon gespannt.

Simon sah um sich. Er wusste nicht genau, was er tun sollte, hier gab es keine verschlossene Tür oder irgendeine verbogene Leiter. Schließlich entschied er sich für einen Stuhl. Simon hob seine Hand und legte sie auf die Stuhllehne. Das weiße Licht pulsierte und wurde blau.

Dann ging alles ganz schnell: Der Stuhl leuchtete auf, nicht länger als ein Lidschlag, so als ob er von innen glühen würde. Dann war er verschwunden. An seiner Stelle stand plötzlich wie von Geisterhand Erde in der Luft, sie bildete die Form des Stuhls nach und fiel im selben Augenblick zu Boden. Prasselnd rollten Erdklumpen und kleine Steine davon.

Luc schrie überrascht auf, Filippo hatte den Mund sprachlos aufgerissen. Auch Ira und Tomas waren verblüfft.

»Das ist ja ein Ding.« Filippo fasste sich als Erster. Er betastete den Erdhaufen, der auf dem Hallenboden lag. Überrascht zuckte er zurück, als sich ein Regenwurm aus den Klumpen ringelte.

»Wie hast du das gemacht?« Ira blickte Simon mit großen Augen an.

Simon hob hilflos seine Schultern. »Ich weiß es nicht. Es passiert einfach.«

»Aber wo ist der Stuhl hin?«

»Und was ist das für ein Zeug?« Filippo hatte einen Erdklumpen in die Hand genommen, er zerbröselte zwischen seinen Finger.

Simon erklärte ihm, was Erde war und was ein Regenwurm darin zu suchen hatte. Wohin der Stuhl verschwunden war, wusste auch er nicht.

Dann war es eine Weile still.

Schließlich stand Luc auf und begann stumm damit, die Brocken zusammenzufegen, er schüttete sie sorgfältig in eine Plastikbox. Auch der Regenwurm landete in der Box, Luc hob ihn mit einem trockenen Ast auf.

»Und jetzt?« Filippo sah auf.

Simon blickte auf seinen Ring: Der Stein war dunkel, so wie auch schon am Tag zuvor. Hier in dieser Stadt schien nirgendwo ein Weltentor zu sein. »Ich brauche eure Hilfe. Ich muss ein Weltentor finden, um wieder zurück nach Avaritia zu kommen.« Simon sah fragend in die Runde. »Habt ihr eine Idee?«

Ira verzog das Gesicht. »Rate mal, worüber ich seit gestern Abend nachgrüble.« Sie ärgerte sich, keine Antwort gefunden zu haben.

»Und wenn du deine Mutter bittest, Simons Großvater aufzuwecken?« Tomas blickte fragend zu Luc.

Der winkte ab. »Erstens darf sie das nicht, sie hat jetzt schon riesigen Ärger, weil sie Simon zu seinem Großvater gelassen hat.« Und zweitens, ergänzte er, habe ihm seine Mutter erzählt, dass es sehr gefährlich für einen Patienten sei, einen autounterstützten Heilungsprozess zu unterbrechen.

»Auto-unterstützt?« Filippo runzelte die Stirn. »Was soll das dann sein?«

»Das sagt man, wenn die Patienten in Robo-Meds liegen« antwortete Ira. »Das sind diese Kuppeln mit den Roboterarmen, unter der deine Mutter das letzte Mal lag, als dein Vater …«

Filippo hob eilig die Hand, das Thema war ihm unangenehm. Ira unterbrach sich mitten im Satz.

»Aber wer außer seinem Opa kann wissen, wo ein Weltentor ist?« Filippo kratzte sich am Kopf.

Niemand antwortete.

Simon kam ein Gedanke. Aufgeregt sah er Ira an. »Was ist mit deiner Oma? In meiner Welt wusste sie, wo ein Weltentor ist. Vielleicht weiß sie es auch hier!«

Plötzlich ließ ein Geräusch die Freunde zusammenzucken: Eine Tür klappte, dann waren Stimmen zu hören. Ira sprang auf und spähte durch das Dickicht. Als sie nichts erkennen konnte, kletterte sie behände an einem der Regale hinauf. Auch die anderen waren aufgesprungen.

Nach einer Weile kam Ira wieder herabgeklettert. Sie war aufgeregt. »Da sind zwei Männer«, flüsterte sie. »Sie gehen die Reihen ab.«

Tomas wirkte besorgt. »Aber hierher kommt sonst niemand. Was wollen sie?«

»Sie suchen Simon.«

10

Alarmiert sahen sich die Freunde an. Keiner sagte ein Wort, jeder wusste, was er zu tun hatte: Während Filippo und Luc die Matratzen aufeinanderschichteten und lautlos den Tisch und die Stühle zusammenschoben, holten Ira und Tomas ein mit blattgrünen Stoffflicken benähtes Netz aus der Kommode hervor und entfalteten es. Simon fasste mit an, und gemeinsam bedeckten sie mit dem Tarngeflecht all die Gegenstände in dem Versteck.

»Und wo verbergen wir uns?«

Ira legte einen Finger auf ihre Lippen, ohne Simons Frage zu beantworten. Stattdessen huschte sie hinter die vom Tarnnetz bedeckten Gegenstände und bedeutete den anderen, ihr zu folgen. Alle hockten sich so gut es ging hinter die Deckung.

Die Stimmen wurden lauter, jetzt waren auch die Schritte der Männer zu hören. Die beiden gingen Reihe für Reihe ab, sie kamen immer näher, bis sie direkt vor den Regalen, die an das Versteck grenzten, stoppten. Simon hielt den Atem an.

»Das ist doch Blödsinn, dass wir hier suchen.« Der Erste der beiden klang genervt.

»Du hast gehört, was der Chef gesagt hat.«

»Aber wie soll er hier reinkommen? Ich sag dir, der ist irgendwo draußen in der Enklave.«

»Los, such weiter.«

Der Erste seufzte tief und machte sich so wie sein Kollege wieder auf den Weg, um die nächste Regalreihe abzugehen. Langsam entfernten sich die beiden Männer.

Ira zögerte keine Sekunde: So schnell es ging, huschte sie hinter der Deckung hervor und lief zu dem Regal, an dem die Männer ihre Suche unterbrochen und sich unterhalten hatten. Sie lugte durch die Blätterwand, dann gab sie den anderen ein Zeichen und schob sich durch die Lücke. Tomas, Filippo, Luc und Simon folgten ihr, bis alle in dem Gang standen, der gerade eben abgesucht worden war.

Sie hatten den Platz rechtzeitig gewechselt: Die Männer kamen zurück, nun näherten sie sich dem Versteck von der anderen Seite. Einer der beiden schob seinen Kopf durch eine Lücke im Pflanzregal und warf einen kurzen Blick auf die Stelle, auf der Simon und seine Freunde eben noch gehockt hatten. »Hier ist nichts. Hab ich doch gesagt.« Es raschelte wieder, der Kopf verschwand. Die Schritte wurden leiser.

Simon hatte den Atem angehalten, jetzt stieß er ihn erleichtert wieder aus. Alle waren froh, nicht entdeckt worden zu sein.

»Kommt!«

Leise suchte sich Ira einen Weg durch die Regalreihen, sie schlug einen großen Bogen, um möglich weit entfernt von den beiden Männern zu sein. Die Freunde folgten ihr. Schließlich stoppten sie direkt unter der Öffnung des Lüftungsschachts, durch den sie in die Pflanzhalle gekommen waren.

Die Männer hatten zwischenzeitlich die andere Hälfte der Halle abgesucht, ihre Stimmen waren kaum noch zu hören. Ira wartete, bis sich die Tür hinter ihnen geschlossen hatte und es still wurde, dann stieg sie am Regal hinauf und kletterte in den Lüftungsschacht. Die anderen taten es ihr gleich. Tomas ging als Letzter, er schloss sorgfältig das Gitter hinter sich, nachdem er durch die Öffnung geklettert war. Dann krabbelten sie gemeinsam durch den Schacht zurück, bis sie endlich das Hauptrohr erreicht hatten und nebeneinander stehen konnten.

»Und jetzt?« Filippo sah Ira fragend an. Auch die anderen schienen darauf zu warten, dass sie etwas sagte.

Ira schwieg nachdenklich.

Simon wollte nicht warten. »Was ist mit deiner Oma? Können wir zu ihr?«

»Was glaubst du, worüber ich gerade nachdenke?« Ira sah auf. »Sie wohnt am anderen Ende der Enklave.«

»Dann lass uns zu ihr gehen.«

»Wenn wir gehen, dauert das Stunden. Außerdem …« Sie stockte.

Simon spürte, dass Ira besorgt war. »Jetzt sag schon, was los ist.«

»Das Viertel, in dem meine Oma lebt, ist nicht an das zentrale Lüftungssystem angeschlossen.«

»Und das heißt?«

»Wir müssen mitten durch die Stadt.«

*

Sie hatten lange darüber gesprochen, was sie jetzt tun sollten. Jeder Wächter der Enklave hielt nach Simon Ausschau, und vielleicht fahndeten auch die Soldaten des Rates nach ihm. Tomas vermutete, dass Aristide den Rat auf seine Seite gezogen hatte, trotz des Protests des Ratsvorsitzenden, denn sonst wären niemals die Felder nach Simon abgesucht worden. Hinzu kam, dass inzwischen jeder Bewohner der unterirdischen Stadt Simons Gesicht kannte: Erst am Morgen war in den Nachrichten, die auf die Terminals aller Wohneinheiten übertragen wurden, von Simon und seinem Großvater berichtet worden. Der Junge, der den Strahlwald ohne Schaden überstanden hatte, war in der Enklave das Tagesthema.

Schließlich hatten die Freunde beschlossen, Simon so gut es ging zu verkleiden, um ihn dann im Schutz der Gruppe durch die Straßen der unterirdischen Stadt zu leiten. Mit Filippo hatte Simon die Hose getauscht und Tomas gab ihm seinen Pullover, die Kapuze daran war groß und verbarg Simons Gesicht. Ein Tuch von Luc, das sich Simon um den Hals schlang, vervollständigte die Maskerade.

»Seid ihr soweit?« Ira war nervös. Sie spähte durch ein Lüftungsgitter in den Tunnel, den sie für ihren Abstieg in die Straßen der unterirdischen Stadt ausgesucht hatte.

Endlich signalisierten ihr die anderen, dass sie fertig waren.

»Dann los.« Ira stieß das Lüftungsgitter auf und ließ sich durch die Öffnung fallen. Der Zeitpunkt war gut gewählt, niemand bemerkte sie, außer einem kleinen Mädchen, das einen Flummi zu fangen versuchte und dabei fast über Ira gestolpert wäre.

»Wo kommst du denn her?« Das Mädchen starrte Ira mit großen Augen an.

»Los, verzieh dich.« Ira funkelte die Kleine mit drohend zusammengezogenen Augenbrauen an. »Und wehe, du sagst jemandem, dass du uns gesehen hast.«

Die Kleine nickte eingeschüchtert. Ira tat leid, was sie gesagt hatte, als sie den erschrockenen Blick des Mädchens sah. Aber sie durfte nicht riskieren, dass jemand auf sie aufmerksam wurde.

Ohne sich umzudrehen, rannte das Mädchen davon.

Der Tunnel, den Ira ausgewählt hatte, war ein Verbindungsgang zwischen der Hauptstraße und der einzigen Bahnlinie, die es gab. Die Strecke verband die Enklave mit den benachbarten Siedlungen an der Küste. Gerade eben war ein Zug eingefahren, die fensterlose weiße Kunststoffhülle des Triebwagens blinkte im Licht der Lampen. Die Türen öffneten sich und Sekunden später waren erst der Bahnsteig und dann der Verbindungsgang voller Menschen. Niemand beachtete Ira, die am Rand des Ganges kniete und an ihren Schuhen herumnestelte, so als wäre einer der Klettverschlüsse kaputt.

Sie pfiff leise, als der letzte Passagier den Gang verlassen hatte. Momente später fiel Simons Rucksack aus dem Lüftungsschacht, Ira fing ihn auf. Luc sprang herab, dann Tomas und Filippo. Zuletzt kam Simon. Das Gitter des Schachts mussten sie offen stehen lassen. Ira hoffte, dass es niemand bemerkte.

Simon klopfte das Herz bis zum Hals. Ob seine Verkleidung gut genug war? Auf keinen Fall durfte jemand ihn erkennen. Wenn er erst einmal in den Händen der Wächter oder der Soldaten des Rats war, dann würden sie ihn festhalten und vielleicht sogar einsperren, und dann hatte er keine Chance mehr, ein Weltentor zu finden.

Schweigend machten sie sich auf den Weg. Tomas ging zusammen mit Filippo voran, Simon folgte in der Mitte, Luc war direkt hinter ihm. Ira hielt etwas Abstand, sie trug Simons Gepäck. Die Wächter suchten einen Jungen mit einem Rucksack – ein Mädchen, das einen Rucksack trug, würde sie nicht weiter beachten.

Nach kurzer Zeit erreichten sie eine der Hauptstraßen der unterirdischen Stadt. Überrascht blieb Simon stehen. Hauptstraßen, hatte Luc ihm erklärt, hießen hier die großen Tunnel zwischen den einzelnen Siedlungen der Enklave, in ihnen gab es Läden und Marktstände, Cafés und Spielzonen, dazu Imbissbuden, Supermärkte und Restaurants. Fliegende Händler verkauften Kleidung und billigen Schmuck, in kleinen Seitengängen hatten Handwerker ihre Werkstätten eingerichtet. Simon war erstaunt, wie viele Menschen hier unterwegs waren. Das erste Mal hatte er das Gefühl, sich wirklich in einer Stadt zu befinden.

»Geht weiter. In diese Richtung.« Ira schlenderte scheinbar unbeteiligt an ihnen vorbei, während sie ihnen die Worte zuraunte. Die vier Jungen folgten der Aufforderung.

Es wurde immer voller, je weiter sie kamen, sie näherten sich dem Stadtzentrum. Ira hatte erzählt, dass der Weg über den zentralen Platz die einzige Möglichkeit war, um zur Siedlung von Iras Großmutter zu kommen. Es war der gefährlichste Teil ihrer Reise. Simon zog die Kapuze des Pullovers tiefer in die Stirn. Er spürte, wie seine Hände feucht wurden.

Die Straße mündete in einen noch größeren Tunnel, immer mehr Menschen strömten der Stadtmitte entgegen. Es wurde lauter, bunter, quirliger. Händler mit Zuckerwaren umwarben die Passanten, Artisten jonglierten Leuchtbälle, ein Straßenmusiker sang zur Gitarre. Schließlich öffnete sich der Tunnel, und sie betraten den zentralen Platz.

Simon war beeindruckt: Sie standen in einer riesigen Halle, groß wie eine Kirche, mit einer gewölbten Decke, von der glitzernde Kronleuchter herabhingen. Das Licht hunderter Lampen spiegelte sich in dem glänzend polierten Boden. Die Wände waren mit funkelnden Mosaiken geschmückt, kleine Wasserfälle ergossen sich in Kaskaden an ihnen herab. In der Mitte der Halle stand eine Figur, meterhoch und schneeweiß, es war eine Frau in einem fließenden langen Gewand, sie hatte die Arme gehoben und streckte eine Uhr zur Hallendecke.

Simon stutzte. Ihm kam der Ort bekannt vor. Als er die Skulptur im Zentrum der Halle entdeckte, war er sich sicher: Er war schon einmal hier gewesen, in seiner Welt Gula, gemeinsam mit seinen Freunden. Dieser Ort war auch in seiner Welt das Zentrum der Stadt, genau eine solche Skulptur hatte er im zentralen U-Bahnhof gesehen.

Der Tower, von dem aus Drhan herrschte, musste direkt über ihnen sein.

Verblüfft registrierte Simon, dass er nichts spürte. In seiner Welt war ihm unwohl gewesen, als er sich dem goldglänzenden Turm genähert hatte. Hier fühlte er nichts.

»Weitergehen! Nicht anhalten!« Filippo zupfte an Simons Ärmel.

Simon wollte der Aufforderung gerade folgen, als plötzlich direkt vor ihm eine Frau aufschrie. Sie starrte ihn an. »Das ist er!« Noch einmal schrie sie auf, bevor sie aufgeregt auf Simon zeigte. »Das Wunderkind! Er ist hier!«

11

Erschrocken blieb Simon stehen. Die Frau, die ihn erkannt hatte, wirkte aufgeregt und vor allem glücklich, dass sie Simon getroffen hatte. Sie lächelte verträumt und sah ihn mit großen Augen an, wie Simon erstaunt bemerkte. Auch die anderen Passanten wurden jetzt auf ihn aufmerksam. Ungläubige Rufe ertönten, blitzschnell verbreitete sich die Nachricht weiter. »Das Wunderkind ist unter uns!« Der Fluss der Menschen stoppte, alle starrten ihn an. Jetzt kamen die Ersten auf Simon zu, sie streckten die Hände aus, um ihn zu berühren. Langsam begann sich der Kreis um sie herum zu schließen.

Erschrocken wich Simon zurück.

»Los, weg hier!« Tomas packte Simons Arm und zog ihn mit sich. Auch die anderen rannten los. Als hätten sie sich abgesprochen, warf sich Ira gemeinsam mit Filippo und Luc in die Menschenmenge, sie bahnten eine Gasse, durch die Tomas Simon leitete. Die Menschen drängten weiter heran, Hände griffen nach ihnen, immer wieder musste Simon sich losreißen. Hinter ihnen brach Chaos aus.

Unbeirrt lief Ira weiter. Die Menge wurde lichter, je weiter sie an den Rand des Platzes kamen, jetzt ging es schneller voran. Doch die Rufe, dass das Wunderkind entdeckt worden sei, begleiteten sie.

»Hier entlang!« Ira hatte einen schmalen Tunnel entdeckt, es war ein Gang, den nur wenige Menschen nutzten. Ohne zu zögern, rannte sie auf die Tunnelöffnung zu. Die anderen folgten ihr. Sie ließen das Chaos und die Rufe hinter sich.

Doch die Gefahr war noch nicht gebannt: »Dort ist er!« Schritte hallten von der Tunnelwand zurück, sie waren laut und schnell und sie waren dicht hinter ihnen. Als Simon zurückschaute, sah er mehrere Männer, die ihnen nachrannten, es waren Sittenwächter in ihren langen Gewändern. »Haltet sie auf!«, brüllte einer von ihnen. Simon fürchtete, dass jeden Moment jemand der Aufforderung folgte und sich ihnen in den Weg stellte.

So schnell sie konnten, rannten sie weiter. Sie verließen den Verbindungsgang und stürzten sich in das Labyrinth, das die Straßen der unterirdischen Stadt bildeten. Es war ein gigantischer Irrgarten aus Treppen, Gängen und Schächten. Immer wieder wechselten sie die Richtung, bis keiner von ihnen mehr wusste, wo sie sich befanden. Trotzdem gelang es ihnen nicht, ihre Verfolger abzuhängen. Im Gegenteil: Weitere Wächter hängten sich an ihre Fersen und liefen ihnen nach, fest entschlossen, sie zu fassen.

Simons Herz schlug heftig. Lange, wusste er, würde er die rasende Jagd nicht mehr durchhalten.

»Du musst deinen Pullover ausziehen!« Tomas ließ sich zurückfallen, bis er neben Simon rannte. Auch er war aus der Puste, seine Worte kamen nur stoßweise, immer wieder schnappte er nach Luft. »Jetzt gleich, nach der nächsten Biegung.«

Simon wollte nachfragen, doch ihm fehlte der Atem, so nickte er nur als Zeichen, dass er Tomas verstanden hatte.

Der Gang teilte sich, sie bogen um die Ecke. »Jetzt!«

Im Laufen, so schnell es ging, zog Simon den Kapuzenpullover aus und reichte ihn Tomas. Auch der hatte seinen

Pullover ausgezogen, er warf ihn Simon zu, während er sich gleichzeitig den Kapuzenpulli schnappte und blitzschnell überstreifte. Simon war noch dabei, das Oberteil anzuziehen, als ihn Tomas' Ellenbogen traf. »Dort hinein!«

Die Wucht des Stoßes ließ Simon zur Seite taumeln, er stolperte, den Kopf im Pullover verfangen, in einen Nebengang. Er streifte eine Wand und stürzte, vom Schwung mitgerissen, zu Boden. Benommen blieb er liegen. Jemand fiel über ihn, er hörte einen unterrückten Schrei. Das war Ira!

Ihre Verfolger hatten inzwischen die Biegung erreicht, Simon hörte ihre Stimmen, sie kamen näher. Außer Atem und am Ende seiner Kraft vergrub Simon den Kopf in seinen Armen. Er wartete darauf, dass sie ihn packten und hochrissen. Doch die Schritte stoppten nicht, sondern wurden leiser.

Simon befreite seinen Kopf aus dem Pullover und sah auf: Er lag in einem dunklen Seitengang, in den Tomas ihn gestoßen hatte, neben ihm kniete Ira. Sie wirkte benommen, offenbar war sie so wie er gegen die Wand geprallt.

Ihre Verfolger waren nirgendwo zu sehen.

Simon sprang auf und lief zurück zur Mündung des Ganges. Vorsichtig schob er seinen Kopf um die Ecke, um in den Tunnel zu sehen, durch den sie gerade eben noch gerannt waren. Weit entfernt entdeckte er die Sittenwächter, die ihn fassen wollten. Sie waren Tomas gefolgt, in der Annahme, der Junge in dem Kapuzenpullover sei er. Erschrocken musste Simon mit ansehen, wie sie Tomas einholten, sich auf ihn warfen und ihn überwältigten. Auch Filippo und Luc wurden gestellt und von den Männern festgehalten. Aufgeregte Rufe hallten durch den Tunnel.

Simon eilte zurück zu Ira. »Wir müssen weg hier. Schnell!«

Ira nickte und rappelte sich auf. Während sie durch den Seitengang hasteten, berichtete Simon, was er beobachtet hatte. Ira kniff die Lippen aufeinander und sagte kein Wort.

Schweigend liefen sie durch die Tunnel der unterirdischen Stadt, bis sie das Gefühl hatten, genug Raum zwischen sich und ihre Verfolger gebracht zu haben. In einer ruhigen Ecke stoppten sie. Ira entdeckte einen Müllcontainer, sie hockten sich in die Lücke dahinter und warteten, dass sich ihr Atem wieder beruhigte.

Simon sah auf. »Was passiert mit ihm?«

»Mit Tomas?« Ira zögerte. »Ich denke, nicht viel. Sie werden schnell merken, dass er der Falsche ist.«

»Kriegt er Ärger?«

»Weil er weggerannt ist?« Ira schüttelte den Kopf. »Immerhin haben ihn ein Haufen wilder Erwachsener verfolgt. Da wäre doch jeder weggerannt.«

»Die sind doch nicht blöd. Die werden doch wissen, dass wir die Pullover getauscht haben.«

Ira schwieg nachdenklich.

Nach einer Weile brachen sie wieder auf, bedrückt und schweigend. Beide dachten an ihre Freunde, beide hofften, dass es ihnen gut ging.

»Weißt du, wo wir sind?« Suchend sah Simon in die Tunnel, an denen sie vorbeikamen.

Ira wirkte hilflos, was ungewöhnlich war. »Keine Ahnung. Hier war ich noch nie.«

Sie gingen bis zur nächsten Kreuzung und entschieden sich für einen Gang, von dem sie hofften, dass er sie näher zu ihrem Ziel führte. Der Schacht war nur spärlich beleuchtet, die Lampen, die in Abständen an der Decke angebracht waren, flackerten trübe. Immer, wenn ihnen jemand entgegenkam, senkte Simon seinen Kopf auf die Brust, damit kein Licht auf sein Gesicht fiel. Ab und an wechselten sie an Abzweigungen die Richtung und wählten dabei möglichst jene Tunnel aus, deren Beleuchtung schlecht war.

Plötzlich stutzte Simon: Der Gang, den sie gerade passierten, kam ihm bekannt vor. Er wollte Ira gerade von seiner Beobachtung erzählen, als er sah, dass sie grinste. Auch sie hatte den Tunnel wiedererkannt und wusste nun, wo sie waren. »Los, hier lang!« Bevor Simon sie fragen konnte, rannte Ira los.

Nach einer Weile erinnerte sich Simon, woher er den Gang kannte: Durch diesen Schacht hatten ihn die beiden Wächter geführt, als er zu Aristide gebracht worden war. Das bedeutete, dass die Krankenstation nicht weit entfernt war. Offensichtlich hatten sie bei ihrer Flucht einen großen Bogen geschlagen und waren wieder an jenen Ort zurückgekehrt, an dem alles begonnen hatte. Simon war bedrückt.

Sie sahen die Krankenstation wenig später: Die Tunnelröhre vor dem Eingang war hell erleuchtet, das Licht strahlte bis in den Gang hinein, in dem sie sich der Station näherten.

Ira zögerte. »Besser, wir kehren um. Wir suchen uns einen anderen Weg, bevor uns jemand entdeckt.«

In der gleichen Sekunde wurde Simon gepackt, eine Hand hielt ihn fest. »Stehen bleiben! Und du auch, Madame.«

Erschrocken fuhren Simon und Ira herum.

Vor ihnen stand Iras Mutter.

12

Mit einem leisen Klicken schloss sich die Eingangstür. Dr. Lytras warf ihre Schlüsselkarte, mit der sie ihre Wohneinheit geöffnet hatte, auf das Ablagebrett im Flur. Dann wandte sie sich um und sah Simon und Ira besorgt an.

Ira verschränkte ihre Arme vor der Brust. »Was kommt jetzt? Eine Standpauke, weil ich mit Simon abgehauen bin?« Herausfordernd blickte sie ihre Mutter an.

Dr. Lytras schüttelte den Kopf. »Nein, nur eine Frage: Warum bist du nicht zu mir gekommen?«

Ira war kurz aus dem Konzept gebracht. »Zu dir? Warum?«

»Ich hätte euch geholfen.«

»Du?« Ira mochte es nicht glauben. »Du hast ihn im Krankenhaus in seinem Zimmer eingesperrt!«

»Ja, aber um ihn zu beschützen! Ich habe geahnt, dass Bischof Aristide nicht locker lassen wird, bis er Simon in seiner Gewalt hat.«

Simon verstand das nicht. »Was habe ich diesem Aristide getan?«

Dr. Lytras zögerte, bevor sie ihm antwortete. »Ich vermute, du machst ihm Angst.«

»Aber warum?«

»Aristide weiß, dass du im Strahlwald gewesen bist, ohne dass es dir geschadet hat. Alle wissen das.«

Simon zuckte mit den Schultern. »Ja und?«

»Der Strahlwald ist tödlich. Niemand, der dort nicht hingehört, überlebt ihn. Warum, denkst du, wohnen wir hier unter der Erde? Um den Strahlen zu entgehen.«

»Was sind das für Strahlen? Wo kommen sie her?«

»Du kennst die Geschichte nicht?« Dr. Lytras betrachtete ihn forschend. »Komm, ich koche uns einen Tee, dann erzähle ich dir alles.«

Während sie in die Küche gingen, berichtete die Ärztin, dass es einst direkt über der Enklave eine Stadt gegeben habe, mit hohen Häusern und breiten prachtvollen Straßen. »Genau im Zentrum der Stadt stand ein goldenes Hochhaus.«

»Der Tower.« Simon flüsterte die Worte.

»Ja, genau.« Iras Mutter war erstaunt. »Woher kennst du diesen Namen?«

Simon ließ die Frage unbeantwortet. »Erzählen Sie weiter.«

»Niemand weiß genau, was damals passiert ist. Die einen sagen, dass es ein großes Feuer gegeben habe, andere erzählen, dass ein gewaltiger Frost die Stadt überzogen hat. Jedenfalls ist in dieser Nacht der Tower verglüht.«

»Und dann kamen die Strahlen ...«

Iras Mutter schüttelte den Kopf. »Nicht sofort. Die Strahlen haben nichts mit dem goldenen Hochhaus zu tun. Sie stammen von einem Kraftwerk, das zwei Tage später heiß gelaufen und dann explodiert ist. Unsere Techniker vermuten, dass das Leitungsnetz überlastet war, weil zu viel Strom produziert wurde. Das hat dann zu einer Kettenreaktion geführt, bei der das Kraftwerk zerstört und die Strahlen freigesetzt wurden.«

»Und dann?«

Iras Mutter schob den Kessel auf den Herd und stellte eine Teekanne bereit. »Ein Teil der Menschen hatte sich in den

Untergrund geflüchtet, in die alten U-Bahn-Schächte. Die, die draußen geblieben waren, überlebten nicht.«

»Dringen die Strahlen nicht in die Erde ein?«

»Das Felsgestein hält sie zurück. Und wo es keinen Felsen gibt, da schützt uns das hier.« Sie klopfte gegen die Kunststoffwand der Küche. »Das haben unsere Techniker entwickelt. Inzwischen können sie es so dünn fertigen, dass wir Schutzanzüge herstellen können. Die haben die Männer des Rettungstrupps getragen.« Sie betrachtete Simon nachdenklich. »Du und dein Großvater, ihr hattet keinen solchen Anzug. Ihr seid ungeschützt gewesen, als sie euch im Strahlwald gefunden haben. Deinem Großvater haben die Strahlen zugesetzt. Bei dir ist es, als ob du niemals dort oben gewesen wärst. Deshalb glauben die Menschen, dass ein Wunder geschehen ist.«

Jetzt begriff Simon, warum sie ihn »Wunderkind« nannten. »Trotzdem verstehe ich nicht, wieso mich Aristide fürchtet.«

Dr. Lytras nahm den Kessel vom Kochfeld und goss das sprudelnde Wasser in die Teekanne. »Für Bischof Aristide sind die Strahlen eine Strafe Gottes. Eine Buße, die den Menschen auferlegt wurde, während sie auf die Erlösung warten. Das glauben hier viele Menschen, und deshalb gibt es Aristide und seine Gemeinde. Die Menschen wollen mit ihrer Furcht nicht alleine sein.«

Simon runzelte die Stirn. »Macht Aristide den Menschen keine Hoffnung?«

»Doch, auf seine Weise schon.«

»Er sagt ihnen, dass der Erlöser kommt«, warf Ira ein. Ihre Stimme klang spöttisch.

Dr. Lytras warf ihr einen kurzen Blick zu. »Ja, das sagt er. Und gleichzeitig hofft er, dass dieser Erlöser niemals kommen wird. Denn wenn das wirklich geschehen würde, dann wäre seine Aufgabe erfüllt. Und seine Gemeinde würde sich auflösen. Für Aristide ist das eine schreckliche Vorstellung.«

»Und was hat das alles mit mir zu tun?«

Dr. Lytras schwieg eine Weile. Simon hatte den Eindruck, dass sie überlegte, ob sie seine Frage beantworten sollte oder besser nicht. Simon tastete sich in ihre Gefühle, und was er empfand, bestätigte seinen Verdacht. »Sie können mir ruhig die Wahrheit sagen. Ich bin alt genug, Sie brauchen mich nicht zu schonen.«

Überrascht sah Dr. Lytras auf. Sie nickte, während sie ihn nachdenklich betrachtete. »Es ist so: Du hast den Strahlwald ohne Schaden überstanden. In der Gedankenwelt von Aristide heißt das, dass Gott dich nicht bestraft. Denn Gott straft nur Sünder. Du bist also ohne Sünde.«

»Ach du je.« Simon musste lachen. »Kein Mensch ist ohne Sünde.« Ihm fielen genug Dinge ein, die er getan hatte und über die Gott wirklich nicht begeistert sein konnte.

Dann wurde ihm klar, was Iras Mutter gerade angedeutet hatte, und das Lachen blieb ihm im Hals stecken. »Wenn Aristide denkt, dass ich ohne Sünde bin, wer, glaubt er, bin ich?«

»Er befürchtet, dass du der Erlöser bist.«

Simon war sprachlos.

»Ach du Scheiße.« Ira blieb der Mund offen stehen. »Das ist nicht dein Ernst, oder?« Mit großen Augen blickte sie ihre Mutter an.

Die seufzte. »Ich habe euch nur erzählt, was Aristide glaubt. Und warum er und seine Wächter Simon um jeden Preis kriegen wollen.« Sie wandte sich ab und holte Teebecher aus dem Schrank.

Simon schaute stumm dabei zu, wie sie den aufgequollenen Teebeutel aus der Kanne fischte, in den Abfalleimer warf und danach jedem einen Becher vollschenkte. Sie tranken stumm.

Simon suchte den Blick von Iras Mutter. »Ich bin das nicht. Ich bin nicht der Erlöser. Ich habe den Strahlwald überstanden, weil ich nur ganz kurz dort war.«

»Du warst dort genauso lange wie dein Großvater.« Dr. Lytras betrachtete ihn ernst. »Es ist erstaunlich, das musst du zugeben. Genauso erstaunlich wie der Gedanke, dass du durch ein Weltentor gekommen bist.«

Ira wunderte sich über die Worte ihrer Mutter. »Du glaubst ihm? Als du Simon auf der Krankenstation eingesperrt hast, da hast du dich ganz anders angehört.«

»Da wusste ich auch noch nicht alles.«

»Was wusstest du noch nicht?«

Dr. Lytras ließ die Frage unbeantwortet. »Trinkt euren Tee. Geht am besten in Iras Zimmer. Ich sorge in der Zwischenzeit für eine Möglichkeit, dass Simon unbemerkt zu meiner Mutter kommt. Du willst doch zu ihr, oder?«

Simon nickte stumm.

Schweigend, die Teebecher in der Hand, verließen Ira und Simon die Küche. Die Wohneinheit war groß und bestand aus mehreren Räumen. Ira hatte eine Kammer für sich, sie stieß die Tür auf und ließ Simon eintreten. Der Raum war schlicht eingerichtet, mit einem Bett und einem Regal darüber, daneben war ein großer Bildschirm in die Wand eingelassen, Ira hatte ihn eingeschaltet und den Blick auf eine sonnenbeschienene Wiese gewählt. Auf der anderen Seite des Raumes gab es einen Tisch, einen Stuhl und an der Wand eine Kommode. Direkt darüber befand sich das Lüftungsgitter. Es war nur angelehnt. Simon konnte erkennen, an welchen Stellen Ira auf den Tisch und die Kommode kletterte, um zu der Öffnung zu gelangen.

Nachdenklich zog Simon den Stuhl zu sich heran und setzte sich. Ira hockte sich im Schneidersitz auf das Bett. Sie wirkte etwas verlegen. »Mein Zimmer ist sicher nicht so toll wie das von deiner Ira.«

»Welche Ira meinst du?« Simon wusste im Moment wirklich nicht, an welche ihrer Zwillingsschwestern sie dachte.

»Die aus deiner Welt.«

»Ich weiß es nicht. Ich war nie in ihrem Zimmer.«

Ira warf einen Blick zum Bildschirm an der Wand. »Sie hat bestimmt ein richtiges Fenster.«

»Dafür fehlen ihr ein paar andere Dinge, die du hast.« Simon musste daran denken, dass die Ira in seiner Welt ohne Mutter aufwuchs. Doch er sagte nichts davon. »Die Ira in Avaritia«, fuhr er fort, »die hat ein Zimmer ohne Fenster, genau wie du.« Simon sah zum Lüftungsschacht hinauf. »Und sie klettert so wie du nach oben durch eine kleine Öffnung in der Decke, um heimlich rauszukommen.« Simon erzählte ihr, dass jene Ira durch den alten Kaminschacht des Hauses bis zum Dachfirst hinaufstieg, um über die Dächer und Mauern der Ruinenstadt zu balancieren.

Ira hörte mit leuchtenden Augen zu. »Das muss schön sein.«

Simon widersprach ihr nicht, doch er erzählte auch nicht weiter. Er erinnerte sich nicht gerne daran, was in dem Dorf geschehen war.

Er blickte auf. »Ist dein Vater nett?«

»Geht so. Eigentlich schon. Er arbeitet viel.«

»Was macht er? Ist er Arzt, wie deine Mutter?«

Ira lachte. »Nein. Mit Menschen kann Papa nicht so gut umgehen. Maschinen liegen ihm mehr. Er ist Techniker, er arbeitet bei Aphyr.« Ira erzählte, dass er der Leiter der Forschungsabteilung sei und mit seinen Mitarbeitern neue Geräte konstruierte.

Simon fiel der Handschuh ein. Er holte ihn hervor und betrachtete nachdenklich den winzigen Schriftzug auf der Rückseite. »Meinst du, dein Vater weiß, woher das Teil kommt?«

Ira hob ratlos die Schultern. »Keine Ahnung.«

»Ist das der Handschuh?« Iras Mutter stand in der Tür und sah fragend zu ihrer Tochter.

Ira nickte.

»Darf ich ihn mir ansehen?«

Simon reichte ihr das Kettengewebe. Iras Mutter betrachtete es schweigend. Leise klickerten die Schuppenglieder gegeneinander.

Ira hielt die Stille nicht aus. »Jetzt sag schon: Weißt du, wie wir Simon zu Oma bringen?«

»Ja. Ich habe alles organisiert.« Iras Mutter wirkte abwesend. Behutsam ließ sie das federleichte Gewebe durch ihre Hände gleiten. »Hätte nie gedacht, dass ich ihn jemals sehen würde …«

Simon stutzte. »Sie meinen den Handschuh?«

Dr. Lytras nickte.

»Kennen Sie ihn? Können Sie mir etwas über ihn sagen?«

»Nein. Aber meine Mutter hat mir von ihm erzählt.« Dr. Lytras hob ihren Blick und sah Simon an. »Sie sagte, dass ein Junge mit einem seltsamen Handschuh kommen wird. Ein Junge aus einer fremden Welt. Und wenn er da ist, soll ich ihn so schnell wie möglich zu ihr bringen.«

Simon merkte, wie ihm schwindelig wurde. »Woher wusste sie, dass ich hierher kommen werde? Bevor ich durch das Weltentor gegangen bin, wusste ich es doch selber nicht.« Das alles konnte nicht wahr sein, dachte Simon. »Wann hat sie das gesagt?«

Dr. Lytras schwieg einen Moment, bevor sie antwortete. »Vor vielen Jahren. Als ich so alt war wie du.«

13

Der Elektromotor jaulte leise. Der sirrende Ton wurde höher, als der Wagen in die Hauptstraße einbog und beschleunigte. Draußen vor den Fenstern huschten die Tunnelwände vorbei. Die Straße war breit und stark befahren, vor allem Transportkarren und raupenförmige Lieferfahrzeuge kamen ihnen entgegen. Der Betonboden glitzerte im Licht der Scheinwerfer.

Niemand von ihnen sagte ein Wort, schweigend fuhren sie durch die unterirdische Stadt.

Iras Mutter hatte in der Krankenstation einen Sanitätswagen geordert, es war ein kleiner geschlossener Elektrokarren, der für den Transport von Patienten genutzt wurde und in dem sie zu dritt knapp Platz hatten. Niemand hatte Simon erkannt, als sie eingestiegen waren.

Dr. Lytras brach ihr Schweigen. »Ich habe gerade eben mit dem Oberarzt gesprochen. Deinem Großvater geht es gut. Noch zwei Tage, dann können wir ihn aufwecken.«

Simon nickte stumm.

Seine Gedanken rasten. Woher wusste Iras Oma, dass er hierher nach Superbia kommen würde? Und woher wusste sie, dass er den Handschuh bei sich hatte? Simon hatte einen Verdacht, und dieser Verdacht gefiel ihm gar nicht.

Nach einer Weile bog Dr. Lytras in einen dunklen Tunnel ein, der von der Hauptstrecke wegführte und der nicht von Laternen ausgeleuchtet war. Niemand außer ihnen nahm diesen

Weg. Die Tunnelwände, bemerkte Simon, waren nicht mit dem weißen Kunststoff ausgekleidet, sondern bestanden aus nacktem Fels.

»Wir sind bald da.« Dr. Lytras lächelte aufmunternd.

Lichter schimmerten in der Dunkelheit, sie näherten sich einer Siedlung. Die Straße teilte sich, Simon sah schmale Seitentunnel, durch die höchstens Fußgänger gehen konnten. Dann öffnete sich der Weg zu einem kleinen beleuchteten Platz. Iras Mutter stoppte den Wagen auf einem Haltepunkt und zog den Schlüssel aus dem Armaturenbrett. »Ab hier müssen wir laufen. Aber es ist nicht mehr weit.«

Simon stieg aus und blickte sich um. Der Platz schien das Zentrum der Siedlung zu sein, es gab ein paar Geschäfte, ein vegetarisches Restaurant, eine winzige Spielzone und direkt daneben eine Pizzabude, in der ein hagerer Pizzabäcker Teig rührte. Alles sah wenig einladend aus. Simon sog die Luft durch die Nase und verzog das Gesicht: Es roch abgestanden und muffig.

Ira grinste, als sie seinen Gesichtsausdruck sah. »Ist nett hier, oder?« Sie winkte dem Pizzabäcker zu, der zurücknickte, ohne seine Arbeit zu unterbrechen.

»Wo sind wir hier?

»Das ist die Siedlung, in der meine Mutter wohnt«, antwortete Dr. Lytras auf Simons Frage. »Es ist eine freie Enklave.«

»Was bedeutet das?«

»So nennen wir Siedlungen, die sich keiner Stadt angeschlossen haben.«

»Deshalb gibt es hier auch kein Lüftungssystem«, ergänzte Ira. »Zumindest kein richtiges, so wie bei uns.« Die Siedlung habe einen eigenen Lüftungsschacht, erklärte sie, durch den

Atemluft in die Tunnelanlage unter der Erde gepumpt werde. »Manchmal fällt die Pumpe aus. Dann riecht es so wie jetzt.« Ira schnupperte ebenfalls und verzog das Gesicht.

»Aber bei euch ist es doch viel schöner! Und die Luft ist auch besser. Warum leben die Menschen hier?«

Ira grinste. »Papa sagt, hier wohnen nur Spinner. Geistheiler und solche Leute.«

Dr. Lytras runzelte die Stirn. »Dein Vater weiß nicht, wovon er redet. Er war in seinem Leben erst einmal hier.«

Während sie über den Platz gingen, erzählte Iras Mutter, dass sie in dieser Siedlung aufgewachsen sei. »Das war eine schöne Zeit, glaubt mir.« Jeder habe jeden gekannt, und sie hätte in fast jeder Wohneinheit gleichaltrige Freunde gehabt. »Jetzt sind wir Kinder groß, und alle sind fortgegangen. Nur die Alten leben noch hier, so wie meine Mutter.« Dr. Lytras wirkte bedrückt. Niemand zog gerne um, ergänzte sie, und für einen alten Menschen sei so etwas noch viel schwieriger.

Der Tunnel, auf den sie zugingen, war schmal und wand sich in sanften Kurven durch den Felsen. Der Weg endete vor einer Reihe von Wohneinheiten, die nebeneinander in den Stein gestemmt worden waren. Die Bewohner hatten ihre Eingangstüren bunt bemalt, es sah freundlich aus, obwohl die Farbe alt war und abblätterte.

Iras Mutter wollte gerade klopfen, als ein durchdringendes Fiepen ertönte. Sie runzelte die Stirn und griff in ihre Tasche, um ein schmales Kästchen hervorzuholen. Missmutig blickte sie auf das Display des Geräts. »Ein Notfall. Ich muss zurück zur Krankenstation.« Sie schob das Kästchen zurück in die Tasche und zog Ira zu sich herum, sodass sie sich ansahen. »Hör zu, Ira: Macht keinen Unsinn! Bleibt am besten hier bei

Oma, hier seid ihr sicher. Ich komme so schnell wie möglich zurück.«

Ira nickte, ohne zu antworten. Ihre Mutter küsste sie auf die Wange und winkte Simon zu, bevor sie davoneilte. Bald war sie im Dämmerlicht des Tunnels verschwunden.

Ira wartete, bis die Schritte ihrer Mutter verklungen waren, dann wandte sie sich der Tür zu und klopfte. »Oma! Ich bin es, Ira.« Sie klopfte noch einmal.

Ein Schlurfen war zu hören, dann eine Stimme, sie hörte sich ärgerlich an. Die Tür öffnete sich.

Simon hielt den Atem an: Dort stand Iras Großmutter. Sie sah genau so aus, wie er sie kannte: alt, mit faltigem Gesicht, das weiße Haar streng zurückgebunden.

»Was soll das? Du weißt doch, dass ich um diese Zeit …« Die alte Frau verstummte, sie hatte Simon entdeckt. Ihre knochige Hand begann zu zittern, sie tastete nach Halt. Ira ergriff ihren Arm, um sie zu stützen.

Ohne ihren Blick von Simon zu lassen, kam die Alte näher. Sie blieb vor ihm stehen und betrachtete ihn genau. Vorwurfsvoll schüttelte sie den Kopf. »Du hast mich ganz schön lange warten lassen. Komm rein.« Ohne seine Antwort abzuwarten, drehte sie sich um und ging in ihre Wohnung. Simon und Ira folgten ihr.

Als sie die Türschwelle überquerten, war es, als würden sie eine andere Welt betreten. Während in den Wohneinheiten, die Simon bisher gesehen hatte, die Einrichtung eher karg gewesen war, lebte Iras Großmutter in einer bis in den letzten Winkel vollgestellten Wohnhöhle. Simon sah Kommoden, verzierte Schränke und gefüllte Regale, davor Sitzsäcke, niedrige Hocker aus Fell, kleine Tische und ein paar alte Stühle. In einer der

Ecken stand ein schwerer Ohrensessel. Überall lagen Kissen herum, auf dem Boden stapelten sich Bücher und vergilbte Zeitungen. Die Wände waren mit Tüchern bespannt, darauf hingen selbst gemalte Bilder und bunte Lampen, dazwischen hatte Iras Großmutter einige beeindruckende, aus Stoffen gebastelte Fabelwesen aufgehängt. Den Boden bedeckten Teppiche, in die man einsank, wenn man darüber ging. Die Luft roch süßlich und schwer, der Geruch kam von den Kräutern, die an der Decke in dicken Büscheln trockneten. Darunter sah Simon eine große Arbeitsplatte, auf der allerlei Gerätschaften lagen. Ihn erinnerten die messingfarbenen Werkzeuge an die Ausstattung einer mittelalterlichen Apotheke.

»Setz dich.« Iras Großmutter wies in den Raum. »Du kennst dich ja aus.« Sie zwinkerte Simon zu, bevor sie kichernd einen Perlenvorhang zur Seite schob und im Nebenraum verschwand.

Ira war erstaunt. »Wieso sagt sie, dass du dich hier auskennst?«

Simon antwortete nicht.

Nach einer Weile kam die Alte wieder. In der Hand hielt sie einen Umschlag, sie reichte ihn Simon. »Das gehört dir.« Wieder kicherte sie und sie wirkte zufrieden, als sie sich in den Ohrensessel setzte.

Simon starrte auf den Umschlag in seinen Händen. Dort stand sein Name in krakeligen Buchstaben, jemand hatte sie hastig auf das Papier geschrieben. Die Tinte war verblichen, der Umschlag musste viele Jahre alt sein.

Simon spürte, wie ihm schlecht wurde.

Er kannte diese Schrift: Es war seine eigene.

»Was ist denn los?« Ira beobachtete ihn aufmerksam.

Wortlos reichte Simon ihr den Umschlag. Sein Verdacht hatte sich bestätigt.

Ira las erstaunt die Aufschrift auf dem vergilbten Papier. »Aber wieso steht da dein Name drauf?«

Simon antwortete nicht. Er ging zu der Alten, zog sich einen Stuhl heran und setzte sich neben sie.

Iras Großmutter blickte ihn misstrauisch an. »Was hast du vor?«

Beruhigend legte er seine Hand auf ihren Arm. Dann tastete er sich in ihre Gefühle vor. Das Bild, das er sah, war deutlich, es hatte sich in ihr Gedächtnis eingebrannt: Er sah sich selber, er stand vor ihr und reichte ihr den Umschlag. Die Hände, die den Umschlag nahmen, waren die eines jungen Mädchens.

Es war hier in Superbia genauso wie zuvor in Avaritia. Dort hatte Iras Oma als junges Mädchen ein Paket bekommen, hier war es ein Brief. Und beide Male war offenbar er selber der Überbringer gewesen.

Nur: Er wusste nichts davon und er erinnerte sich auch nicht daran. Wie auch: Als Iras Oma ein junges Mädchen gewesen war, da hatte es ihn noch nicht gegeben. Selbst seine Mutter war noch nicht auf der Welt gewesen.

»Ist lange her …« Die Alte kicherte. »Du warst ein hübscher Junge. Und ich ein hübsches junges Mädchen.« Sie stutzte bei ihren Worten und betrachtete Simon, als sehe sie ihn das erste Mal. »Du bist immer noch ein hübscher Junge …« Sie verstummte erstaunt.

»Erzählen Sie mir bitte von dem Tag, an dem ich bei Ihnen war.«

Die Alte antwortete nicht. Leise summend schloss sie die Augen.

Ira hatte dem Gespräch verblüfft zugehört. »Kannst du mir das erklären?«

Simon hob hilflos die Schultern. »Nein, tut mir leid, das kann ich nicht.«

»Sie sagt, du hast ihr diesen Umschlag gegeben? Als sie ein junges Mädchen war? Aber das geht doch gar nicht!«

»Ich weiß, dass das nicht geht.« Simon sprang auf. Er wollte selbst nicht glauben, was er gerade gesehen hatte. Er erzählte Ira von der Erinnerung der Alten und dass er seine Schrift auf dem Umschlag wiedererkannte.

»Das will ich sehen.« Ira ging zur Kommode, um ein Blatt Papier und einen Stift zu holen. Sie reichte beides Simon. »Hier, schreib deinen Namen auf.«

Simon nahm das Blatt wortlos, ging zur Arbeitsplatte und kritzelte seine Unterschrift auf das Papier. Ira nahm das Blatt, um die Buchstaben mit jenen auf dem Umschlag zu vergleichen. Überrascht ließ sie ihre Hände sinken. »Das kann nicht wahr sein!«

Hilflos zuckte Simon mit seinen Schultern.

»Und wenn«, überlegte Ira, »es ein Vorfahre von dir war? Der sah so aus wie du und hatte vielleicht auch deine Schrift.«

Simon nickte nachdenklich, dieser Gedanke war ihm noch nicht gekommen. Das könnte eine Erklärung für all das sein.

Iras Großmutter schaute auf. »Du hast eine Leopardin bei dir gehabt.«

Simon fuhr herum. »Ashakida!«

»Ashakida, genau, so hieß sie.« Die Alte nickte lächelnd. »Sie war schön. Du hast sie sehr gerne gehabt.« Sie seufzte. »Das ist alles so lange her …«

Es wurde still im Raum.

Simon setzte sich. Ihm war flau im Magen. Manchmal hatte er das Gefühl, dass ihm alles zu viel wurde, und dies hier war ein solcher Moment. Wie konnte wahr sein, was unmöglich schien?

Er griff nach dem Umschlag und betrachtete ihn nachdenklich.

»Los, mach auf!« Auffordernd sah Ira ihn an.

Plötzlich klopfte jemand draußen an die Eingangstür. Die drei fuhren erschrocken zusammen. Es klopfte erneut, diesmal lauter und drängender.

»Ira! Simon! Seid ihr da? Macht auf, bitte!«

»Das ist Luc!« Ira rannte zur Tür und riss sie auf. Erschrocken wich sie zurück: Die beiden Gestalten, die erschöpft und außer Atem vor der Tür standen, sahen furchtbar aus.

Auch Simon, der Ira nachgekommen war, blickte die beiden geschockt an. »Was haben sie mit euch gemacht?«

Filippo, der neben Luc stand, grinste schief. Sein rechtes Auge war zugeschwollen, verkrustetes Blut bedeckte seine Wange, auch sein zerrissenes Shirt war blutbefleckt. »Wir hatten eine kleine Diskussion mit den Wächtern. Vielleicht interessiert euch, was passiert ist …«

Statt einer Antwort zog Ira die beiden in die Wohnung hinein.

14

Iras Großmutter hatte darauf bestanden, Filippo und Luc zunächst zu behandeln, und sie duldete nicht, dass sie währenddessen sprachen. »Wie soll ich dein Gesicht versorgen, wenn du quasselst?«, sagte sie ungehalten, als Filippo protestierte, und sie ließ keine weitere Widerrede zu.

Simon war entsetzt über Lucs und Filippos Bericht. Ihre Verfolger, erzählten die beiden, hatten sie nicht nur festgehalten, sondern auch noch dafür geschlagen, dass Simon mit ihrer Hilfe entkommen war. Tomas hatten sie mitgenommen. Weder Filippo noch Luc wussten, wo sie ihn festhielten.

Alle machten sich große Sorgen.

»Und was sollen wir jetzt tun?« Verzweifelt blickte Luc von einem zum anderen. Er war am Ende seiner Kraft.

Auffordernd sah Ira zu Simon. »Zeig ihnen, was meine Oma dir gegeben hat.« Sie wies auf den Umschlag, den Simon auf einem Hocker abgelegt hatte, als Luc und Filippo vor der Tür standen.

Simon berichtete, und es war still im Raum, während er alles noch einmal erzählte. Luc und Filippo wollten nicht glauben, was sie hörten, obwohl Iras Großmutter Simons Worte bestätigte. Erst als die beiden Jungen die Schrift Simons mit der auf dem Umschlag verglichen, begannen sie zu zweifeln.

»Ist ja irre.« Wieder und wieder prüfte Filippo Simons Schrift. »Aber wie kannst du das geschrieben haben?«

»Kannst du mich mal was fragen, was ich beantworten kann?« Simon grinste gequält.

»Klar. Zum Beispiel, warum du den Brief noch nicht geöffnet hast.« Filippo gab Simon den Umschlag zurück. »Los, mach ihn auf. Der ist an dich adressiert, also kannst du auch reinschauen.«

Iras Großmutter kicherte. »Mach ihn auf, mach ihn auf!«

Simon zögerte kurz, dann riss er den Verschluss auf.

Das Papier im Inneren des Umschlages war brüchig und dünn, es knisterte, als Simon den Bogen herauszog und entfaltete. Es war eine Karte. Er breitete sie auf der Arbeitsplatte aus und betrachtete sie ratlos.

»Was ist das?« Ira war neben Simon getreten.

»Keine Ahnung.«

Auch Filippo und Luc drängten heran. Luc stutzte, als er die Zeichen und Linien erkannte. »Das ist eine Karte von unserer Enklave. Hier sind wird, das hier sind die Nachbarenklaven.« Er tippte auf die Punkte und nannte die Namen der Städte.

»Und was ist hier?« Filippo zeigte auf fünf rote Kreise, die jemand mit einem Stift auf die Karte gezeichnet und auf diese Weise fünf Stellen markiert hatte.

»Das hier ist die Stadtmitte.« Ira wies auf den Kreis im Zentrum des Plans, er war besonders dick gemalt. »Und hier an dieser Stelle arbeitet mein Vater, da ist seine Forschungsabteilung. Was die restlichen Kreise kennzeichnen, weiß ich nicht.«

Auch die anderen hatten keine Idee, welche Orte jene Kreise markierten und was sie miteinander zu tun hatten.

»Seht euch das an.« Filippo hatte eine blasse Schrift am Rand des Bogens entdeckt. »A-P-H-Y-R«, buchstabierte er.

»Die Göttin, die alles erschaffen hat«, ergänzte Simon nachdenklich.

»Wie bitte?« Filippo verstand kein Wort.

Simon erzählte ihm und den anderen von der Legende, die in der Welt von Ashakida erzählt wurde. »Aphyr ist der Name der Göttin, gegen die sich Drhan erhoben hatte. Er wollte sie von ihrem Thron vertreiben und ihren Platz einnehmen. Und um sie zu schwächen, zersplitterte er die Zeit. Seither gibt es sieben Welten.«

Filippo starrte ihn mit offenem Mund an. »Wenn ich nicht gesehen hätte, wie der Stuhl in unserem Versteck verschwunden ist, würde ich glauben, dass du verrückt bist.«

Simon antwortete nicht. Er wusste manchmal selber nicht, was er glauben sollte.

Luc hatte still zugehört und nachgedacht. Jetzt sah er auf. »Wir gehen zu deinem Vater.« Er blickte Ira an. »Wenn jemand etwas über Aphyr weiß, dann er. Er arbeitet dort. Vielleicht hat er eine Idee, was die Karte bedeutet.«

»Oder er weiß etwas über Simons Handschuh«, ergänzte Filippo.

Ira zögerte, bevor sie den Kopf schüttelte. »Mama erlaubt niemals, dass ich ihn frage.«

»Wieso?« Simon war erstaunt. »Du brauchst doch nur zu warten, bis er nach Hause kommt.«

»Da kann ich lange warten. Mama und Papa sind geschieden. Ich sehe meinen Vater nur alle vier Wochen.«

Simon betrachtete sie mitleidig. Er konnte sich nicht vorstellen, ohne seinen Vater aufzuwachsen, auch wenn der manchmal ganz schön nerven konnte. Kurz wurde er traurig, als er an seine Eltern dachte. Er hoffte sehr, dass es ihnen gut ging und dass sie dem kalten Atem von Drhan entkommen waren.

Filippos Kichern riss ihn aus seinen Gedanken. »Das ist doch ganz einfach: Sag deiner Mutter einfach nicht, dass du zu deinem

Vater gehst.« Filippo grinste frech und boxte Ira in die Seite. »Ich sag meiner Mama auch nicht alles, was ich mache. Die würde sich nur aufregen.«

Ungehalten boxte Ira zurück. »Du kennst meine Mutter nicht. Die kriegt alles raus. Und dann regt sie sich erst recht auf.«

»Bitte, Ira! Ich würde gerne mit deinem Vater sprechen. Ohne Hilfe finden wir niemals ein Weltentor.« Simon nahm Iras Hand, ohne darüber nachzudenken, was er tat.

Ira war überrascht, doch sie zog ihre Hand nicht zurück. Sie zögerte, bevor sie ihn ansah. »Musst du wirklich ein Weltentor finden? Du könntest doch einfach bei uns bleiben. «

Entschieden schüttelte Simon den Kopf. »Das geht nicht. Ich muss zu Ashakida. Und auch Ira braucht meine Hilfe.«

»Deine Ira«, sagte Ira und zog ihre Hand aus der seinen.

»Die Ira in Avaritia, ja. Sie ist in Gefahr. Ich muss zu ihr.«

Ira wich seinem Blick aus, während sie sich den anderen zuwandte. »Natürlich helfen wir ihm, oder?«

Filippo nickte, auch Luc war dafür, auch wenn er keine Ahnung hatte, wie sie das anstellen sollten. »Wie schaffen wir es, zu Iras Vater zu kommen, ohne dass uns jemand erkennt?« Luc wollte nicht noch einmal vor Aristides Häschern fliehen müssen.

Ein breites Grinsen zog sich über Iras Gesicht. »Ich glaube, ich habe eine Idee …«

*

Einige Zeit später verließ eine eigenartige Prozession den Tunnel, der zur Wohneinheit von Iras Großmutter führte: Es waren drei Pizza-Boten, die mit knallroten Jacken und den dazu passenden Schirmmützen gekleidet waren. Ihnen folgte ein Mädchen mit einem Rucksack auf dem Rücken. Zwei der Pizza-Boten trugen Verbände und Pflaster, ihre Gesichter waren offenbar gerade verarztet worden. Schweigend überquerte die Gruppe den Platz. Die vier stoppten am Taxistand und stiegen in den einzigen Wagen, der dort wartete, ein klappriger an eine Kutsche erinnernder E-Karren. Der Fahrer saß schlafend in seinem offenen Führerstand, er fuhr erschrocken hoch, als das Mädchen ihm das Ziel der Fahrt nannte und die vier sich in die Fahrgastkabine setzten.

Die Türen schlossen sich, sirrend setzte sich der Wagen in Bewegung.

Simon zog sich die Schirmmütze in die Stirn. »Und du meinst wirklich, so erkennt uns keiner?« Er kam sich mit seiner Kopfbedeckung und der roten Jacke unglaublich bescheuert vor. »Ich habe das Gefühl, mich starren alle an.«

»Na und?« Ira tat cool, während sie Simons Rucksack absetzte und zwischen ihre Beine stellte. »Was sehen sie? Drei Pizza-Lieferanten, die ihrer Arbeit nachgehen.«

»Mit einem Taxi, klar!« Unruhig lehnte sich Simon zurück. Er fand, dass der Fahrer sie sehr misstrauisch gemustert hatte.

»Ich würde die Pizza lieber essen, anstatt sie mit mir rumzutragen«, maulte Filippo.

»Habt ihr eine bessere Idee?« Ira war beleidigt. »Ihr hättet euch ja auch die Kleider von meiner Oma anziehen können.«

Simon war entsetzt gewesen, als ihm Ira ihre Idee präsentiert hatte: Niemals würde er sich als Mädchen ausstaffieren! Und schon gar nicht würde er in einem Kleid hinaus auf die Straße gehen! Einzig der Gedanke an Ashakida und Ira, die in Avaritia seine Hilfe brauchten, hatte ihn zögern lassen. Simon war unendlich erleichtert gewesen, als sich Luc an die Pizza-Bude erinnerte, dessen Besitzer Ira gut kannte und der ihnen tatsächlich drei Jacken, drei Schirmmützen und drei Lieferboxen samt Pizzen zur Verfügung gestellt hatte.

Sirrend rollte das Taxi durch die Dunkelheit, nur die Lichter der entgegenkommenden Wagen ließen das Innere der Kabine aufleuchten. Jeder hing seinen Gedanken nach.

Ira setzte sich auf, ihr war eine Idee gekommen. »Sag mal«, begann sie, während sie Simon anblickte, »wenn es mich und alle anderen siebenmal gibt, was ist denn mit dir? Gibt es dich auch siebenmal?«

Filippo riss die Augen auf. »Dann würdest du dir ja selber begegnen! Ist dir das schon mal passiert?«

Simon schüttelte den Kopf.

»Krasse Sache. Das muss doch spannend sein, sich mit sich selbst zu unterhalten.« Filippo lachte fröhlich, der Gedanke gefiel ihm. »Geh doch mal auf die Suche nach dir.«

»Das kann er sich sparen«, unterbrach Luc ihn. »Simon gibt es hier nicht. Also, ich meine damit, es gibt hier in dieser Welt keinen zweiten Simon.«

»Wieso das denn?«

»Weil sie ihn dann längst gefunden hätten.«

Filippo konnte Lucs Gedanken nicht folgen, und auch Ira und Simon blickten ihn fragend an.

»Es ist doch ganz einfach: Simon wird seit gestern überall gesucht. Sie haben seinen Namen und sein Bild und sie werden garantiert alle Bewohner aller Enklaven überprüft haben. Wenn es hier irgendwo einen zweiten Simon gäbe, dann hätten sie ihn längst gefunden. Und davon hätten wir in den Nachrichten gehört.«

Die anderen waren beeindruckt von Lucs Schlussfolgerung, sie hörte sich sehr überzeugend an. Luc war ein wenig stolz, als Einziger diese Idee gehabt zu haben.

Simon starrte aus dem Fenster, während er nachdachte. Wenn es ihn nicht siebenmal gab, was bedeutete das? Waren er und seine Familie ungeteilt? Konnten die Torwächter deshalb die Tore zwischen den Welten benutzen, weil es sie nur einmal und nicht siebenmal gab? Aber warum war das so? Es gab so viele Fragen, die er seinem Großvater stellen wollte.

Das Taxi bremste und fuhr eine scharfe Kurve, es wurde hell draußen, sodass sie blinzeln mussten. Durch das Fenster sah Simon, dass sie auf eine Auffahrt gefahren waren, eine breite Rampe, die zu einem Platz am Rand einer großen unterirdischen Halle führte. Viele Menschen arbeiteten hier, hunderte Wagen und E-Karren parkten in den Ladestationen. Ein Stück weiter entdeckte Simon einen Bahnsteig, gerade war ein Zug eingefahren und spuckte unzählige Fahrgäste aus. Alle strömten zum Eingang der Halle, ein imposantes Portal aus Beton und Glas.

Doch das alles beeindruckte Simon nicht. Sein Blick wurde von der Schrift gefangen, die groß über dem Eingang prangte und die jener auf seinem Handschuh glich: »APHYR«.

Ira kletterte aus dem Wagen und bezahlte den Fahrer. Dann nickte sie den anderen zu. »Los, kommt.«

Simon zog sich die Mütze in die Stirn und stieg aus, Filippo und Luc folgten ihm. Gemeinsam gingen sie auf das Portal zu.

Misstrauisch blickte ihnen der Taxifahrer nach.

15

Den Kopf gesenkt, die Schirmmütze in die Stirn gezogen, betrat Simon die Halle, die sich hinter dem Eingangsportal öffnete. Stimmengemurmel umgab ihn, Menschen hasteten vorbei, unzählige Schritte klackten auf dem polierten Stein, mit dem das Foyer ausgelegt war.

»Hier entlang.« Ira dirigierte sie in die Richtung, in die sie gehen mussten.

Simon wagte nicht aufzusehen. Während sie die Halle durchquerten, sah er das kreisrunde Logo der Fabrik, es war in den Boden der Halle eingelassen. »APHYR – Agency for Physical Research« stand dort in großen Lettern. In der Mitte des Firmenzeichens reckte ein Adler seine Flügel.

Simon starrte auf den Schriftzug. »Das ist eine Abkürzung!«

»Was?« Ira verstand seine Frage nicht, sie hatte das Logo der Firma nicht beachtet.

»Aphyr. Es bedeutet ›Organisation für physikalische Forschung‹ oder so ähnlich.« Noch immer wunderte sich Simon, dass in der Legende, von der ihm Ashakida berichtet hatte, Aphyr der Name der allmächtigen Göttin war. Ashakida war fest davon überzeugt, dass die Göttin alles erschaffen hatte.

Ein Gedanke durchzuckte ihn. Könnte es sein, dass tatsächlich durch Aphyr die sieben Welten entstanden waren? Vielleicht durch ein physikalisches Experiment, das schiefgegangen war, oder durch den Versuch, die Zeit zu beherrschen?

»Wen haben wir denn da …« Eine freundliche Stimme unterbrach seine Gedanken. »Eine Lieferung mit Pizza. Ihr seid zu spät, die Pause ist gerade vorbei.«

Simon spähte unter dem Rand des Mützenschirms hervor. Sie standen vor einer Sperre, die die gesamte Eingangshalle teilte und an der uniformierte Pförtner postiert waren. In der Barriere gab es mehrere Durchgänge, die Besucher stellten sich an, zeigten ihre Ausweise und betraten, nachdem ihre Daten überprüft worden waren, den geschützten Bereich auf der anderen Seite.

»Zu wem wollt ihr?« Fragend blickte der Pförtner die Jungen an.

Ira antwortete für sie. »Ich habe die Pizza besorgt, die ist für meinen Vater und seine Kollegen.«

Der Pförtner lachte. »Kindchen, hier arbeiten über 3000 Menschen, woher soll ich wissen, wer dein Vater ist?« Er stutzte, dann erkannte er sie. »Ira! Entschuldige bitte.« Grinsend drehte er sich zu seinem Kollegen um. »Pizza für den Chef von den Kopfnuss-Knackern.« Er kicherte über seinen eigenen Witz, während er an sein Pult trat und vier Besucherausweise aus einem Fach nahm. Nacheinander zog er die Magnetstreifen der Ausweise durch ein Lesegerät und reichte sie Ira, die sich einen der Ausweise ansteckte und die anderen Simon, Filippo und Luc gab.

»Danke.« Ira strahlte den Pförtner an.

Der tippte lässig mit dem Zeigefinger an seine Schirmmütze. »Gern geschehen.« Er wies auf die Pflaster und Verbände, die Luc und Filippo zierten. »Habt ihr euch geprügelt?«

»Das waren unsere letzten Kunden.« Filippo grinste frech. »Die waren sauer, weil die Pizza kalt geworden war.«

Luc zuckte bei den Worten zusammen, er war erschrocken über Filippos Mut. Doch er blieb tapfer und versuchte, lässig zu grinsen, obwohl ihm feine Schweißperlen auf der Stirn standen.

Der Pförtner starrte Filippo erstaunt an, dann lachte er breit. »Okay, okay, ich hab verstanden.« Er entriegelte die Sperre, der Durchgang öffnete sich. »Dann beeilt euch, bevor die Pizza kalt ist. Und nicht vergessen, die Ausweise abzugeben, wenn ihr wieder rausgeht.«

Ira versprach es und gemeinsam passierten sie die Sperre.

Schweigend liefen sie weiter. Simon sah sich um, so gut er es konnte, ohne den Kopf zu heben. Sie befanden sich in einer Fabrik, in endlosen Reihen standen Männer und Frauen an Arbeitstischen und steckten oder schraubten technische Geräte zusammen. Roboterwagen fuhren in den Gängen umher und brachten Material zu den Tischen, um auf dem Rückweg fertige Apparate zum Lager zu transportieren. Manche der Geräte, die an ihnen vorbeiglitten, erinnerten Simon an Dinge, die er aus seiner Welt kannte, andere waren ihm fremd. So etwas wie seinen Handschuh entdeckte er nirgendwo.

Nach einer Weile, sie hatten die Halle fast durchschritten, erreichten sie eine Treppe, die zu einer Büroebene oberhalb der Fertigungsstraße führte. Ira stieg die Stufen hinauf. Die drei Jungen folgten ihr, die Pizza-Lieferboxen in der Hand. Die Treppe endete an einer Glastür, sie war verschlossen und hatte nur innen eine Klinke. Simon sah auf der anderen Seite Männer und Frauen in weißen Kitteln, auch sie standen an Fertigungstischen und schraubten Geräte zusammen. Doch während unten in der Halle geordnete Betriebsamkeit herrschte, wirkten die

Arbeitsplätze hier oben eher chaotisch, und irgendeine Ordnung in den Arbeitsabläufen konnte Simon auch nicht entdecken. Auf jedem Tisch stand ein Monitor, Simon erkannte Konstruktionszeichnungen auf den Bildschirmen.

Sie wollten gerade klingeln, als eine junge Frau Ira sah und ihr von innen die Tür öffnete. »Ira, komm rein! Du warst ja schon lange nicht mehr hier.« Erstaunt entdeckte sie die drei Jungen, die in ihren knallroten Jacken und mit den Lieferboxen in der Hand auf den obersten Treppenstufen standen. »Hat dein Vater die Pizza bestellt?«

Ira grinste. »Ist eine Überraschung.« Sie betrat die Abteilung und winkte Simon, Luc und Filippo, ihr zu folgen. Simon hielt den Blick gesenkt, während er an der jungen Frau vorbeiging. Luc lächelte verlegen. Filippo hingegen grinste vergnügt. Ihm schien seine Rolle als fröhlicher Pizza-Bote zu gefallen. »Pizza in der Pause – so lecker wie zu Hause«, reimte er und schüttelte seine Lieferbox, sodass die Pizzen im Inneren hin- und herrutschten.

So angespannt er auch war, Simon musste kichern.

Unter den Blicken der Mitarbeiter durchquerten die vier die Forschungsabteilung. Das Chefbüro befand sich am anderen Ende des lang gestreckten Raumes. Ira stoppte vor der Tür und klopfte. »Die Pizza ist da!«, rief sie laut, sodass es alle in der Abteilung hören konnten. Ohne eine Antwort abzuwarten, stieß sie die Tür auf betrat das Büro ihres Vaters. Die drei Jungen folgten ihr.

Der Mann am Zeichenbrett sah nicht auf, er war in eine Konstruktionszeichnung vertieft und studierte die feinen Linien und Zahlen. »Einfach da hinstellen.« Er wedelte mit seiner Hand in der Luft herum und wies vage zu einem Konferenztisch auf der anderen Seite des Raumes. Dann stutzte er und blickte auf. »Ich habe keine Pizza bestellt.«

Ira schloss die Tür hinter Luc, der als Letzter hereingekommen war. Breit grinsend drehte sie sich zu ihrem Vater um. »Ich bin's!«

»Ira! Was machst du denn hier?« Erstaunt kam Iras Vater hinter seinem Zeichentisch hervor. Er sah freundlich aus, ganz anders, als Simon ihn sich vorgestellt hatte. Mit seinen wirr vom Kopf abstehenden Haaren wirkte Iras Vater auf eine nette Weise etwas durcheinander. »Gibt es irgendetwas zu feiern? Hab ich deinen Geburtstag vergessen? Das tut mir so leid.«

Ira lachte. »Nein, diesmal nicht. Ich wollte dir meine Freunde vorstellen.«

»Du hast Pizza-Boten als Freunde?« Ratlos kratzte sich Iras Vater am Kopf, wobei sein Haar noch mehr zerwühlt wurde.

»Nein, aber wir mussten uns verkleiden, um hierher kommen zu können.«

»Wieso? Schwänzt ihr die Schule? Du schwänzt doch nicht die Schule, oder?«

»Papa!« Ira sah ihren Vater vorwurfsvoll an. Sie wandte sich Simon zu und nickte auffordernd. Simon setzte seine Schirmmütze ab und zog die rote Jacke aus. Iras Vater sah es mit Unverständnis. Er erkannte Simon nicht und hatte offenbar auch keine Ahnung davon, dass Simon überall gesucht wurde. »Ich weiß wirklich nicht, was das hier soll Ira. Es wäre nett, wenn du mich aufklären würdest.«

Ira seufzte. »Kriegst du gar nichts mit von dem, was draußen in der Enklave passiert?«

Iras Vater hob entschuldigend die Schultern. »Du weißt doch, meine Arbeit …«

Simon wurde unruhig. Er wollte nicht mehr länger warten. Kurz entschlossen griff er sich seinen Rucksack, den Ira neben der Tür abgestellt hatte. »Ich würde Ihnen gerne etwas zeigen, wenn ich darf.« Er holte den Umschlag hervor, den er von Iras Großmutter bekommen hatte. Vorsichtig zog er die Karte heraus und breitete das brüchige Papier auf dem Konferenztisch aus.

Neugierig kam Iras Vater näher. Er stutzte. »Woher hast du das?«

»Kennen Sie diese Karte?« Gespannt sah Simon ihn an.

»Natürlich kenne ich sie.« Iras Vater runzelte die Stirn, während er sich seiner Tochter zuwandte. »Warum hast du das getan?« Seine Stimme klang streng.

Ira wusste nicht, was ihr Vater meinte.

»Du warst hier in meinem Büro und hast diese Karte aus meinem Zeichentisch gestohlen.«

»Nein, das habe ich nicht!«, verteidigte sich Ira.

»Aber sie ist von mir.« Iras Vater tippte auf eine Zeile auf dem rechten Rand. »Dort unten steht es: ›APHYR Corporation‹. Und was siehst du dahinter?«

Verblüfft entzifferte Ira den Namen ihres Vaters.

»Gib es zu, Ira, du hast die Karte gestohlen. Warum hast du das gemacht?« Kopfschüttelnd sah er seine Tochter an. »Ira, du enttäuschst mich!«

»Papa, ich hab nichts aus deinem Schreibtisch genommen!« Ira wollte alles erklären, doch ihr Vater unterbrach sie. »Und wie kommt dann die Karte in euren Rucksack? Hier, sieh doch selbst, sie fehlt.« Iras Vater hatte eine der Schubladen unter seinem Zeichenbrett aufgezogen und wies bei seinen Worten triumphierend auf eines der Fächer. Doch dann stutzte er: In dem Fach lag eine Karte. Iras Vater entfaltete sie, betrachtete sie einen Moment und legte sie dann neben die von Simon.

Jetzt erkannten es alle: Die beiden Karten sahen gleich aus, bis auf die roten Kreise. Und auch das Papier war unterschiedlich. Simons Karte war alt und vergilbt, die Karte von Iras Vater hingegen sah neu aus.

Simon wies auf eine der Markierungen. »Können Sie uns sagen, was diese Kreise bedeuten?«

»Ich weiß es nicht.« Iras Vater warf ihm einen forschenden Blick zu, bevor er sich die Punkte, die die Kreise markierten, genauer ansah. »Warte mal …« Ihm kam ein Gedanke. Er wandte sich seiner eigenen Karte zu und brachte sie zu seinem Zeichentisch. Er klemmte sie fest und richtete die Lampe über der Arbeitsfläche aus. Ohne den Blick von dem Plan zu nehmen, griff er sich einen Stift und tippte damit auf das Papier. »Hier, hier und hier, richtig?« Mit schnellen Bewegungen umkringelte er auf seiner Karte fünf Stellen. »Das sind unsere Standorte. An diesen Orten hat die Aphyr Corporation Firmensitze oder Produktionsstätten.«

Simon starrte auf die Karte, auf der nun fünf rote Kreise prangten. Der Kreis in der Mitte der Karte war mehrfach umkringelt und deshalb dicker als die anderen.

Ihm wurde schlecht.

»Was ist?« Ira musterte Simon besorgt.

Statt einer Antwort holte Simon seine vergilbte Karte vom Konferenztisch und legte sie neben die neue auf dem Zeichentisch. Im Licht der Lampe war es genau zu erkennen, und nun erstarrten alle: Die Kreise, die Iras Vater vor den Augen aller auf die Karte gemalt hatte, glichen denen auf Simons Karte bis auf den letzten Strich. Sogar ein Farbklecks, der sich aus dem Stift gelöst und neben einen der Kreise getropft war, war auf beiden Karten zu sehen, an der gleichen Stelle, mit der gleichen Form.

Iras Vater sah auf. Er war blass geworden. Fassungslos blickte er Simon an.

»Was passiert hier? Wer bist du wirklich?«

16

Nachdem Simon seinen Bericht beendet hatte, war es still im Raum. Simon hatte kurz überlegt, wie viel er Iras Vater erzählen sollte. Erwachsene waren häufig misstrauisch und glaubten Jugendlichen nicht, zumindest war das Simons Erfahrung. Doch dann hatte er in seinem Bericht nichts ausgelassen.

»Sieben Welten.« Kopfschüttelnd stand Iras Vater auf. »Weltentore. Torwächter. Karten, die alt und neu zugleich sind.« Er trat an den Zeichentisch und betrachtete die roten Kreise auf den beiden Plänen. »Das alles kann nicht sein. Und doch passiert es, hier vor meinen Augen.« Er drehte sich um. Simon sah, dass Iras Vater erschöpft wirkte, so als habe ihn alles ziemlich mitgenommen. »Weißt du, was das bedeutet? Ich sage es dir: Nichts von dem, was ich glaube, stimmt. Nichts von dem, was ich gelernt habe, hat Bedeutung. Wie kann ich hier sitzen und forschen, wenn ich weiß, dass es dort draußen in einem parallelen Universum unsere Welt noch einmal gibt? Und daneben noch eine und noch eine, und jede dieser Welten ist unerreichbar für mich …«

Simon wusste nicht, was er antworten sollte. Er spürte, wie die Empfindungen des Mannes zu ihm drängten, es war eine tiefe Traurigkeit. Simon verschloss sich vor dem Gefühl.

Iras Vater trat an den Zeichentisch. »Woher kommt diese Karte?« Er betrachtete prüfend das vergilbte Papier. »Aus einer der anderen Welten?«

Simon überlegte, was er antworten sollte. Er zögerte, davon zu erzählen, dass er offenbar selbst Iras Oma die Karte gegeben hatte, vor vielen Jahren, als sie noch ein junges Mädchen gewesen war. Ganz abgesehen davon, dass er keine Ahnung hatte, wie das möglich sein konnte, würde Iras Vater bestimmt endlos lange nachfragen, anstatt ihm zu helfen, den Weg nach Avaritia zu finden. Also nickte Simon nur. Dann griff er in seinen Rucksack. »Haben Sie so etwas schon einmal gesehen?« Simon zog seinen Handschuh hervor und legte ihn auf den Zeichentisch. Leise klickerte das Schuppengewebe.

»Was ist das?«

»Das würde ich gerne von Ihnen wissen.« Simon zeigte ihm die Aufschrift.

Erstaunt nahm Iras Vater den Handschuh und betrachtete ihn von allen Seiten. »So ein Ding hab ich noch nie vorher gesehen.« Er las den Schriftzug. »Aphyr. Das ist der Name unserer Firma. Ist das von uns?«

»Ich weiß es nicht. Ich habe es in einer der anderen Welten bekommen.«

Simons Vater stutzte, die erhabene Fläche auf dem Handrücken hatte seine Aufmerksamkeit geweckt. Vorsichtig strich er mit dem Zeigefinger über die tiefschwarze Schicht, dann hielt er sie schräg an das Licht und prüfte mit den Augen ihre Struktur. »Kann sich das hier verändern? Zum Beispiel die Farbe wechseln?«

»Ja!« Simon war gespannt und auch die anderen verfolgten die Situation aufgeregt.

»Wartet hier.« Iras Vater legte den Handschuh auf seinen Zeichentisch und verließ das Büro. Kurze Zeit später kam er mit einer Plastikkiste wieder, kaum größer als die Transportboxen, in der sie die Pizza hergebracht hatten. Er stellte die Kiste auf den Konferenztisch und ließ die Verschlüsse aufschnappen. Im Inneren lagen ein Stapel Papiere, mehrere Speicherstifte und drei durchsichtige Umschläge, in denen etwas steckte, was Simon am ehesten an schwarze Tücher erinnerte. »Das ist ein Forschungsprojekt, das wir vor ein paar Jahren betrieben haben.« Iras Vater öffnete eine der Klarsichthüllen. Das Tuch im Inneren war tatsächlich weich und nachgiebig wie Stoff, doch als Simon es sich genauer ansah, erkannte er die feinen metallisch glänzenden Fäden, aus denen das Gewebe gefertigt war. »Wir wollten damals ein Material entwickeln, das Gedanken sichtbar macht.«

Ira runzelte die Stirn. »Du willst den Menschen in die Köpfe schauen? Das ist doch voll daneben.«

Simon verstand Iras Ärger. Die Vorstellung, jemand könne sehen, was er alles dachte, war unheimlich.

»Nein.« Iras Vater schüttelte den Kopf. »Es ging nicht darum, zu erfahren, was gedacht wird. Wir hatten die Idee, den Menschen eine Möglichkeit zu geben, ihr Denken zu trainieren. Wenn man bestimmte Bereiche im Gehirn aktiviert, kann das bei Krankheiten helfen, wieder gesund zu werden.«

»Was ist daraus geworden?«

»Es ist uns nicht gelungen. Wir haben das Projekt eingestellt.«

Simon betrachtete das Geflecht, das ihm Iras Vater gegeben hatte. Das metallische Gewebe ähnelte tatsächlich dem Material auf dem Rücken des Handschuhs.

»Zieh ihn an. Zeig es mir.« Iras Vater blickte ihn auffordernd an. Als Simon nicht sofort reagierte, setzte er ungeduldig nach: »Der Handschuh. Zeig mir, wie er funktioniert.«

»Helfen Sie mir dann, ein Weltentor zu finden?«

Iras Vater lachte bitter. »Du bist komisch. Ich weiß erst seit ein paar Minuten, dass es überhaupt Weltentore gibt. Wie sollte ich dir helfen können?« Er griff nach dem Handschuh und hielt ihn Simon hin. »Na los, tu es.« Seine Stimme klang fordernd. Simon musste an die herrische Stimme von Iras Vater in seiner Welt Gula denken. Jetzt ähnelten sich die beiden Männer schon eher.

Simon nahm den Handschuh und zog ihn über. Er schloss die Augen und konzentrierte sich. Die Fläche auf dem Handrücken glühte weiß auf. Es fiel Simon immer leichter, den Handschuh zu aktivieren.

Ein Aufschrei von Luc ließ sie herumfahren: Auch die Tücher in der Plastikkiste von Iras Vater leuchteten, nicht so intensiv und gleichmäßig wie der Handschuh, aber da war ganz eindeutig Licht in dem Gewebe.

Aufgeregt holte Iras Vater eines der Tücher aus der Box. »Es funktioniert!« Seine Stimme zitterte. Er sah Simon an. »Los, jetzt verändere die Frequenz!«

Simon ließ irritiert seine Hand sinken. Das Leuchten erlosch. »Was für eine Frequenz?«

Iras Vater war ungehalten, dass Simon nicht sofort verstand, was er von ihm wollte. »Das Material, das wir entwickelt haben, reagiert auf Schwingungen.«

»Aber wie soll ich meine Schwingungen ändern?« Simon hatte keine Ahnung, wie er das machen sollte.

»Denke an etwas anderes! Die Schwingungen entstehen in deinem Kopf.«

Simon hob den Handschuh erneut und konzentrierte sich. Der Handrücken und das Tuch in der Hand von Iras Vater leuchteten auf. Alle warteten gespannt. Simon schloss die Augen. An etwas anderes zu denken war nicht so leicht, wenn man es tat, um im Kopf etwas zu verändern. Simon dachte an das Versteck im Gemüsefeld und an die Krankenstation, an den Bischof Aristide und seine Sittenwächter, an Schwester Lisa und den Pizza-Mann, der ihnen die Jacken geliehen hatte. Nichts geschah, der Handschuh leuchtete weiter weiß. Dann fiel Simon Ashakida ein, und er dachte an die Welt Avaritia, in der sie zurückgeblieben war, an die verlorene Stadt, an die Soldaten, die Erwachsenen im Nebel und an die Kinder, die im Untergrund lebten.

Ein leiser Aufschrei von Luc ließ Simon blinzeln, und jetzt sah auch er es: Das leuchtende Feld auf dem Handschuh veränderte seine Farbe, jetzt strahlte es in einem satten Blau, genau wie die Tücher.

Verblüfft ließ Simon den Handschuh sinken. Das Leuchten erlosch.

»An was hast du gedacht?« Gespannt sah Iras Vater ihn an.

Simon erklärte es ihm.

»Versuch es noch einmal.«

»Nein.« Simon schüttelte den Kopf. »Nicht jetzt. Jetzt bin ich dran!« Er musste zu Ashakida, und dieser Wunsch ließ ihn stark sein.

»Aber ich kann dir nicht helfen.« Iras Vater war gereizt, er ärgerte sich, dass Simon sein Experiment abbrach. »Ich habe dir doch gesagt, dass ich nicht weiß, wo ein Weltentor ist.«

Simon ließ sich nicht einschüchtern. »Trotzdem bin ich hier. Und zwar wegen dieser Karte.« Er wies auf den vergilbten Papierbogen, den er von Iras Oma bekommen hatte. »Dieser Plan ist wichtig. Er ist eine Botschaft, ich bin mir sicher, dass das so ist. Sonst hätte ich ihn nicht bekommen. Also: Was ist darauf zu sehen?«

»Ich habe dir alles gesagt, was ich weiß!«

»Und die Kreise?«

»Kennzeichnen die Produktionsstätten und die Verkaufsstellen von Aphyr.«

Simon betrachtete nachdenklich die roten Markierungen, die Iras Vater auf das Papier gemalt hatte. »Der Kreis hier in der Mitte ist stärker gezeichnet. Warum?«

Iras Vater zuckte mit den Schultern. »Das habe ich nicht bewusst gemacht. Vielleicht, weil ich an die Aufzeichnungen im Firmenarchiv gedacht habe.«

Simon fragte nach, und Iras Vater berichtete, dass vor einiger Zeit die Geschichte der Agency for Physical Research aufgearbeitet worden war. »Die Historiker, die von Aphyr den Auftrag bekommen hatten, vermuten die frühere Firmenzentrale im Stadtzentrum. Das erzählen zumindest einige der alten Schriften, die die Forscher entdeckt haben.« Aber das, ergänzte er, sei zu einer Zeit gewesen, als die Menschen noch auf der Erdoberfläche gelebt hatten.

Simon merkte auf. »Was für ein Gebäude war das?«

»Ein Hochhaus. Es soll mitten in der Stadt gestanden haben.«

»Ein goldenes Hochhaus?«

Iras Vater nickte erstaunt. »Ja. Woher weißt du das?«

Simon lief ein Schauer den Rücken hinab. »Weil ich das Gebäude kenne. In den anderen Welten steht dort der Tower.«

17

Vorsichtig robbte Ira bis vor das Lüftungsgitter und spähte hindurch. Simon schob sich neben sie. Der Gang draußen, den der Lüftungsschacht mit Frischluft versorgte, war verlassen und nur schwach beleuchtet. Weder Filippo noch Luc waren zu sehen.

»Und du bist dir sicher, dass wir hier richtig sind?« Simon war besorgt, er fürchtete, dass sie an der falschen Stelle warteten.

Statt einer Antwort hob Ira nur den Finger vor die Lippen und bedeutete ihm, leise zu sein.

Simon folgte der Aufforderung. Jetzt, als er still war und sich sein Herzschlag beruhigte, konnte er das Murmeln der Stimmen und das Klacken unzähliger Schritte hören. Das Stadtzentrum war nicht weit, hatte Ira erklärt, um diese Uhrzeit waren viele Menschen unterwegs: die einen, um sich auf dem Hauptplatz zu vergnügen, die anderen, um im Kuppeldom zu beten.

Nach einer Weile näherten sich zwei Gestalten, Simon sah ihre roten Jacken im Licht der Wandlampen aufleuchten. Es waren Filippo und Luc. Sie sahen besorgt aus.

Ira ließ das Lüftungsgitter zur Seite schwingen, und die beiden Jungen kletterten durch die Öffnung, nachdem sie ihre Pizza-Transportboxen in den Schacht geschoben hatten.

»Habt ihr ihn gefunden?« Gespannt sah Ira die beiden an.

Luc schüttelte den Kopf. »Nein. Wir waren bei Tomas zu Hause, auch bei seiner Tante, und sogar in der Krankenstation. Niemand weiß, wo er ist.«

Nun war auch Simon besorgt. »Meint ihr, Aristide hält ihn immer noch fest?«

Ira nickte. »Wo soll er sonst sein? Er wäre sofort nach Hause gegangen, wäre er freigekommen. Tomas weiß, dass wir ihn dort suchen würden.«

»Und jetzt?«

Ira blickte auf ihre Uhr. »Wir können nicht auf ihn warten. Das Lichtfest beginnt bald, und wir müssen im Kuppeldom sein, wenn es losgeht.«

Simon hatte ein schlechtes Gewissen, weil Tomas wegen ihm in Schwierigkeiten steckte, und er hätte gerne die anderen dabei unterstützt, ihm zu helfen. Doch wenn seine Vermutung stimmte, dass es oben auf der Erdoberfläche nahe des Towers ein Weltentor gab, dann musste er dort hinauf, solange er die Möglichkeit dazu hatte. Und das Lichtfest am Ende der Woche, hatte Ira erzählt, war seine einzige Chance, die unterirdische Stadt zu verlassen.

»Okay.« Ira hatte eine Entscheidung getroffen. Sie sah Luc an. »Du gehst zurück und wartest zu Hause bei Tomas auf ihn.« Sie wandte sich Filippo zu. »Und du wartest auf ihn bei meiner Oma. Tomas weiß, dass wir dort hinwollten, vielleicht geht er zu ihr, wenn sie ihn freilassen.«

Filippo verzog genervt das Gesicht. »Das ist total weit! Da laufe ich über eine Stunde.«

»Fahr mit dem Taxi. Dann kannst du gleich dem Pizza-Mann die Lieferboxen und die Uniformen zurückbringen.«

»Das ist ein gutes Stichwort.« Filippo setzte sich auf den Boden des Schachts und zog eine der Transportboxen zu sich. »Ich hab totalen Hunger. Ich muss unbedingt was essen.« Ohne Iras Antwort abzuwarten, öffnete er die Box und nahm eine der Pizza-Packungen heraus. Er zog eine Reißleine am Boden der Schachtel und wartete, bis die Packung warm wurde. Als er sie öffnete, war die Pizza im Inneren heiß und dampfte.

Simons Magen knurrte, als er den Pizzaduft roch. Auch er hatte Hunger, merkte er.

Wenig später saßen alle auf dem Schachtboden und aßen. Simon war von den sich selbst erwärmenden Schachteln beeindruckt. In seiner Welt waren Pizzen, die der Pizzaservice nach Hause brachte, immer nur lau und labberig gewesen. Hier waren die gebackenen Teigfladen heiß und kross, so als ob sie gerade frisch aus dem Ofen gekommen wären.

Simon aß schnell, und als er fertig war, sah er seinen Rucksack durch. Sie würden jetzt durch schmalere Lüftungsschächte kriechen müssen, hatte Ira angekündigt, dort gab es weniger Licht, seine Taschenlampe würde dabei sicherlich hilfreich sein. Simon stutzte: Er konnte die Lampe nirgendwo entdecken. Auch Ira wusste nicht, wo sie war. Sie versprach hoch und heilig, sie nicht aus dem Rucksack genommen zu haben.

»Überlege, wann du die Taschenlampe das letzte Mal in der Hand gehalten hast«, riet Luc ihm.

Simon dachte nach. Er hatte die Lampe benutzt, als er mit Ira zum Versteck der Freunde unterwegs gewesen war. In der Pflanzhalle hatte er die Taschenlampe zurück in den Rucksack getan, war sich Simon sicher. Danach hatte er sie noch einmal in der Hand gehabt, nämlich als er Tomas im Versteck der Freunde den Handschuh gezeigt hatte. Die Taschenlampe hatte sich in dem Schuppengeflecht verhakt, er hatte beides hervorgeholt, um den Handschuh und die Lampe voneinander zu trennen.

»Sie ist in der Pflanzhalle.« Simon sah auf. »In eurem Versteck. Ich habe sie dort liegen gelassen.«

Ira rollte genervt mit den Augen. »Na super.« Sie blickte auf die Uhr. »Das wird knapp. Aber wenn wir uns beeilen, schaffen wir es noch, sie zu holen.«

Simon war dankbar: Die Lampe war wichtig, nicht nur hier in den Lüftungsschächten von Superbia, sondern auch in Avaritia in den Katakomben unter Drhans Stadt.

Der Abschied von Luc und Filippo war kurz, aber herzlich. »Danke für eure Hilfe.«

»Hat Spaß gemacht.« Filippo grinste. »Die Sache mit dem Handschuh war der Knaller.«

»Und das mit der Karte«, erinnerte Luc ihn.

Filippo nickte. Er zögerte, ihm lag noch eine Frage auf dem Herzen. »Der Filippo in deiner Welt: Was ist mit dem passiert?« Simon hatte ihm erzählt, dass in Gula Filippo von zu Hause abgehauen war. »Was hat sein Vater gemacht, als er plötzlich weg war?«

»Ehrlich gesagt, ich weiß es nicht genau. Es ist so viel passiert, und wir hatten kaum Zeit, über solche Dinge zu reden.« Simon verstummte, als er daran dachte, wie Drhans kalter Atem Gula zerstört hatte. Seinen Freunden in Superbia hatte er nichts davon erzählt, denn die Schuld, die er trug, bedrückte ihn.

»Aber irgendwas musst du doch wissen! Hat der Filippo Ärger bekommen?«

Simon überlegte, was er antworten sollte. »Die Welten sind ähnlich, aber trotzdem ist jede Welt anders«, sagte er schließlich. »Jeder muss seinen eigenen Weg finden.«

Filippo seufzte. »Das ist echt nicht einfach.«

Sie umarmten sich zum Abschied, dann kletterten Luc und Filippo aus dem Schacht zurück in den Gang. Ira reichte ihnen die Pizza-Boxen heraus und schloss das Lüftungsgitter. Simon winkte ihnen noch einmal zu, bevor er Ira folgte.

Sie kamen schnell voran, der Weg zum Versteck war weniger weit, als Simon es vermutet hatte. Bald hatten sie den Seitentunnel, der zu den Feldern der Enklave führte, erreicht. Sie überquerten die Steuerzentrale der Bauern, ohne dass jemand sie bemerkte.

Schließlich stoppte Ira vor einem Lüftungsgitter. Helles Licht drang von unten durch die Stäbe. »Ich schlage vor, ich warte hier. Du kannst alles, was du nicht brauchst, hierlassen.«

Simon nickte. Er legte den Rucksack ab und gab ihn Ira, dann öffneten sie gemeinsam das Lüftungsgitter, und Simon ließ sich auf das darunter stehende Pflanzregal herab. Es war still in der Halle, bis auf das tausendfache Tropfen der Bewässerungsanlage und das Zischeln der Zerstäuber, die die Pflanzen mit Nährlösung einnebelten. Niemand war zu sehen. Simon fand die Stelle, an der er die Regalböden wie die Sprossen einer Leiter verwenden konnte, und kletterte behände hinab. Ira sah ihm interessiert zu. Er winkte ihr noch einmal, bevor er in das Labyrinth der Gänge eintauchte.

Die Luft war feucht und roch süßlich, so wie bei seinem ersten Besuch. Doch etwas war anders: Ein kühler Luftzug strich durch die Halle, so als stünde irgendwo eine Tür offen. Simon beachtete es nicht: Eilig lief er durch die Gänge, sein Ziel war das Versteck zwischen den Pflanzregalen. Er hatte Glück: Die Ernteroboter waren abgeschaltet, er konnte die Hallenmitte ohne Umweg erreichen.

Bald stand er in dem Gang, der an das Versteck der Freunde grenzte. Simon suchte sich eine Lücke, schob seinen Körper durch das Gewirr von Trieben und Blättern und betrat die Höhle im Inneren. Überrascht zuckte er zurück: Eine Gestalt saß an dem Tisch, ein Junge. Er fuhr auf, als er Simon sah.

»Tomas!« Simons Schrecken wich Erleichterung. »Hier bist du! Wir haben dich überall gesucht.«

Tomas starrte ihn entsetzt an. »Was machst du denn hier? Du hattest doch vor, zu Iras Oma zu gehen!«

»Da war ich schon.« Simon wollte berichten, was geschehen war, doch Tomas unterbrach ihn. »Verschwinde, und zwar schnell. Das war nicht geplant, dass du hierher kommst.« Gehetzt sah er sich um.

Simon hatte seine Taschenlampe entdeckt, er nahm sie und schob sie sich hinter den Gürtel. »Was ist denn los?«, fragte er, erstaunt über Tomas' Verhalten.

»Glaubst du, die haben mich einfach so freigelassen? Die wollten wissen, wo du bist.« Nervös lief Tomas zum Pflanzregal und spähte durch die Blätter.

»Und hast du es ihnen gesagt?«

»Nein.« Tomas drehte sich um und sah Simon an. Sein Blick zeigte Sorge. »Ich habe sie angelogen und behauptet, dass du in unser Versteck kommen würdest. Ich konnte doch nicht ahnen, dass du wirklich hier auftauchst.«

Jetzt begriff Simon, wovor Tomas ihn warnte.

Im gleichen Augenblick gellte ein Schrei durch die Halle, es war Ira. »Simon, hau ab! Sie kommen!«

Rufe waren zu hören, Schritte von Männern, jemand brüllte einen Befehl.

Ohne zu zögern, kletterte Simon an einem der Pflanzregale hinauf, bis er den obersten Regalboden erreicht hatte. Der Anblick, der sich ihm von hier aus bot, war erschreckend: Die Sittenwächter stürmten die Halle, sie hatten auf ihn gewartet, jetzt kamen sie, um ihn zu holen.

Simon erstarrte, als er die Männer sah: Er steckte in der Falle.

18

»Lauf!« Der Ruf von Tomas löste seine Erstarrung. So schnell er konnte, schlängelte sich Simon zwischen den Bohnenranken hindurch, die hier ihre Triebe bis zur Decke reckten. Unten in den Gängen hörte er die Männer näher kommen. Als er das Ende des Pflanzregals erreicht hatte und in die Gasse auf der anderen Seite blicken konnte, sah er es: Auch dort näherten sich die Sittenwächter, sie kamen von allen Seiten, fest entschlossen, ihn zu fassen. Sie hatten ihn eingekreist. Simon sah keine Chance, ihnen zu entkommen.

»Los, holt ihn da runter!« Der Kommandant der Wächter hatte Simon entdeckt und befahl seinen Männern, zu ihm hinaufzusteigen. Zwei der Wächter folgten der Aufforderung. Eilig schlängelte sich Simon durch die Triebe hindurch zur gegenüberliegenden Seite des Vierecks, das die Regale rings um das Versteck bildeten. Doch auch dort kletterten zwei Männer an den Regalböden herauf.

Fieberhaft sah Simon um sich. Es gab nur eine Möglichkeit, den Sittenwächtern zu entkommen: Er musste quer über den Gang auf das nächste Pflanzregal springen. Simon suchte sich eine freie Stelle zwischen zwei Bohnenranken und sah zur gegenüberliegenden Seite. Der Gang war nicht sehr breit, aber sehr tief – ein falscher Schritt, und er würde abstürzen. Simon wurde schwindelig, als er in die Tiefe blickte. Die Vorstellung, dort hinunterzufallen, war furchtbar.

»Simon! Hierher!« Das war Iras Stimme! Er blickte zu der offen stehenden Lüftungsklappe am anderen Ende der Halle. Obwohl das Feld groß und Ira weit entfernt war, glaubte er, ihre Sorge zu erkennen. Aufgeregt winkte sie ihn zu sich. Dort oben war der einzige Fluchtweg, den die Sittenwächter nicht versperrten. Er musste Ira erreichen, das war seine einzige Chance.

Die Rufe der Männer wurden lauter, die ersten beiden Wächter hatten das oberste Regalbrett erreicht. Simon nahm seinen ganzen Mut zusammen. Er stellte einen Fuß an die Kante, mit dem anderen holte er Schwung, dann stieß er sich mit aller Kraft ab und sprang. Für einen Augenblick kam es ihm vor, als verlangsame sich die Zeit, die Geräusche um ihn herum verstummten und er schwebte in der Luft, unter sich der Abgrund. Momente später landete er auf dem gegenüberliegenden Regalbrett. Der Sprung war gut gewesen und vor allem weit genug, doch Simon hatte zu viel Schwung genommen, sodass er stürzte und weiterrollte, direkt auf die Kante des Bretts zu. Verzweifelt klammerte sich Simon an einer Bohnenranke fest, der Trieb brach, und auch der nächste, nach dem er griff, hielt ihn nicht. In letzter Sekunde ertasteten seine Hände eine Querstrebe, er packte sie und hielt sich fest. Bedrohlich schwankte das Regal hin und her.

So schnell er konnte, rappelte Simon sich auf. Die Sittenwächter rannten zwischen den Bohnentrieben hindurch zu der Stelle, von der aus er abgesprungen war. Simon zögerte nicht lange. Er stellte sich in Position, nahm Schwung und sprang über den nächsten Gang. Diesmal ging es besser, er landete sicher und es gelang ihm, das Gleichgewicht zu bewahren. Auch die darauffolgenden Gänge überquerte er ohne Probleme.

Doch die Wächter setzten ihm nach, sie sprangen so wie er von Regalbrett zu Regalbrett. Bald waren die Männer dicht hinter ihm. Erschrocken registrierte Simon, dass sie schneller waren als er.

Dann geschah es: Simon setzte zum nächsten Sprung an, doch in seiner Angst vor seinen Verfolgern nahm er zu viel Schwung, sodass er bei der Landung auf dem nächsten Pflanzregal über die Kante zu taumeln und hinabzustürzen drohte. Verzweifelt klammerte sich Simon an einer Querstrebe fest. Vom Schub seines Gewichts mitgerissen, begann das Regal zu schwanken, es kippte ein Stück und schwang zurück, um sich zur anderen Seite zu neigen. Simon schrie auf. In dem Moment sprang einer seiner Verfolger zu ihm herüber. Der Sittenwächter landete auf dem schwankenden Regal, gerade als es sich wieder von ihm wegbewegte, und sein Gewicht verstärkte die Bewegung. Entsetzt bemerkte Simon, dass sich das Regal neigte, weiter als zuvor. Das Metall ächzte, Querstreben lösten sich mit lautem Knallen. Der Sittenwächter rutschte an den Rand des sich immer weiter neigenden Regalbretts, er suchte nach Halt. Seine Augen waren voller Angst, auch er begriff, dass das Pflanzregal umstürzen würde. Aufgeregte Rufe drangen zu ihnen herüber.

Simon wurde ganz ruhig. Irgendetwas in ihm sagte ihm, dass er nur dann eine Chance hatte zu überleben, wenn er sich ganz auf den Moment konzentrierte. Seine Angst, seine Selbstzweifel, die schreienden Männer hinter ihm, alles war jetzt unwichtig.

Simon richtete sich auf dem kippenden Regalboden auf und blickt in die Richtung, in die das Pflanzregal fiel. Die Fläche, auf der er stand, wurde immer schräger, krachend lösten sich unter ihm Regalböden aus der Metallkonstruktion. Gleich würde das Regal gegen das benachbarte Pflanzregal prallen. Simon kniff die Augen zusammen, um den kleiner werdenden Abstand einzuschätzen. Jetzt! Er sprang ab, kurz bevor sich das kippende

Gestell mit Wucht in das benachbarte Pflanzregal bohrte. Es knirschte, Metall verbog sich ächzend. Im gleichen Moment landete Simon auf dem obersten Regalboden des unter der Wucht des Aufpralls zitternden Nachbarregals. Er hielt sich fest und sah kurz zurück: Der Sittenwächter hatte den Aufprall überlebt, doch er schrie vor Schmerzen, ein Metallteil hatte sein Bein verletzt. Simon blieb keine Zeit zum Denken, auch dieses Regal kippte. So wie schon einmal sprang Simon kurz vor dem Aufprall zum benachbarten Pflanzgestell und dann weiter, als auch dieses mitgerissen wurde. Es war, als wären die Regale gigantische Dominosteine, die jemand nebeneinander aufgestellt hatte und die nun nacheinander umstürzten, nachdem der erste Stein angestoßen worden war. Simon sprang von Regal zu Regal, immer dem Aufprall ein Stück voraus.

»Hierher!« Ira schrie durch den Lärm, den die einstürzenden Metallgestelle und berstenden Pflanzbehälter machten. Simon sah sie im Lüftungsschacht am Ende der Halle, sie hatte ihren Oberkörper durch die Öffnung geschoben und winkte ihm zu. Er musste zu ihr!

Den Schwung der kippenden Regale ausnutzend, sprang Simon weiter. Es musste ihm gelingen, genau auf ihrer Höhe zu sein, wenn er den Lüftungsschacht erreichte.

Doch die Regale kippten immer schneller, die Wucht, mit der die Metallgestelle vorangeschoben wurden, nahm zu. Simon sprang. Er war außer Atem von dem gefährlichen Parcours, auf den er gezwungen worden war. Ira sah ihm entgegen, die Arme nach ihm ausgesteckt. Simon hörte, wie sie etwas rief, doch er konnte ihre Worte in dem ohrenbetäubenden Lärm nicht verstehen. Er näherte sich ihr, noch fünf Reihen, dann vier, drei, zwei …

Plötzlich ertönte ein ohrenbetäubendes Knirschen, dann erzitterte das Regal, auf das Simon gerade eben gesprungen war: Das Nachbarregal war nicht wie die anderen langsam umgekippt, sondern in der Mitte eingeknickt, um sich krachend in das Metallgestell, auf dem Simon stand, zu bohren. Simon verlor das Gleichgewicht. Der Regalboden, auf dem er stand, gab nach und neigte sich, ächzend verbogen sich die Streben. Mit letzter Kraft stieß Simon sich ab und sprang zur nächsten Regalreihe, er prallte gegen eine Stütze und klammerte sich fest. Schweiß und Blut liefen ihm in die Augen, er musste sich verletzt haben, doch er spürte keinen Schmerz. Simon blinzelte, während er sich zu orientieren versuchte.

»Hier bin ich!« Das war Iras Stimme, sie war dicht über ihm. Er sah hinauf und entdeckte über sich an der Decke der Halle den Lüftungsschacht, aus dem sich Ira herausbeugte und aufgeregt winkte. Mühsam, so schnell er konnte, kletterte Simon die Regalstreben hinauf bis zum obersten Pflanzbrett, um der Hölle aus krachendem Metall und berstenden Pflanzbehältern zu entkommen.

»Schneller! Los, beeil dich!« Besorgt sah Ira über seine Schulter.

Simon drehte sich nicht um, das Dröhnen hinter ihm war Antrieb genug. »Reich mir deine Hand!« Ira streckte ihm beide Arme entgegen. Simon reckte sich, um sie zu erreichen.

In der gleichen Sekunde erzitterte das Regal unter seinen Füßen und brach in sich zusammen.

19

Simon sprang. Der Regalboden, auf dem er eben noch gestanden hatte, neigte sich und stürzte in die Tiefe. Simon reckte sich im Sprung, er ertastete Iras Arme, packte ihre Handgelenke, spürte, wie auch sie die seinen ergriff. Ira schrie auf, als Simons Gewicht an ihr zerrte, doch sie hielt ihn fest. Hin- und herpendelnd baumelte Simon hoch oben unter der Hallendecke. Ira stöhnte laut, als sie ihn mit all ihrer Kraft ein Stück zu sich zog. Endlich erreichte Simon einen der Haltegriffe am Rand der Lüftungsöffnung. Er packte ihn, schwang sich zum zweiten Haltegriff, dann stemmte er sich mit Iras Hilfe hinauf. Atemlos und mit letzter Kraft gelang es ihm, über die Kante der Öffnung zu robben und in den Lüftungsschacht zu kriechen. Erschöpft blieb er liegen.

Auch Ira war zurück in den Schacht gerobbt, sie lag neben ihm und rang um Atem, genau wie Simon. »Wir müssen weiter«, stieß sie zwischen zwei Atemzügen hervor, »schnell!«

Simon nickte, ohne zu antworten, und rappelte sich auf. Er warf einen letzten Blick zurück in die Halle: Die umgestürzten und zerborstenen Regale lagen übereinander, das Chaos aus Metall, Pflanzbehältern und dem Grün zerfetzter Pflanzen füllte genau die Hälfte der Pflanzhalle aus. Über allem schwebte ein Nebel aus feinsten Wassertropfen, mit dem die unermüdlich arbeitenden Zerstäuber das Durcheinander einhüllten.

Die Sittenwächter hatten sich in die Gänge der unzerstörten Seite gerettet, jetzt ertönten Rufe, sie hatten die offen stehende Lüftungsklappe entdeckt.

»Komm!« Ira zog ihn mit sich. Simon schnappte sich seinen Rucksack und eilte ihr nach, so schnell es der enge Gang erlaubte. Sie erreichten die Kommandozentrale, in der die Bauern geschockt an den Pulten standen und auf ihre Anzeigen und Bildschirme blickten. Simon kroch gerade über das Lüftungsgitter, als einer der Sittenwächter in den Raum stürzte und mit herrischem Ton die Bauern aufforderte, ihnen bei der Verfolgung der Flüchtenden zu helfen. Dass Simon und Ira über ihnen waren, bemerkten die Männer nicht.

Endlich erreichten sie einen größeren Verbindungsschacht, jetzt kamen sie schneller voran. Sie sprachen nicht, bis sie den zentralen Lüftungsschacht erreichten.

Unschlüssig sah Simon sich um. »Und wohin jetzt?«

»Zum Kuppeldom.« Ira wies in die Richtung, in die sie gehen mussten. »Das ist weit genug weg, und außerdem rechnen sie nicht damit, dass wir dort sind.« Es war nur eine Frage der Zeit, dass sie die Lüftungsschächte durchsuchten, war Ira überzeugt. Je mehr Raum sie zwischen sich und ihre Verfolger brachten, je tiefer sie in das Labyrinth der Gänge und Schächte eintauchten, desto unwahrscheinlicher war es, dass die Sittenwächter sie fanden.

Schweigend liefen sie weiter, Ira vorneweg, Simon folgte ihr.

Sie stoppten an der Stelle, an der sie noch vor Kurzem Pause gemacht und mit Filippo und Luc Pizza gegessen hatten. Simon sah die Krümel auf dem Boden liegen. Erleichtert warf er seinen Rucksack ab und setzte sich. Ira ließ sich neben ihn fallen. Auch sie war froh, sich für einen Augenblick ausruhen zu können.

Ira sah Simon von der Seite an. »Hast du eigentlich deine Taschenlampe?«

Simon war überrascht: Er hätte mit allem gerechnet, nur nicht mit dieser Frage. Er musste lachen. Die Anspannung der letzten Stunden brach sich eine Bahn, und bald lagen sie kichernd nebeneinander auf dem Boden des Schachts und balgten kurz miteinander. Dann wurden sie still und sahen sich einfach nur an. Beide waren froh, dass Simon lebend davongekommen war.

»Erzähl mir von den anderen Iras«, sagte Ira unvermittelt.

Simon war erstaunt von ihrem Wunsch. »Was willst du wissen?«

Ira zögerte. »Wenn du mit mir zusammen bist, ist das etwas anderes für dich, oder ist das mit mir genauso wie mit den anderen Iras?« Gespannt sah sie ihn an.

Simon wusste nicht, was er antworten sollte. Einerseits waren sich die Iras, die er kennengelernt hatte, sehr ähnlich. Sie hatten das gleiche Lachen, dieselben winzigen Lachfältchen, die gleichen dunkelbraunen Augen mit dem goldgelben Schimmer um die Iris herum. Doch auch wenn ihm vieles vertraut war, so war doch andererseits jede dieser Iras eine eigene Persönlichkeit, mit einer eigenen Vergangenheit, mit eigenen Erfahrungen und mit ganz persönlichen Träumen und Zielen. Er mochte jede dieser Iras und war froh, nicht wählen zu müssen, welche er lieber hatte.

So gut es ging, versuchte er ihr es zu erklären.

Sie nickte nachdenklich. »Blöd, dass es dich nur einmal gibt.« Sie grinste schief.

Simon verstand nicht, was sie meinte.

»Gäb es dich ebenfalls siebenmal, dann könntest du einfach hierbleiben«, erklärte Ira, »und die anderen Simons kümmern sich um die anderen Welten.«

Simon antwortete nicht. Die Vorstellung, hier bei ihr und den Freunden in dieser Welt zu leben, war durchaus verlockend. Er trug schwer an der Verantwortung, und zu gerne hätte er sie von sich geworfen, um einfach nur noch Simon zu sein und nicht der Torwächter, der für die einen der Messias und für die anderen Salvatore war. Doch während er darüber nachdachte, wurde ihm klar, dass seine Bestimmung nicht nur die Last der Verantwortung mit sich brachte, sondern auch die Chance barg, Dinge zu verändern. Die Menschen hier mussten in ihrer Welt verharren und abwarten, was mit ihnen geschah. Er jedoch konnte die Weltentore passieren und sich Drhan entgegenstellen, auch wenn Simon im Moment nicht wusste, wie er das anstellen sollte.

Es war besser, sich zu wehren und etwas zu verändern, als schweigend alles mit sich geschehen zu lassen.

»Komm, lass uns weitergehen.« Ira stand auf und reichte ihm die Hand, Simon ergriff sie, Ira zog ihn hoch. Sie hielt seine Hand einen Moment fest, dann schlug sie die Augen nieder und wandte sich zum Gehen. Simon folgte ihr.

Schweigend näherten sie sich dem Zentrum der Stadt.

Der Lärm draußen in den Tunneln und auf den Plätzen war abgeflaut, die Menschen, die vorhin noch der Stadtmitte entgegengeströmt waren, befanden sich nun entweder im Kuppeldom oder saßen in den Restaurants, während sich die Kinder in den Spielzonen vergnügten. Simon sah sie an den Geräten stehen und auf die Bildschirme starren, als sie die zentrale

Halle erreicht hatten und er durch ein Lüftungsgitter hinabspähte. Er musste blinzeln, das Licht der Deckenlampen wurde tausendfach in den spiegelnden Wandmosaiken gebrochen und blendete ihn.

Für einen Augenblick dachte Simon daran, wie er in seiner Welt Gula das erste Mal diesen Platz unter der Erde betreten hatte. Die Skulptur der Frau mit dem fließenden Gewand, die es sowohl hier in Superbia als auch in Gula gab und die ihn damals so beeindruckt hatte, stand direkt vor ihm, sie streckte ihre Uhr in die Höhe und schien ihn anzusehen. Ein Stück dahinter hatte es eine Rolltreppe gegeben, sie waren auf ihr zum Tower hinauf gefahren. In dieser Welt gab es keine Rolltreppen, hier waren alle Übergänge von unten nach oben versperrt.

Plötzlich merkte Simon auf: Zwei Sittenwächter überquerten den Platz. Simon winkte Ira zu sich und zeigte ihr die Männer.

Sie runzelte die Stirn, als sie die beiden Wächter sah. »Wir müssen uns beeilen. Sie werden Aristide informieren, dass du entkommen bist.«

Eilig liefen sie weiter. Sie kamen schnell voran: Die Lüftungsschächte im Stadtzentrum waren breit und hoch und ließen sich leicht durchqueren. Schließlich stoppte Ira an einem Gitter. »Hier ist es.«

Simon blickte hinaus. Erstaunt entdeckte er unter sich den Platz, an den das Foyer des Kuppeldoms grenzte. »Müssen wir nicht auf die andere Seite?« Er wies auf die Glasfassade, die die Halle teilte und hinter der sich das Foyer befand.

Ira nickte. »Nur leider endet der Lüftungsschacht hier. Und wir kommen auch nicht weiter.« Der Kuppeldom hatte eine eigene Belüftungsanlage, erklärte Ira ihm. Sie vermutete, dass Aristide unabhängig von der Enklave sein wollte.

»Und wir kommen wir hinein?« Simon betrachtete die gläserne Eingangstür, sie war fest verschlossen. Der Taster auf der Sprechsäule daneben leuchtete.

Ira antwortete nicht, sie beobachtete aufmerksam die vorbeischlendernden Bewohner der Stadt. Eine Reihe von Erwachsenen und Kindern weckte ihre Aufmerksamkeit, die Gruppe ging schneller als die anderen, sie eilten direkt auf den Eingang des Foyers zu. Ira stieß Simon den Ellenbogen in die Seite und wies auf die Gruppe. »Unser Taxi kommt.« Sie grinste. Simon spürte, dass sie angespannt war.

Behutsam öffnete Ira die Verschlüsse am Lüftungsgitter und klappte es zurück. Vorsichtig lugte sie aus der Öffnung. Das Lüftungsrohr verlief am Rand des Platzes, eine Säule verdeckte den Ausstieg. Ira ließ sich durch die Öffnung hinab, Simon folgte ihr, nachdem er ihr zuvor seinen Rucksack heruntergereicht hatte. Ira ließ es sich nicht nehmen, den Rucksack aufzusetzen, und sie erinnerte ihn daran, die Kapuze seines Pullis über den Kopf zu ziehen.

»Fertig?«

Simon nickte.

Die Gruppe Erwachsener und Kinder hatten inzwischen den Eingang des Foyers erreicht, sie berührten den Taster und warteten. Alle waren atemlos, sie schienen gerannt zu sein, offenbar kamen sie zu spät zum Lichtfest. Als das Signallicht auf der Sprechsäule aufleuchtete und die Wartenden ihnen den Rücken zuwandten, lief Ira los. Simon folgte ihr, und gemeinsam huschten sie zum Eingang. Unauffällig stellten sie sich zu den anderen.

Simon schlug das Herz bis zum Hals. Jeder, der vor ihm stand, kannte sein Gesicht, es brauchte sich nur einer von ihnen umzudrehen, und alles wäre vorbei. Er spürte Iras Hand, die nach der seinen tastete. Er ergriff sie.

Im gleichen Moment öffnete sich vor ihnen die Tür.

20

Die Tür glitt zur Seite und gab den Eingang frei. Als hätten sich die Besucher abgesprochen, verstummten alle und betraten schweigend das Foyer. Der dicke Teppich auf dem Boden schluckte jedes Geräusch. Simon und Ira gingen dicht hinter den anderen, so als gehörten sie zu der Gruppe. Zwei Sittenwächter standen an der Tür und warfen einen flüchtigen Blick auf die Neuankömmlinge. Simon senkte seinen Kopf und zog sich seine Kapuze in die Stirn. Jeden Moment rechnete er damit, dass er erkannte wurde, doch niemand sprach ihn an oder hielt sie auf.

Sie durchquerten gemeinsam mit den anderen die Vorhalle. Das großzügige Foyer war verlassen, das Lichtfest hatte begonnen. Simon hörte Gesang, er drang aus dem Kuppeldom zu ihnen herüber, es war ein lauter und leiser werdendes Klangbild, zu dem sich die Stimmen der Gemeindemitglieder vereinigten.

Kurz bevor die Gruppe die Stufen zum Versammlungsraum hinabstieg, huschte Ira zur Seite und zog Simon mit sich. Sie versteckten sich hinter einer Säule.

Simon war gespannt. »Und jetzt?«, flüsterte er. »Wo geht's lang?«

»Keine Ahnung«, flüsterte Ira zurück.

Simon sah sie entgeistert an. Ira hatte ihm erzählt, dass am Ende eines Lichtfestes das Tor über der Glaskuppel geöffnet und Sonnenlicht in den Dom gelassen wurde. Es war der Höhepunkt der Feier und für Simon die Gelegenheit, aus der unterirdischen

Stadt zu entkommen. Denn sobald die Abdeckung zur Seite fuhr, war der Weg an die Oberfläche frei, zumindest war das Iras Plan. Simon bräuchte sich nur in dem Raum zwischen der Glaskuppel und den geschlossenen Stahltüren zu verstecken und zu warten, bis die Abdeckung zur Seite gefahren war, dann könnte er hinausklettern.

Simon wäre nie auf die Idee gekommen, dass Ira nicht wusste, wie man dort hinaufkam.

»Irgendwie müssen die Tore doch repariert werden, wenn sie kaputt sind«, verteidigte sich Ira. »Also muss es auch einen Weg dorthin geben.«

Simon wusste nicht, was er sagen sollte. Natürlich hatte Ira recht. Aber sie befanden sich im Auge des Sturms, sie hatten keine Zeit für Experimente. Und noch weniger Zeit hatten sie, sich zu streiten, also schob Simon seinen Ärger zur Seite und überlegte, was sie jetzt tun konnten.

Vorsichtig lugte er hinter der Säule hervor. Außer dem Portal, durch das man den Kuppeldom betrat, sah er drei Türen: eine schmale wenige Meter entfernt hinter der Garderobe, eine zweite nahe vom Eingangsportal des Kuppeldoms und eine dritte auf der anderen Seite der Halle. Simon beschloss, es zunächst an der ersten Tür zu versuchen, die Garderobe war durch einen Vorsprung verdeckt, die Wächter am Eingang konnten sie nicht sehen. Simon huschte hinüber und rüttelte leise an der Klinke, doch die Tür war verschlossen und rührte sich keinen Millimeter. Lautlos schlich er zurück.

Ira sah ihm gespannt entgegen. Simon schüttelte den Kopf und wies auf die Tür neben dem Portal. »Wir müssen es dort versuchen.«

Ira nickte stumm und kniff die Lippen aufeinander.

Simon ging in die Hocke und schaute vorsichtig, den Kopf dicht über dem Boden haltend, um die Säule herum zum Eingang. Die beiden Wächter standen an der Tür und blickten gelangweilt ins Foyer. Simon versuchte sich vorzustellen, was die beiden Männer von ihrer Position aus sehen konnten. Hier, wo Ira und er jetzt standen, waren sie durch die Säule vor den Blicken der Wächter geschützt. Die Tür neben dem Portal lag jedoch innerhalb ihres Blickfeldes. Die dritte Tür befand sich auf der anderen Seite der Vorhalle. Simon war bedrückt: Er bezweifelte, dass sie unter den Augen der Wächter unbemerkt eine der beiden Türen erreichen konnten.

Der Summer am Eingang schrillte. Eine Gruppe von Nachzüglern stand auf der anderen Seite der Glasfront und wartete darauf, dass ihnen geöffnet wurde. Simon reagierte sofort: Die beiden Wächter hatten sich gerade umgedreht, um nach draußen zu blicken, als er aufsprang und zur Tür neben dem Portal lief. Ira folgte ihm, ohne zu zögern. Simon legte die Hand auf die Klinke und drückte sie hinab. Für einen bangen Moment passierte gar nichts, doch dann, mit einem leisen Klacken, löste sich der Schließriegel und gab den Durchgang frei. Leise huschten sie durch den Türspalt, Simon schloss die Tür so behutsam wie möglich.

Einen Augenblick verharrten sie regungslos. Es blieb still, niemand hatte sie gesehen.

Plötzlich ertönte ein lautes Heulen, ein jammernder Ton, der höher und tiefer wurde, fast wie eine Sirene, die vor eine Katastrophe warnte. Erschrocken fuhr Simon zusammen. Für einen Augenblick dachte er, entdeckt worden zu sein, doch dann setzte der Gesang der Gemeinde ein. Erstaunt sah Simon zu Ira, doch die zuckte nur mit den Schultern: Offenbar kannte sie diese Klänge, denn sie wirkte nicht sehr überrascht.

Hinter der Tür öffnete sich eine schmale Wendeltreppe, die aufwärts führte und durch die das Heulen zu ihnen herabschallte. Sie begannen mit dem Aufstieg und mühten sich, leise zu sein, obwohl das auf- und abschwellende Jammern jeden ihre Schritte übertönte. Je höher sie stiegen, desto lauter wurde die Musik, und auch der Gesang der Gemeinde war nun stärker zu hören.

Die Wendeltreppe endete auf einer Empore, es war ein langer und breiter Balkon über dem Portal des Kuppeldoms. Beeindruckt sah Simon hinab. Der Dom lag im Dunkeln da, nur die Empore in der Mitte war beleuchtet. Priester in langen Gewändern bildeten einen Kreis, sie hatten die Hände gehoben und sangen mit geschlossenen Augen. Die Gemeinde antworte ihnen. Aristide saß auf seinem Bischofsstuhl und wachte mit strengem Blick über die Zeremonie. Und über allem lag das jaulende Heulen, das ihn so erschreckt hatte.

Jetzt sah er auch, woher die Musik kam: Auf der Empore, ein Stück entfernt von ihnen, standen zwei Kantoren und bedienten ein eigenartiges Gerät. Dort, wo bei einer Orgel die Tasten waren, steckten in einem polierten Metallblock eine Reihe von geraden Antennen und gebogenen Metallschlaufen. Die beiden Männer sprangen davor hin und her und fuhren mit ihren Händen und Körpern an den Stangen entlang, ohne sie zu berühren. Veränderten sie die Position der Hände oder näherten sie sich einer Metallschlaufe, veränderten sich die heulenden Töne, die aus riesigen in die Wand eingelassenen Lautsprechern dröhnten. Zugleich bedienten die beiden Kantoren mit den Füßen, Knien oder Ellenbogen zahlreiche Hebel, die dem Klang Effekte hinzufügten oder auch Tonfolgen wiederholten. Die Männer waren schweißgebadet, es war offensichtlich anstrengend, dem Instrument Musik zu entlocken. Sie bemerkten nicht, dass sie nicht mehr alleine waren.

Simon, der mit Ira hinter einem Notenschrank in Deckung gegangen war, wies auf eine Pforte auf der gegenüberliegenden Seite der Empore. Die Tür im Schatten des Instruments ähnelte der, durch die sie gekommen waren. Vielleicht ging es dort weiter. Ira nickte.

Sie warteten geduldig, bis eine besonders schwierige Stelle die volle Aufmerksamkeit der beiden Musiker verlangte. Während die schwitzenden Männer einen wilden Tanz vor ihrem Instrument aufführten und das Heulen vielstimmig den Raum erfüllte, schlichen Simon und Ira hinter dem Rücken der beiden die Empore entlang. Sie gingen gebückt, damit sie von unten nicht gesehen werden konnten. Simon war erleichtert, als sie die andere Seite der Empore erreichten: Niemand hatte sie bemerkt, weder die singende Gemeinde noch die beiden Männer an ihrem Instrument. Die Tür war nicht verschlossen, und als Simon sie aufzog, entdeckte er eine weitere Wendeltreppe, die aufwärts führte.

Erleichtert huschten sie durch den Türspalt und begannen mit dem Aufstieg.

Die Wendeltreppe schraubte sich scheinbar endlos in die Höhe. Simon hatte damit gerechnet, dass das Heulen leiser würde, doch die jammernden Töne dröhnten ohrenbetäubend durch das enge Treppenhaus. Immer wieder passierten sie Seitengänge, die ein kleines Stück von den Stufen wegführten und von denen aus offenbar das Instrument gewartet werden konnte. Simon sah Klappen und Schalttafeln, in einem Gang war eine Elektrowerkstatt eingerichtet.

Die Treppe endete auf einem Absatz, an den eine weitere Tür grenzte. Sie war aus schwerem Metall, ein dickwandiges Glasfenster war in die Fläche eingelassen. Über der Tür hingen zwei Lampen, eine grüne und eine rote. Die grüne Lampe leuchtete.

Simon trat an das Fenster und schaute hindurch, Ira quetschte sich neben ihn, um ebenfalls einen Blick durch das Glas zu werfen.

Der Anblick war beeindruckend. Sie standen oberhalb der Kuppel des Domes, eine gewaltige Halbkugel, die aus riesigen Glasscheiben gefügt war. Die Scheiben waren sehr dick und steckten in massiven Stahlrahmen, sie mussten sehr schwer sein. Darüber, der Form der Kuppel nachempfunden, verschlossen zwei gebogene Stahltore die Öffnung zur Erdoberfläche. Die Abdeckung sah aus wie die geschlossene Haube einer Sternwarte.

Vorsichtig drückte Simon die Klinke hinunter. So wie es das grüne Licht über dem Türrahmen versprach, war die Tür nicht verschlossen. Er streckte seinen Kopf durch den Spalt und spähte hinab. Unten im Schiff des Doms waren die Gläubigen zu sehen, sie hatten so wie die Priester ihre Hände gehoben und sangen zur Musik. Selbst hier, durch das Panzerglas der Kuppel hindurch, war der Gesang zu hören. Falls die Musik den Höhepunkt des Lichtfestes ankündigte, was Simon vermutete, dann konnte es nicht mehr lange dauern, bis das Stahltor über ihnen geöffnet wurde.

Simon wollte gerade durch den Türspalt schlüpfen, als er Iras Hand an seiner Schulter spürte, sie hielt ihn fest und zog ihn zurück in das Treppenhaus.

»Was ist?« Fragend sah Simon sie an.

»Ich kann da nicht mit raus.«

Simon brauchte einen Moment, bis er begriff, was Ira meinte. Er hatte ganz vergessen, dass sie nicht mit ihm an die Oberfläche kommen konnte. Die Strahlen würden ihr sofort zusetzen, sobald sich die Kuppel öffnete.

Er wurde traurig, als ihm klarwurde, dass er sie hier zurücklassen musste.

Ira sah ihn bedrückt an. »Weißt du, dass das ganz schön fies ist von dir?«

»Was?«

»Na, hier aufzukreuzen, alles durcheinanderzubringen, und dann, wenn's gerade spannend wird, wieder abzuhauen.«

Simon wusste nicht, was er antworten sollte. Sein spontaner Gedanke war, ihr zu sagen, dass er wiederkommen werde, aber stattdessen biss er sich auf die Zunge und schwieg. Wie konnte er etwas versprechen, von dem er nicht wusste, ob er es wahr machen konnte? Vielleicht würde er diese Welt niemals wieder betreten.

Stumm nahm er Ira in den Arm, und traurig hielten sie einander fest. Dann lösten sie sich voneinander, ein wenig verlegen. Ira wandte sich kurz ab und wischte sich verstohlen mit dem Ärmel über das Gesicht.

»Los, hau ab.« Sie knuffte ihn. Er grinste und knuffte zurück, bevor er durch den Türspalt schlüpfte. Ira schloss leise die Tür hinter ihm und sah durch das Fenster. Hinter dem Glas schien ihre Haut grün zu schimmern. Simon brauchte einen Moment, bis er sich an die grün leuchtende Lampe über der Tür erinnerte.

Simon trat an den Rand der Kuppel, doch er sah nicht hinab, sondern studierte die Konstruktion der Stahltore. Nirgendwo gab es eine Möglichkeit, zu ihnen hinaufzuklettern, er sah keine Treppe oder Leiter, über die er die Stahltore erreichen konnte.

Er würde warten müssen, bis sich die Abdeckung geöffnet hatte, vielleicht gab es dann eine Möglichkeit, den Rand der Öffnung zu erreichen.

Unten in der Halle waren die Gesänge verstummt, und auch das heulende Instrument jammerte nur noch leise. Die Priester, beobachtete Simon von oben, senkten ihre Hände und öffneten den Kreis, um Aristide darin aufzunehmen. Jetzt war seine Stimme zu hören, nur sehr leise, das Glas, das Simon von dem Saal unten trennte, dämpfte jeden Ton. Der Bischof hob seine Hände, es wurde dunkel im Dom, zugleich begann das Wappen an der Stirnseite des Raumes zu leuchten, bis der gelbe Kreis mit den Propellern wie eine Sonne strahlte. Die Musik schwoll an, ein tiefes Grummeln, das in den Körper fuhr und die Stahlstruktur unter Simons Händen beben ließ.

Plötzlich krachte es über ihm, die Riegel, die das Stahltor fest verschlossen hatten, lösten sich. Aus den Augenwinkeln sah Simon, dass Ira hinter der Scheibe jetzt rot beleuchtet wurde. Die Hydraulik ächzte, und langsam öffnete sich die Kuppel ein kleines Stück. Sonnenlicht brach durch die Öffnung, die Kuppel bündelte es und schickte den Strahl direkt auf den Punkt, auf dem Aristide stand, die Hände zur Decke erhoben. Ein Raunen ging durch die Gemeinde. Dann öffnete sich die Kuppel weiter, und das Sonnenlicht flutete den Dom. Die Musik wurde heller und klang jetzt majestätisch. Dies war der Höhepunkt der Zeremonie. Simon war beeindruckt von dem Schauspiel.

Er zwang sich, seinen Blick abzuwenden, und sah hinauf zum sich öffnenden Tor. Das Sonnenlicht tat ihm gut, erst jetzt spürte Simon, wie sehr er es vermisst hatte. Er begann ein Stück die Stahlstreben, die die Glasscheiben hielten, hinaufzuklettern. Stufen waren in das Metall eingelassen, offenbar war dies hier der richtige Weg, um die Kuppel zu besteigen. An der ersten Querstrebe stoppte Simon und sah zurück zu Ira. Sie winkte ihm zu und lächelte aufmunternd, auch wenn es ihr schwerfiel, wie er spürte. Auch ihm fiel es schwer, sie hier zurückzulassen. Er zwang sich zu einem Lächeln und hob die Hand, um ihr zuzuwinken.

Da ertönte unten im Kuppeldom ein lauter Schrei: »Das Wunderkind! Seht!« Weitere Schreie ertönten, immer mehr Menschen entdeckten ihn. »Er verlässt uns!« Die Musik brach ab, offenbar hatten ihn auch die beiden Musiker bemerkt.

Überrascht sah Simon in den Kuppeldom hinab. Alle starrten zu ihm herauf, einige hatten so wie er die Hand gehoben, um ihm zuzuwinken.

Simon wusste nicht, warum er es tat. Aber er beugte sich vor und winkte zurück.

Unter ihm ging ein Aufschrei durch die Gemeinde.

Simon warf einen Blick zu Ira. Sie rollte mit den Augen und zeigte ihm einen Vogel. Doch sie lachte. Simon grinste zurück. Er zog die Gurte seines Rucksacks fest, dann setzte er, ohne noch einmal nach unten zu sehen, seinen Aufstieg fort. Simon wusste nicht, wie viel Zeit ihm blieb, den Weg nach draußen zu finden. Noch hatte er keine Möglichkeit entdeckt, von der Kuppel hinüber zu den geöffneten Stahltoren zu kommen. Doch nur von dort aus würde er hinauf an die Oberfläche gelangen.

Plötzlich ging ein Ächzen durch die Stahlkonstruktion, und die Fenster unter Simons Händen und Füßen bebten. Simon begriff nicht sofort, was geschah.

Dann sah er es.

Langsam begannen sich die Stahltore wieder zu schließen.

21

So schnell er konnte, kletterte Simon weiter. Die in die Strebe eingelassenen Stufen waren schmal, er musste aufpassen, nicht abzurutschen. Je höher er kam, desto flacher wurde die Neigung der Glaskuppel, und der Aufstieg wurde leichter. Simon warf einen hastigen Blick zu den Stahltoren: Langsam, aber unerbittlich bewegten sie sich aufeinander zu. Ihm blieb nicht mehr viel Zeit.

Endlich erreichte er die Spitze der Kuppel. Simon richtete sich auf und sah sich um. Er befand sich jetzt oberhalb der Erdoberfläche, ihn trennten nur wenige Meter von der Welt dort draußen. Und doch war sie für ihn unerreichbar: Der Abstand zwischen der Kuppel und dem Rand der Öffnung war zu breit, um hinüberzuspringen, und auch sonst sah er keine Möglichkeit, die Kluft zu überbrücken. Simon hätte schreien können vor Wut und vor Verzweiflung.

Quietschend glitten die Tore in ihren Schienen voran, die Öffnung wurde immer schmaler.

Plötzlich entdeckte Simon etwas, das sein Herz klopfen ließ: Auf der anderen Seite der Kuppelspitze war an einem der Stahlträger eine Leiter befestigt – Simon hatte sie nicht sofort erkannt, weil sie zu einem dicken Paket zusammengefaltet war. Ein roter Hebel blockierte die Sprungfeder, mit der die Leiter auseinandergefahren werden konnte. Ohne zu zögern, packte Simon den Griff und zog. Der Stift, der das Leiterpaket festgehalten hatte, glitt aus seiner Verankerung und sprang zurück, doch die Feder verhakte sich und blockierte. Verzweifelt rüttelte Simon am Hebel. Das Metall ächzte. Endlich löste sich die verkantete Feder und drückte nun mit all ihrer Kraft, und wie ein Vorhang, der sich entfaltet, fuhr die Leiter auseinander. Klickernd rasteten die Verschlüsse ein, bis die einzelnen Leiterteile eine Gerade bildeten, die weg von der Kuppel hinaus ins Freie ragte, hin- und herschwankend, ohne Halt auf der anderen Seite. Simon sah es entsetzt. Wie sollte es ihm gelingen, auf diesem schaukelnden Ding hinaufzuklettern? Das war unmöglich! Und selbst wenn er es schaffen würde, hatte er keine Ahnung, wie er vom Ende der Leiter an die Oberfläche kommen sollte. Wahrscheinlich, dachte er, war die Konstruktion dafür gedacht, die geschlossenen Tore zu reparieren. Dass jemand auf der Leiter hinaus an die Oberfläche klettern wollte, das hatten die Erbauer der Anlage nicht geplant.

Die Stahltore hatten inzwischen die Hälfte der Öffnung verschlossen, der Rand eines der Tore näherte sich dem Ende der entfalteten Leiter. Und dann geschah es: Das hin- und herschwankende Leiterende verfing sich in der Hydraulik und blockierte den Kolben, der das Tor zudrückte. Ein Schlag ging durch das Metall der Leiter, und im gleichen Augenblick stand sie still, gekrümmt wie ein Bogen, der gespannt wurde. Die Hydraulik wimmerte, als der Kolben gegen den Widerstand drückte. Das Tor bewegte sich nicht mehr.

Simon zögerte keine Sekunde. Eilig, den Rucksack auf dem Rücken, begann er mit dem Aufstieg. Das bebende Metall unter seinen Händen knirschte, die Leiter verbog sich immer mehr. So schnell er konnte, kletterte er bis an das Ende der Sprossen. Ein Knall ertönte, gerade als Simon in das Gestänge des Tores geklettert war, es war die Leiter, sie gab dem Druck etwas nach und verbog sich. Zischend schob die Hydraulik das Tor ein Stück weiter zu. Simon sah nicht zurück, er kletterte weiter, so schnell er konnte. Der Rucksack verfing sich, während er sich durch eine Lücke zwischen zwei Streben schob, doch es gelang Simon, die Schlaufe, die sich verhakt hatte, zu lösen. Erneut krachte es hinter ihm, das Tor glitt ein Stück weiter zu. Nun blieb nur noch ein schmaler Spalt, durch den er hinausklettern konnte.

Simon erreichte den Rand des Tores, er ergriff einen der Riegel und zog sich hinauf, bis er einen Fuß auf eine Querstrebe stellen konnte. Dann ging es ganz leicht: Simon schob sich durch die Öffnung, setzte sich auf die Kante, zog die Beine nach und kletterte auf die Oberseite des Stahltores.

In der gleichen Sekunde knallte es ein drittes Mal, die Leiter gab dem Druck endgültig nach und zerbarst. Simon hörte das Scheppern, als die Einzelteile auf das Glas der Kuppel fielen und die Schräge hinabrutschten. Die Hydraulik ächzte, und mit einem satten Krachen prallten die Tore aufeinander. Knirschend griffen die Riegel ineinander und zogen sich fest. Dann war es still.

Außer Atem und unendlich erleichtert lag Simon auf der geschlossenen Abdeckung. Er spürte, wie ihm schlecht wurde. Wie gefährlich seine Flucht gewesen war, hatte er erst begriffen, als er das Geräusch der zufallenden Stahltore gehört hatte. Wäre er noch im Spalt zwischen den Toren gewesen, hätte er keine Chance gehabt.

Nach einer Weile ließ die Übelkeit nach. Die Sonne tat ihm gut, ihre Wärme gab seinem Körper Kraft. Dann fielen Simon die Strahlen ein, die die Menschen in der unterirdischen Stadt so sehr fürchteten. Hoffentlich, dachte er, hatte Dr. Lytras recht gehabt, und Drhans Strahlen schadeten ihm wirklich nicht. Er spürte nichts und hatte auch nicht das Gefühl, dass etwas Ungewöhnliches mit ihm geschah.

Simon setzte sich auf und sah um sich. Er befand sich auf einer Lichtung im Urwald. Große Bäume mit mächtigen Wurzeln umstanden die Fläche, in deren Mitte die geschlossene Stahlkuppel aus dem Boden ragte. Schlingpflanzen rankten an den Stämmen hinauf und reckten ihre fleischigen Blätter dem Licht entgegen. Dazwischen wuchsen Farne, Orchideen, Bromelien und eigenartig gezackte Blumen, deren lilafarbene Blüten verlockend, aber auch gefährlich aussahen. Der Boden dampfte, es musste gerade erst geregnet haben.

Erst jetzt fiel Simon auf, dass es totenstill war. Die Tiere des Strahlwaldes gaben keinen Laut von sich. Möglicherweise, überlegte Simon, hatte das Geräusch des zufallenden Tores sie erschreckt, doch wahrscheinlicher war, dass die Urwaldtiere wegen ihm verstummt waren. Erst wenn sie wussten, dass er keine Gefahr darstellte, würden sie sich wieder regen und Entwarnung geben. Und tatsächlich: Nach einiger Zeit waren die ersten Vogelstimmen zu hören, nach und nach fielen immer mehr Tiere in den Gesang ein, bis ein vielstimmiges Zwitschern, Zirpen und Schnattern den Wald erfüllte.

Langsam kroch der Schatten des endenden Tages auf die Lichtung, die Sonne stand schon tief. Simon betrachtete den Ring der Torwächter an seinem Finger. Wenn seine Vermutung stimmte, dann gab es in der Nähe des Towers ein Weltentor. Doch im Licht der Sonne sah der Stein matt und unscheinbar aus, er war ihm keine Hilfe bei seiner Suche. Auch sonst entdeckte Simon keinen Hinweis darauf, welche Richtung er einschlagen sollte. Nirgendwo sah er einen Weg oder einen Trampelpfad, und schon gar nicht erspähte er im Dickicht des Dschungels den goldenen Turm, auch wenn der Tower nicht weit sein konnte. Das einstige Hauptquartier von Aphyr, hatte Iras Vater gesagt, befand sich direkt über dem zentralen Platz der unterirdischen Stadt, und der Weg vom Zentrum zum Kuppeldom war nicht weit gewesen. Allerdings hatte Simon keine Ahnung, in welche Himmelsrichtung sie zum Dom gegangen waren, sodass es ihm nicht half, dass er mithilfe der untergehenden Sonne Osten ausmachen konnte.

Simon hob den Rucksack, den er nach seinem Aufstieg aus dem Kuppeldom von sich geworfen hatte, wieder auf seinen Rücken und rutschte die Rundung des Stahltores herunter. Die Sonne war hinter den Baumwipfeln verschwunden, nur noch vereinzelt drangen Sonnenstrahlen durch das Dickicht der Blätter zu ihm herab. Er betrat den Wald.

Hatte das Dickicht zuvor wie ein ganz normaler Dschungel gewirkt, so sah Simon jetzt, dass der Urwald auf den Ruinen der Stadt gewachsen war. Riesige Bäume krallten sich mit ihren Brettwurzeln in die Reste eingestürzter Häuser, nach Wasser gierende Orchideen rankten von den Kronen der Urwaldriesen herab und umklammerten mit ihren Luftwurzeln die herabgefallenen Trümmer. Teppiche aus Moosen, Farnen und Bromelien bedeckten Autos, Brunnen, Bänke und andere Gegenstände, die Simon nicht erkannte, dazwischen überwucherten Schlingpflanzen verbogene Ampelmasten und sinnlos gewordene Verkehrsschilder. Die Natur, einst von den Menschen verdrängt, damit sie die Stadt errichten konnten, eroberte ihren Lebensraum wieder zurück. Simon hatte so etwas noch nie zuvor gesehen.

Es dämmerte, die Sonne sank schnell. Wollte er sich nicht in der Dunkelheit verlaufen, dann musste er einen Platz für die

Nacht finden, war Simon klar. Lieber hätte er weiter nach dem Tower gesucht, doch er fürchtete, sich hoffnungslos zu verirren. Und dann konnte er Ashakida und den anderen überhaupt nicht mehr helfen. Simon hoffte, dass er morgen einen Hinweis darauf entdeckte, in welcher Richtung er den goldenen Wolkenkratzer finden würde.

Nach etwas Suchen fand Simon einen Ort, der ihm für ein Nachtlager geeignet vorkam. Es war eine Höhle, die die Triebe einer wuchernden Schlingpflanze bildeten. Erst auf dem zweiten Blick begriff er, dass er in der Halle eines eingestürzten Hauses stand. Die fein gemusterten Blätter, mit denen die Ruine überwuchert war, ließen die Grotte fast gemütlich wirken. Wirklich wohl fühlte sich Simon jedoch nicht. Er hatte das Gefühl, dass er beobachtet wurde. Doch so sehr er auch in das Dickicht starrte, er entdeckte niemanden.

Simon suchte sich einen Platz und legte seine Sachen ab. Jetzt erinnerte er sich an den Sommer des zurückliegenden Jahres, als er die Ferien im Dorf seines Großvaters verbracht hatte. Sein Opa hatte ihm damals viel beigebracht, das Spurenlesen zum Beispiel und auch, wie man im Wald eine Feuerstelle errichtet und ein Feuer entfacht. Nun half ihm sein Wissen, und bald hatte er genug trockenes Holz zusammengesucht, um es in einem Erdloch aufzuschichten.

Er wollte gerade die Flamme des Feuerzeugs, das er in seinem Rucksack bei sich trug, an ein Bündel mit Reisig halten, um das Feuer anzuzünden, als er einen Blick auf seinen Ring warf. Jetzt in der Dämmerung war es deutlich zu sehen: Der Stein in der Fassung leuchtete.

22

Aufgeregt ließ Simon das Feuerzeug wieder zuschnappen. Die Flamme erlosch. Jetzt war das Leuchten noch deutlicher zu sehen: Es war nicht sehr hell, der Stein glimmte nur, deshalb hatte er es im Licht der Sonne nicht bemerkt. Doch es war eindeutig: Irgendwo hier in der Nähe gab es ein Weltentor.

Simon zögerte. Kurz überlegte er, sofort aufzubrechen, doch als er nur ein paar Schritte gegangen war, sah er, dass das Licht seiner Taschenlampe nicht ausreichte, um sich in dem Labyrinth aus Ruinen und wuchernden Pflanzen zurechtzufinden. Er würde, beschloss Simon, am nächsten Morgen früh aufbrechen, wenn es gerade erst hell wurde und er das blasse Leuchten des Steines noch sehen konnte.

Wenig später flackerte das Feuer in der grünen Höhle, die sich Simon für die Nacht gesucht hatte. Dankbar holte er das Wasser und die Pizza, die Ira ihm vor ihrem Aufbruch aufgenötigt hatte, aus dem Rucksack und aß und trank etwas. Dann wickelte er sich in seine wärmende Folie.

Simon musste an die ersten Nächte in Avaritia denken: Auch damals hatte er sich in die Folie gewickelt, die er im Rucksack seiner Eltern gefunden hatte, und auch damals hatte er draußen unter freiem Himmel übernachtet, gemeinsam mit Ashakida. Jetzt war er alleine. Simon mühte sich, das Gefühl der Einsamkeit nicht an sich herankommen zu lassen. Er wollte tapfer sein, auch wenn es ihm schwerfiel, er vermisste die Leopardin sehr. Was hätte er darum gegeben, bei ihr zu sein! Bedrückt streckte er sich neben der Feuerstelle aus und schloss die Augen, um zu schlafen.

Der Wald um ihn herum kam nicht zur Ruhe. Simon horchte auf jedes Geräusch. Überall raschelte es im Unterholz, die Tiere der Nacht umstrichen sein Lager. Fledermäuse und Flughunde flogen atemberaubende Kunststücke, um die Nachtfalter zu fangen, die vom Feuer angelockt wurden. Einmal glaubte Simon das Schnalzen zu hören, mit denen sich die Meerkatzen verständigten. Er wusste nicht, ob das ein gutes oder ein schlechtes Zeichen war. Sein Großvater, überlegte Simon, hatte die affenartigen Wesen freundlich begrüßt und mit ihnen gesprochen. Simon beschloss, dass es gut sein musste, wenn die Meerkatzen in der Nähe waren. Der Gedanke beruhigte ihn ein wenig.

Irgendwann, er merkte es nicht, war er eingeschlafen. Er träumte von Ashakida und von Ira und wachte erst wieder auf, als das Feuer nur noch glühte. Im Halbschlaf tastete Simon nach dem bereitliegenden Holz, um ein paar dickere Äste in die Glut zu werfen.

Und dann sah er es: Die Nacht war voller Augen.

Simon griff nach einem Ast und schürte hastig das Feuer. Die Flammen loderten auf. Jetzt erkannte er, wem die Augen gehörten: Im Schein des Feuers entdeckte Simon ein Rudel Meerkatzen, sie umringten sein Lager und betrachteten ihn forschend. Der Anführer, ein Männchen mit einem roten Pelzstreifen am Hals, gab ein paar schnalzende Laute von sich, die Meerkatzen zogen sich ein paar Meter in den Schatten zurück.

Simon hörte sie, es keckerte und schnalzte leise. Sie waren dort, und sie bewachten ihn.

Beruhigt schlief er wieder ein.

*

Als er am nächsten Morgen erwachte, brachen gerade die ersten Sonnenstrahlen durch das Blätterdickicht. Simon streckte sich und rieb sich die Augen. Er fühlte sich erholt, obwohl er direkt auf dem harten Boden gelegen hatte. Das Gefühl, beschützt zu werden und sicher zu sein, hatte ihn tief und fest schlafen lassen.

Als er sich aufrichtete, entdeckte er ein großes Blatt neben seinem Lager, darauf lagen frische Früchte. Die Meerkatzen hatten ihm, bevor sie im Dschungel verschwunden waren, ein Frühstück bereitet. Simon war überrascht und dankbar. Er aß mit großem Appetit, die Früchte schmeckten herrlich süß und waren sehr saftig. Zuletzt bedeckte er die Asche der Feuerstelle mit feuchter Erde und mit Blättern, sodass bald nichts mehr darauf hinwies, dass hier jemand die Nacht verbracht hatte.

Simon warf sich seinen Rucksack auf den Rücken und verließ die Höhle. Der Stein im Ring der Torwächter, den er an seinem Finger trug, glimmte immer noch. Er suchte sich eine freie Stelle zwischen zwei Urwaldriesen und drehte sich langsam um sich selbst, die Hand ausgestreckt. Dabei beobachtete Simon den glimmenden Stein genau. Und tatsächlich: Je nachdem, wohin er sich drehte, wurde das Leuchten stärker oder schwächer. Der Unterschied war nur gering und kaum zu sehen, doch Simon probierte es aus, bis er überzeugt war, die Himmelsrichtung zu kennen, in der der Stein am hellsten leuchtete. Dann suchte er sich einen Weg.

Es war schwerer, als er gedacht hatte. Immer wieder musste er umkehren, weil mächtige Baumwurzeln unüberwindbare Hindernisse bildeten, dann wieder zwangen ihn die Ruinen zu einem Umweg. Einmal musste er über eine Reihe von unförmigen Felsen klettern. Erst nach einer Weile bemerkte er, dass die Brocken moosbewachsene Autos waren.

Anfangs versuchte Simon noch, sich vorzustellen, wie die Stadt ausgesehen hatte, bevor sie zerstört und vom Urwald überwuchert worden war. Doch bald schon nahm er die von der Natur zurückeroberte Ruinenwelt als etwas Eigenes an, so als seien der Wald und die Trümmer schon immer genau so da gewesen. Nur wenn er Spuren entdeckte, die ihn an die einst hier wohnenden Menschen erinnerten, wurde ihm wieder bewusst, dass die Explosion und die Strahlen eine lebendige Stadt zerstört hatten. Zum Glück, dachte Simon, hatten sich viele der Bewohner dieser Welt unter die Erde retten können.

Die Sonne stieg immer höher, die Tiere der Nacht verstummten. Der Wald erwachte: Die Vögel begannen zu singen, Insekten stiegen aus dem Moos empor, Amphibien krochen aus ihren Erdhöhlen. Unsichtbar, aber nicht lautlos schlichen Tiere durch das Unterholz, und durch die Luft tanzten blaue Schmetterlinge. In den Bäumen über ihm huschten ab und zu Schatten durch das Blätterdach und das Keckern der Meerkatzen schallte zu ihm herab.

Je höher die Sonne stieg, desto unruhiger wurde Simon. Besorgt betrachtete er den Stein in seinem Ring: Er kam nur langsam voran und fürchtete, im heller werdenden Licht des Tages sein Glimmen nicht mehr erkennen zu können. Doch

Simons Sorge schwand, als er bemerkte, dass die Blätter der Urwaldbäume die Sonnenstrahlen zurückhielten. Im grünen Dämmerlicht war das Leuchten gut zu sehen. Hinzu kam, dass das Licht im Ring der Torwächter heller strahlte, je weiter er vorankam. Simon fiel es immer leichter, die richtige Richtung beizubehalten.

Nach einer Weile bemerkte er, dass der Weg durch den Urwald einfacher wurde: Es gab weniger Trümmer, über die Simon klettern oder die er umgehen musste, auch fehlten die unförmigen moosbewachsenen Autowracks, die mit Lianen überwucherten Schilder, die von Rankpflanzen bedeckten Ampeln. Der Wald bestand jetzt aus einer ebenen Fläche, auf der Bäume wurzelten, so als habe es hier nie eine Stadt gegeben. Für einen Augenblick war Simon irritiert. Doch dann fiel ihm ein, dass es im Stadtzentrum eine große freie Fläche gab. In seiner Welt war dort ein künstlicher Park angelegt worden, direkt zu Füßen des goldenen Turms. Der Tower konnte nicht mehr weit sein.

Plötzlich fauchte es über ihm, es krachte, Äste zerbrachen. Blätter taumelten zu Boden. Ein Schatten lief den Stamm eines der Urwaldriesen herab und sprang direkt auf ihn zu. Erschrocken fuhr Simon zurück. Schützend hob er die Hände über seinen Kopf und schloss die Augen, jeden Moment mit dem Aufprall des Angreifers rechnend. Doch zu seiner Verblüffung geschah nichts. Stattdessen hallte ein wütendes Keckern durch den Dschungel.

Simon öffnete die Augen: Vor ihm, nur wenige Meter entfernt, stand eine Meerkatze, es war der Anführer des Rudels mit dem roten Pelzstreifen am Hals. Wütend fauchte das Tier und bleckte die Zähne. Es hatte seine Arme erhoben und ging einen Schritt auf Simon zu, so als wolle er ihn zurückdrängen.

Simon wusste nicht, was er tun sollte. Die Meerkatze sah gefährlich aus, und sie schien sehr wütend zu sein, zumindest hörte sich ihr Keckern und Schnalzen so an. Doch er verstand nicht, was sie sagte. Dass sie ihn wirklich angreifen würde, mochte er nicht glauben, nicht nach der Nacht, in der ihn die Meerkatzen beschützt hatten. Kurz entschlossen versuchte er, die Gefühle des Tiers zu lesen. Es gelang ihm auf Anhieb, und was er erfuhr, verblüffte Simon: Die Meerkatze war besorgt um ihn. Sie wollte ihn davon abhalten, weiterzugehen.

Ohne darüber nachzudenken, ob es klappen würde, schickte Simon seine Gefühle an das Tier zurück: seine Sorge um Ashakida, seinen Wunsch, ihr zu helfen, seinen festen Willen, im Tower das Weltentor zu finden, das ihn zurück nach Avaritia bringen würde. Die Meerkatze verstummte schlagartig und sah ihn erstaunt an. Sie keckerte und schnalzte leise, so als würde sie ihm antworten. Dann lief sie zu ihm und ergriff seine Hand, um ihn leise und vorwurfsvoll zeternd durch das Dickicht zu führen.

Nach einer Weile öffnete sich vor ihnen der Urwald.

Simon war von dem Anblick überwältigt: Vor ihm stand der Tower.

23

Simon trat hinaus auf die Lichtung, die sich um den Hochhausturm gebildet hatte und in deren Mitte der Tower in die Höhe ragte. Ängstlich keckernd blieb die Meerkatze im Schatten der Bäume zurück. Simon legte den Kopf in den Nacken und blickte am Tower empor. Obwohl der Turm zerstört war und seine goldglitzernde Pracht verloren hatte, war Simon von der Ruine beeindruckt. Schwarz und massig erhob sich der bröckelnde Koloss in die Höhe, weit über die Wipfel der Urwaldbäume hinaus. Auf der Hälfte der ursprünglichen Größe waren die Wände geborsten wie nach einer Explosion, die den Turm von innen zerstört und die Fassade auseinandergebrochen hatte. Der Rest des Turmes samt seiner Spitze fehlte. Zu seinem Erstaunen sah Simon nirgendwo Trümmer herumliegen, offenbar war der obere Teil des Towers bei der Explosion verglüht.

Vorsichtig näherte sich Simon dem schwarzen Ungetüm. Die Pflanzen des Urwaldes hatten versucht, den Turm zu bezwingen, so wie sie die anderen Gebäude der Stadt mit ihren Trieben und ihrem Wurzelwerk bezwungen hatten. Doch je dichter die Pflanzen an den Koloss herangerankt waren, desto dürrer und schwächer wirkten sie. Die Enden der Triebe schließlich waren komplett verdorrt, der Tower hatte sie abgewehrt, noch bevor sie ihn erreicht hatten. Es schien, als sauge die Ruine noch immer alle Kraft aus ihrer Umgebung heraus.

Und trotzdem spürte Simon nichts: Sein Magen, der in seiner Welt Gula mit Kribbeln reagiert hatte, als er dem Tower entgegengetreten war, blieb ruhig. Hier herrschte keine Gefahr, in dieser Welt war die Macht von Drhan zerbrochen. Nur die unsichtbaren Strahlen, die die Menschen dieser Welt bedrohten und die sie unter die Erde hatten fliehen lassen, zeugten noch von seiner einstigen Stärke.

Simon betrat den Platz direkt vor dem Tower. Keine Pflanze wuchs hier, kein Moos, keine Flechte. Simons Schritte knirschten auf dem sandbedeckten Pflaster. Langsam ging er auf das Hochhaus zu. Je weiter er sich näherte, desto weniger erinnerte ihn das Gebäude an jenen imposanten Turm, der ihn so sehr beeindruckt hatte. Dort, wo in seiner Welt die Fassade goldschimmernd ihre Umgebung widergespiegelt hatte, stand hier ein Stahlskelett, das mit einem unscheinbaren stumpf glänzenden Material bespannt war. Das Gewebe wirkte auf Simon wie ein feinmaschiges Netz.

Wieso sah der Tower hier so anders aus als in seiner Welt? Simon dachte an den Tag zurück, als er das erste Mal vor dem goldenen Hochhausturm gestanden und seine Hand auf die Außenhaut des Gebäudes gelegt hatte. Die Fassade war kalt gewesen, und es hatten sich an der Stelle, an der er mit seinen Fingern die glitzernde Fläche berührt hatte, Eistropfen gebildet. Später, als der Wächter auf ihn aufmerksam geworden war, hatte sich ein Tor geöffnet. Simon hätte schwören können, dass die Wand zur Seite geflossen war.

Simon trat dicht vor die Fassade und betrachtete das Material, mit dem der Turm überzogen war, genauer. Jetzt sah er, dass das Netz nicht aus Drähten geflochten war, sondern aus winzigen an einer Seite aufgeschnittenen Röhren. Simon musste an einen Film denken, den sie im vergangenen Jahr im Physikunterricht gesehen hatten. Dort hatte ein japanischer Künstler eine metallhaltige Flüssigkeit durch ein solches Netz fließen lassen und sie mithilfe eines Elektromagneten festhalten und geformt, so als wäre sie aus Knetgummi. Vielleicht, überlegte Simon, war die goldene Fassade des Towers tatsächlich flüssig gewesen und wurde von elektrisch erzeugten Magnetfeldern gehalten? Das würde auch den hohen Stromverbrauch des Hochhauses erklären, von dem in seiner Welt Filippos Onkel berichtet hatte. Hier in dieser Welt floss kein Strom mehr, und deshalb war die goldglänzende Fassade verschwunden. Sie war einfach davongeflossen.

Ein lautes Keckern weckte Simons Aufmerksamkeit. Der Anführer der Meerkatzen lief aufgeregt am Waldrand entlang. Sein Zetern rief ein Jungtier zurück, das die Lichtung überqueren und zu Simon laufen wollte. Kleinlaut kam die kleine Meerkatze zurück und zeigte dem Anführer mit dem roten Pelzkragen ihr Hinterteil, eine Demutsgeste, die das Alphatier des Rudels beschwichtigen sollte.

Simon hob seine Hand und winkte den Meerkatzen zu. Dann machte er sich auf, einen Weg in das Innere des Gebäudes zu suchen.

Das Tor, durch das er in seiner Welt den Tower betreten hatte, war nicht weit entfernt, es befand sich an der Stirnseite des Gebäudes. Simons Herz klopfte, als er die Halle betrat. Alles sah genau so aus, wie er es in Erinnerung hatte: der dunkle, weite Raum, in der Mitte der große Tresen, hinter dem der Wächter gesessen hatte, an der Rückwand die geschlossenen Fahrstuhltüren und darüber die Uhren. In seiner Welt hatten sie geleuchtet, hier waren sie dunkel und die Zeiger bewegten sich nicht.

Mit der Zeit gewöhnten sich seine Augen an das Dämmerlicht. Erst jetzt entdeckte Simon die riesige gläserne Säule, die im Zentrum der Halle stand, sie war ihm bei seinem ersten Besuch im Tower nicht aufgefallen. Direkt davor war ein Wappen in den Boden der Halle eingelassen. Es war das kreisrunde Logo von APHYR, der »Agency for Physical Research«. Dasselbe Wappen hatten sie auch in der unterirdischen Stadt im Foyer der Fabrik gesehen, als sie Iras Vater besucht hatten.

Simon hob seinen Arm und betrachtete den Ring an seinem Finger. Der Stein leuchtete, es war ein sattes, helles Licht. Das Weltentor konnte nicht mehr weit entfernt sein. Doch die Helligkeit blieb gleich, egal in welche Ecke der Halle er ging. Erst als er den Arm hob und senkte, bemerkte er, dass das Leuchten sich veränderte: Es wurde heller, je weiter er den Ring in die Höhe hielt. Das Weltentor war irgendwo über ihm.

Simon wurde mulmig zumute. Es war nicht das leere Gebäude, das ihn schaudern ließ, oder die Vorstellung, sich in der Ruine einen Weg nach oben suchen zu müssen. Ihm machte der Gedanke Angst, innerhalb des Towers ein Weltentor zu benutzen. Hier in Superbia hatte Drhan keine Kraft, Simon konnte sich frei bewegen, ohne zu befürchten, von seinen Soldaten gefasst zu werden. Doch in Avaritia, der Welt, in die er zurückkehren wollte, war Drhans Macht ungebrochen. Dort hatte der Fürst der Finsternis die Menschen unter seine Herrschaft gezwungen, und dort wollte er auch Simon in seine Gewalt bringen, das hatte er mehr als einmal bewiesen.

Der letzte Ort, an dem Simon in Avaritia sein wollte, war der Tower, von dem aus Drhan sein Reich regierte. Das Weltentor würde ihn genau dort hinbringen.

Hatte er eine Wahl? Ashakida brauchte seine Hilfe, er durfte und wollte sie nicht im Stich lassen! Trotzdem war ihm nicht wohl bei dem Gedanken an das, was vor ihm lag.

Angst, hatte sein Vater gesagt, war keine Schwäche, sondern ein Zeichen, dass man Fantasie und Vorstellungskraft besaß. Wer Angst verspürte, war reicher als die, die einfach nur mutig waren, weil sie nicht die Fähigkeit hatten, sich auszumalen, was alles geschehen könnte. Wichtig war nur, dass man sich von seiner Angst nicht beherrschen ließ. Dann war Angst etwas Gutes: Sie half einem dabei, Gefahren zu erkennen und sich auf sie vorzubereiten.

Simon hatte Angst. Doch er war fest entschlossen, ihr nicht nachzugeben. Wie um seinen Entschluss zu bekräftigen, sprach er es laut aus. Und im gleichen Augenblick, Simon spürte es körperlich, war es, als wären seine Sinne geschärft und sein Geist wacher geworden.

Entschlossen begann Simon, einen Weg hinauf in den Tower zu suchen.

24

Simon musste nicht lange suchen, bis er eine Treppe gefunden hatte. Die Tür verbarg sich im hintersten Winkel der Eingangshalle und war als Fluchtweg gekennzeichnet. Offenbar war sie niemals benutzt worden, denn das vergilbte Siegel über dem Türspalt war unversehrt. Simon zerriss das Siegelpapier und drückte die Klinke herab.

Kälte drang aus dem Türspalt, und erschrocken wich Simon zurück. Er musste an den Frost denken, mit der Drhan Gula eingefroren hatte, und der Gedanke ließ ihn schaudern. In dieser Welt, machte sich Simon Mut, hatte Drhan keine Macht. Er holte tief Luft, dann zog er entschlossen die Tür auf.

So wie es das Schild an der Wand versprochen hatte, verbarg sich hinter dem Durchgang ein Treppenhaus. Ein großes »B« war neben den Türrahmen gemalt. Simon sah es, als er seine Taschenlampe hervorholte und sie einschaltete, denn es war stockfinster im Inneren des Schachts. Beherzt stieg er die Betonstufen hinauf. Er war froh, die Lampe bei sich zu haben: Ohne das Licht wäre er jetzt nicht weitergekommen.

Nach einiger Zeit erreichte er eine Tür, sie ähnelte der, durch die er den Treppenschacht betreten hatte. Gespannt zog Simon sie auf. Er rechnete mit einem rätselhaften Raum, irgendetwas, das aufregend oder geheimnisvoll war, doch hinter dem Durchgang öffnete sich eine gewöhnliche Hochhausetage mit Fluren und mit Glaswänden, die den Blick auf verlassene Labore erlaubten. Das Sonnenlicht, das durch die transparenten Wände des Towers fiel, tauchte die Räume in ein blasses Schummerlicht. Interessiert sah Simon sich um. Manches von dem, was er an den Arbeitsplätzen sah, kam ihm bekannt vor, sein Vater hatte vor ihrem Umzug zu ihrem Großvater in einem Forschungslabor gearbeitet und ihm erst kürzlich alles gezeigt. Andere Geräte und Maschinen wiederum hatte Simon noch nie zuvor gesehen.

Simon stieg weiter die Treppe hinauf. Auch im nächsten Stockwerk gab es Labore und technische Arbeitsplätze, dann folgte ein Geschoss mit schlichten Büros. Die Ebene darüber wiederum war vollkommen anders. Simon entdeckte große Säle mit Schränken, Tischen und dreistöckigen Betten. Die Räume sahen unheimlich aus. Vermutlich hatten hier die Soldaten gelebt, mit deren Hilfe Drhan die eroberten Welten kontrollierte. Der Gedanke an die grau uniformierten Männer mit ihren Uniformen aus Spinnenweben ließ Simon schaudern. Jetzt waren die Betten leer, und auf den verrotteten Matratzen lag eine dicke Staubschicht.

Seinen Ring nicht aus den Augen lassend, ging Simon durch die einzelnen Etagen des Towers. Wohin er sich auch wandte, der Stein in der schlichten Fassung leuchtete gleichmäßig. Auch im Mittelpunkt eines jeden Stockwerkes, an dem die gläserne Säule den Boden und die Decke durchstieß, veränderte das Leuchten nicht seine Stärke. Simon war enttäuscht: Er hatte gehofft, das Weltentor nahe der Eingangshalle zu finden. Doch offensichtlich befand es sich im oberen Teil des Turms. Bedrückt kehrte Simon zum Treppenhaus zurück und machte sich an den Aufstieg.

Zu seiner Überraschung entdeckte er im Strahl seiner Taschenlampe keine weitere Tür: Die Treppe führt immer weiter in die Höhe, ohne dass es einen Ausgang gab. Bald war Simon außer Atem. Er hatte keine Ahnung, wie hoch er schon gestiegen war. Doch er war auf dem richtigen Weg: Mit jedem Treppenabsatz, den er hinter sich ließ, leuchtete der Stein in seinem Ring stärker.

Endlich, Simon zählte lange schon nicht mehr die Stufen mit, erreichte er das Ende der Treppe. Er verschnaufte kurz, bevor er sich umsah. Direkt gegenüber den Stufen war ein Stahltor in die Wand eingelassen, jemand hatte ein großes »Z« auf das Metall gemalt. Simon brauchte all seine Kraft, um die Tür aufzuschieben. Gespannt trat er über die Schwelle.

Für einen Augenblick glaubte er, in einem Raum ohne Grenzen zu stehen. Der Strahl seiner Taschenlampe, der eben noch strahlend hell von der Wand des Treppenschachts zurückgeworfen worden war, verschwand im Nichts, so als sei er von der Dunkelheit verschluckt worden. Erst nach einer Weile erkannt Simon etwas in dem Dämmerlicht, das im Inneren des Towers herrschte. Er befand sich in einem riesigen Raum, höher als die Eingangshalle, er nahm die gesamte Fläche des Hochhauses ein. Der Raum war leer, auch die gläserne Säule, die sonst die Mitte eines jeden Stockwerkes markierte, gab es hier nicht. Jegliche Zwischenwände fehlten. Stattdessen sah Simon das Stahlskelett des Towers. Das Metallnetz, mit dem die Stahlträger bespannt waren, zitterte im Wind, ein fahler Lichtschein drang durch das Gewebe.

Gespannt tastete sich Simon in das Dämmerlicht hinaus. Ein Weg aus Metall führte von der Tür fort, er war mit einem schmalen Geländer gesichert. Simon machte einen Schritt vorwärts und erschrak, als die Metallplatten unter seinen Füßen schwankten. Erst jetzt erkannte er, dass er am Anfang einer

Brücke stand: Links und rechts des schmalen Steges ging es weit in die Tiefe hinab, der Boden des Abgrundes war kaum zu erahnen. Simons Magen zog sich zusammen. Obwohl er neugierig war, traute er sich nicht auf die schwankende Konstruktion hinaus: Die Brücke sah wenig vertrauenerweckend aus.

Doch es war der einzige Weg, auf dem er weitergehen konnte. Simon nahm seinen ganzen Mut zusammen und trat hinaus auf den Steg. Er bemühte sich, nicht in die Tiefe zu blicken, sondern konzentrierte sich stattdessen auf sein Ziel auf der anderen Seite. Vorsichtig tastete er sich voran. Das Metall zitterte bei jedem seiner Schritte. Simon glaubte zu spüren, wie die Brücke hin- und herschwang. Doch der Steg hielt, und erleichtert erreichte Simon die gegenüberliegende Seite.

Hinter dem Tor am Ende der Brücke entdeckte Simon ein Treppenhaus, es sah genauso aus wie jenes, durch das er hinaufgestiegen war. Doch in diesem Treppenschacht führten die Stufen weiter in die Höhe. Simon folgte der Treppe, seine Taschenlampe in der Hand. Nach einer Weile bemerkte er, dass in der Dunkelheit Schemen auftauchten, bald konnte er ohne das Licht seiner Lampe sehen. Es wurde immer heller, je höher er kam. Da es im gesamten Tower keine Fenster gab, konnte dies nur eines bedeuteten: Er hatte das obere Ende der Ruine erreicht.

Und tatsächlich: Die Treppe mündete in einem Stockwerk, in dem es zwar Wände gab, doch die Decke fehlte. Der Wind, der durch die zerfetzten Stahlstreben pfiff, zerrte an Simons Haaren. Eine dichte Wolkendecke hatte sich über dem Turm zusammengeballt, darüber stand die Sonne, immer wieder durchstießen ihre Strahlen die unruhig wabernde Schicht. Simon hatte das Gefühl, dem Himmel ganz nahe zu sein.

Neugierig sah er sich um. Er hatte keine Ahnung, wofür dieses Stockwerk des Towers einst geschaffen worden war. Irgendeine technische Anlage hatte hier ihren Platz gehabt, Simon erkannte ein Schaltpult, das ihn an jenes im Kontrollraum unterhalb der verlorenen Stadt erinnerte. Mit dem Pult unter der Stadt konnte die Belüftungsanlage gesteuert werden. Was mit diesem Pult einst kontrolliert werden konnte, war nicht mehr zu erkennen. Überall lagen Trümmer herum, bedeckt von den Resten geschmolzenen Metalls. Offenbar hatte die Katastrophe, die den Turm zerstört hatte, hier ihren Anfang genommen.

Simon blickte auf seinen Ring: Der Stein in der schlichten Einfassung leuchtete jetzt hell, das Weltentor konnte nicht mehr weit entfernt sein. Doch Simon entdeckte nirgendwo in den Trümmern einen Türrahmen oder auch nur die Reste davon, geschweige denn, dass er den Metalldorn sah, mit dessen Hilfe er das Weltentor öffnen konnte. Ein ungutes Gefühl beschlich ihn: War es möglich, dass der Übergang zwischen den Welten bei der Explosion von den herabfallenden Trümmern bedeckt worden und nun für ihn unerreichbar war? Simon spürte, wie sein Mund trocken wurde.

Er zwang sich zur Ruhe und begann, über die Trümmer zu klettern. Immer wieder warf er einen Blick auf seinen Ring. Das Licht im Stein wurde heller und wieder schwächer, je nachdem, wohin er sich wandte. Am intensivsten leuchtete der Stein in der Mitte des Raumes, dort, wo die Zerstörung am größten war und sich das geschmolzene Metall zu gewaltigen Skulpturen auftürmte.

Plötzlich hielt Simon inne: Halb verborgen unter einem herabgestürzten Stahlträger, lag ein Schrank aus schwerem Stahlblech in den Trümmern. Das Metall war von der Hitze und dem Druck der Explosion verbogen, doch mit etwas Fantasie war noch die Tür zu erkennen, sie hing schief im Türrahmen. Mit all seiner Kraft kippte Simon einen geschmolzen Metallklumpen zur Seite, polternd stürzte der Brocken zu Boden.

Gespannt trat Simon näher. Der Ring an seinem Finger strahlte jetzt hell.

Und dann sah er es. Glänzend und unversehrt, blitzte ein Metalldorn im Licht der Sonne auf, er steckte im Türrahmen der Schranktür. Simon erkannte das Bild des blühenden Rosenbusches, das auf seinem abgeflachten Ende eingraviert war.

Er hatte das Weltentor entdeckt.

25

Vorsichtig kletterte Simon über die Trümmer, bis er direkt vor dem Stahlschrank stand. Der silberne Dorn steckte fest in den Resten des Türrahmens, die Hitze der Explosion hatte die Nadel mit dem Metall des Schranks verschmolzen. Kurz befürchtete Simon, dass bei dem Unglück nicht nur der Tower, sondern auch das Weltentor zerstört worden war. Doch als er das auf dem Dorn eingravierte Bild sah, war er erleichtert: Der Rosenbusch blühte in voller Pracht, und das bedeutete, dass das Tor intakt war. Simon erinnerte sich daran, wie er in seiner Welt den Dorn aus dem Türrahmen gezogen hatte. Damals hatte er nicht nur das Weltentor geöffnet, sondern gleichzeitig hatte sich auch das Bild auf dem Metalldorn verändert: Die eingravierte Rose war vor seinen Augen vertrocknet.

Simon tastete nach dem Ring an seinem Finger. Die Oberfläche des leuchtenden Steines sah glatt aus, doch unter den Fingerspitzen spürte Simon das Relief, das dort verborgen war und dessen Erhebungen das genaue Gegenstück zu der Gravur auf dem Metalldorn bildeten. Simon machte eine Faust und steckte vorsichtig den Ring auf den Dorn. Das unsichtbare Relief glitt in die Gravur, Simon spürte einen Ruck. Jetzt war der Ring fest mit dem Dorn verbunden. Genau wie die anderen Male, als er ein Weltentor entriegelt hatte, versuchte Simon seine Hand zu drehen, so als würde er ein Schloss aufschließen. Doch der im Metall festgeschmolzene Dorn bewegte sich nicht. Simon durchlief es eiskalt. Hatte die Explosion das Schloss des Weltentores unbrauchbar gemacht? Mit der Kraft der Verzweiflung stemmte sich Simon gegen den Widerstand, hart schnitt der Ring in seinen Finger. Das Metall des Schranks wimmerte, dann gab es einen lauten Knall und mit einem Ruck löste sich der Dorn im Türflügel. Simon drehte weiter, bis ein Knirschen ertönte und sich der Ring wieder von der Gravur löste.

Simon trat einen Schritt zurück und wartete, was geschehen würde.

Der Stein in der Fassung des Ringes glühte hell auf, gleichzeitig begann der auf dem Boden liegende Schrank zu zittern, er vibrierte immer stärker, bis der Korpus auf dem Boden zu tanzen schien. Ein Knarren war zu hören, so als ob sich weit entfernt eine Tür öffnete. Dann, Simon war darauf vorbereitet, schoss ein Windstoß aus dem Weltentor, er zerrte an seinen Haaren und seiner Kleidung und wirbelte den Dreck, den der Regen zwischen die geschmolzenen Trümmer gespült hatte, durch die Luft. Simon kniff die Augen zusammen und wandte sich ab. Nach ein paar Sekunden war alles vorbei. Gespannt sah Simon wieder auf das Weltentor: In dem Türrahmen des Schranks war schemenhaft ein Gang zu erkennen, er führte in die Tiefe – das Tor hatte sich geöffnet!

Simon zog die Riemen seines Rucksacks fester und stellte sich direkt vor das offene Tor. Obwohl er nicht das erste Mal vor einem der Übergänge zwischen den Welten stand, war ihm mulmig zumute. Er wusste, was auf ihn zukam, er kannte das Gefühl, wie sich sein Körper aufzulösen schien, um auf der anderen Seite des Tores neu zu entstehen. Die Schmerzen waren unbeschreiblich. Doch es gab keinen anderen Weg, wollte er Ashakida und Ira retten, und er war bereit, diesen Weg zu gehen.

Simon wollte sich gerade vorbeugen, um durch das offene Weltentor zu springen, als ihn ein Gedanke durchzuckte: Es war keinesfalls sicher, dass ihn dieses Tor zurück nach Avaritia brachte! Es gab sieben Welten, Avaritia war nur eine davon. Was würde geschehen, wenn dieser Übergang in eine weitere Welt führte, in eine, die er noch nicht kannte und von der er nicht wusste, was ihn dort erwartete? Dann war er von Ashakida weiter entfernt als je zuvor. Simon zögerte. Vielleicht, dachte er, war es vernünftiger, zurück in die unterirdische Stadt zu gehen und darauf zu warten, dass sein Großvater erwachte. Sein Opa, vermutete Simon, kannte sich hier aus, er war schon einmal in dieser Welt gewesen. Immerhin hatten ihn die Meerkatzen erkannt, als sie beide in Superbia eingetroffen waren. Sein Großvater hatte sogar die Sprache der Pelzwesen gesprochen.

Doch bedeutete das auch, dass sein Opa wusste, wo er das richtige Weltentor finden würde?

Verzweifelt ballte Simon die Faust: Er konnte nicht warten! Er musste jetzt einen Weg finden, zu Ashakida zu kommen! Der Wunsch, der Leopardin zu helfen und zu ihr nach Avaritia zurückzukehren, füllte ihn ganz aus.

Plötzlich bemerkte er etwas Eigenartiges: Sein Rucksack leuchtete. Es war nicht die Außenhaut, die Licht abstrahlte, der Rucksack strahlte in seinem Inneren. Simon zog den Verschluss auf und schloss geblendet die Augen: Das Leuchten kam von seinem Handschuh, die blaue Fläche auf dem Handrücken strahlte so intensiv, wie es Simon noch niemals vorher gesehen hatte. Er holte den Handschuh hervor und zog ihn über seine

Hand. Klickernd zogen sich die Kettenglieder des Gewebes zusammen. Simon kam es so vor, als wollten sie ihn packen.

Ein leises Sirren schwebte in der Luft.

Simon sah auf: Das Sirren kam vom Weltentor. Die Wände des Ganges, der sich hinter dem Türrahmen geöffnet hatte, leuchteten jetzt ebenfalls, nicht so intensiv wie der Handrücken seines Handschuhs, aber es war der gleiche blaue Farbton. Simon stutzte. Er wusste, dass er mit der Kraft seiner Gedanken den Handschuh zum Leuchten bringen konnte, auch wenn ihm noch nicht klar war, wie er das machte und wozu es gut war. Konnte er etwa mit der Kraft seiner Gedanken auch das Weltentor beeinflussen?

Simon konzentrierte sich. Zunächst dachte er an Ashakida, danach an Ira, dann an die Kinder in der unterirdischen Stadt. Sowohl der Handschuh als auch der Gang des Weltentores leuchteten weiter blau. Als Simon an seinen Großvater dachte, veränderte sich das Licht, es wurde schwächer, bis es fast nicht mehr zu sehen war. Der Gedanke an seine Freunde in Avaritia ließ das Leuchten wieder heller werden.

Doch als er an seine Eltern dachte, die er in seiner Heimat Gula zurückgelassen hatte, als er sich seinen Bruder vorstellte, der dort gemeinsam mit seiner Freundin auf der Flucht vor Drhan war, geschah es: Der Handschuh wechselte seine Farbe, er leuchte jetzt grün, genau wie nun auch der Gang des Weltentores. Sobald sich Simon auf Avaritia konzentrierte, pulsierten sowohl der Handschuh als auch das Weltentor wieder blau.

Simon war aufgeregt: War es ihm möglich, die Weltentore mit der Kraft seiner Gedanken zu beeinflussen? Kennzeichnete vielleicht die Farbe die Welt, in die das Tor ihn brachte – blau für Avaritia, grün für Gula?

Ein Knarren ertönte, das Weltentor begann sich zu schließen. Simon wusste, ihm blieb keine Zeit, um nachzudenken. So stark er es vermochte, dachte er an Avaritia, an jene Welt, die er unbedingt erreichen musste. Der Gang des Weltentores glühte blau auf.

Simon zögerte keine Sekunde und sprang. Das Tor erfasste ihn und riss ihn mit sich.

26

Simon fiel. Ein bodenloser Abgrund hatte sich unter ihm geöffnet, ein unendlicher Raum, in dessen Tiefe er stürzte. Angst stieg in ihm auf, es war die Angst vor dem Aufprall, der jedem Sturz folgte. Doch dann erinnerte er sich daran, dass es keinen Aufprall geben würde, so wie es auch keinen Sturz gab. Er war nur ein Wanderer zwischen den Welten, und dies hier war der Weg, den er gehen musste. Simon wurde ruhig und wartete darauf, dass sich sein Körper auflöste und allein seine Gedanken Raum und Zeit durchschritten. Er hatte keine Angst, zumindest nicht um sich. Hoffentlich, dachte Simon, kam er nicht zu spät.

Auf der anderen Seite des Tores empfingen ihn Dunkelheit und absolute Stille, ein Moment der Ruhe, bevor die Schmerzen kamen. Es war weniger schlimm als die Male vorher: Stück für Stück, Körperteil für Körperteil, kehrte sein Geist in seine Hülle zurück. Simon wusste, dass der Schmerz bald vorbei sein würde, und das half ihm, die Qualen auszuhalten.

Nach und nach erwachten seine Sinne. Er spürte, dass er an einer Wand lehnte, er stand eigenartigerweise, und die Wand war überall. Ein süßlicher Geruch stieg in seine Nase. Die Stille, die ihn umgeben hatte, wich dumpfen Geräuschen, die Dunkelheit blieb. Sein Magen kribbelte.

Simon hob seine Hände, um seine Umgebung abzutasten. Es gab nicht viel Platz um ihn herum, kalte glatte Wände begrenzten den Raum, in dem er sich befand. Einen Moment lang begriff Simon nicht, wo er war, doch dann erinnerte er sich, dass er das Weltentor in einer Schranktür gefunden hatte. Offenbar gab es diesen Schrank auch auf der anderen Seite des Tores und er befand sich jetzt im Inneren des Stahlbehälters.

Was, wenn die Tür des Schranks verschlossen war?

Simon rang seine Angst nieder. Er konnte sich nicht vorstellen, dass es ein Weltentor gab, das direkt in ein Gefängnis führte. Doch keine der Wände um ihn herum gab seinem Drücken und Schieben nach. Simon holte seine Taschenlampe hervor, um das Schrankinnere abzusuchen. Die Tür saß fest und bündig auf dem Stahlrahmen, nirgendwo entdeckte er einen Griff oder einen Hebel. Doch dann sah er, dass das Metall der Tür an der Seite, an der die beiden Türflügel aufeinanderprallten, aufgebohrt war, jemand hatte ein Loch hineingefräst. Simon griff in die Vertiefung und ertastete eine Drahtschlaufe. Er zog mit aller Kraft, bis er ein leises Klicken hörte. Die Tür schwang einen Spalt weit auf.

Vorsichtig spähte Simon durch die Ritze. Die dumpfen Geräusche, die er schon im Inneren des Schranks gehört hatte, waren lauter geworden, und auch der schwere Geruch, der trotz seiner Süße in Simons Nase brannte wie der Saft von frischen Zwiebeln, drang durch den Spalt zu ihm herein. Tränen schossen in seine Augen. Simon kniff die Lider zusammen und atmete durch den Mund, jetzt war es nicht mehr ganz so schlimm. Während er wartete, dass das Brennen in seinen Augenwinkeln nachließ, merkte er, dass die Geräusche draußen einem Rhythmus folgten. Es war kein einfacher Takt wie der einer Uhr oder eines Motors, sondern eine vielfältige Abfolge von Stößen und Schlägen, von Zischgeräuschen und metallischem Hämmern, die sich nach einer Weile wiederholte. Ab und zu war ein Schrei zu hören.

Simon holte tief Luft und hielt den Atem an, bevor er behutsam den Türspalt vergrößerte, um zu sehen, was draußen vor sich ging. Zunächst konnte er kaum etwas erkennen, die Luft des Raumes, in dem der Schrank stand, war von Dampf gesättigt. Doch dann und wann zerriss ein Luftstrom die treibenden Schwaden und erlaubte ihm einen Blick auf die gewaltige Maschine, die dort draußen in der Halle stand. Auf den ersten Blick schien eine schwere Mechanik das Herz der Apparatur zu sein: Wie bei einer Dampfmaschine drehte sich ein großes Schwungrad auf einem fest montierten Gestell und trieb den Schwengel einer Pumpe an. Die Pumpe war Teil eines Rohrsystems, dessen Röhren die gesamte Seitenwand der Halle bedeckten. Daneben standen große Schaltkästen sowie das Schaltpult, das Simon schon vor seinem Eintritt in das Weltentor in Superbia gesehen hatte. Zwei Männer in grauen Uniformen standen hinter der Anlage und überwachten die Anzeigen.

Simon brauchte einen Moment, bis er begriff, dass beide Männer die Pumpe mit keinem Blick würdigten. Ihre Aufmerksamkeit war auf jenen Teil der Halle gerichtet, den Simon von seiner Position aus nicht sehen konnte. Vorsichtig drückte er den Spalt weiter auf, um am Rand der Tür vorbeizuspähen. Eingehüllt von Dampfschwaden, stand im Zentrum der Halle ein gewaltiges Tor aus Metall, es glühte rot und war umgeben von zuckenden Blitzen, die sich aus riesigen Metallspulen entluden. Simon erinnerte die Form an das Portal einer Kirche, auch wenn es mehr einem Höllentor glich: Es war schlank und hoch und hatte eine Spitze in der Mitte, dort, wo sich die beiden Schenkel des Tores an ihrer höchsten Stelle trafen. Wasser wurden aus Rohren gepumpt, es floss in Sturzbächen an der Oberfläche herab, um das glühende Metall zu kühlen. Zischend verdampfte ein Teil der Flüssigkeit, der Rest verschwand gurgelnd in einer Rinne unterhalb der Maschine. In den Kaskaden aus Wasser spiegelten sich die Blitze, sie entluden sich in einem regelmäßigen Takt und trafen auf das Metall, erst langsam, dann immer schneller, bis schließlich zum Höhepunkt der Prozedur alle Spulen gleichzeitig einen Blitz ausschickten und auf das Zentrum des Tores richteten. Es knallte fürchterlich, eine dunkle Qualmwolke stieg auf und vermischte sich mit den Dampfschwaden, die von den Schenkeln des Höllentores aufstiegen.

Simon traute seinen Augen nicht: Dort, wo sich die Blitze getroffen hatten, stand nun ein Mann, er trug keine Kleider und stolperte, kaum dass das gleißende Licht verlöscht war, in den Raum. Grau uniformierte Helfer empfingen ihn und führten ihn zur Seite, während die Maschine ihren immer gleichen Takt wieder aufnahm und sich die kupferfarbenen Spulen zu entladen begannen, erst langsam, dann immer schneller, bis schließlich das Tor erneut rot glühte und sich mit einem Krachen die Blitze trafen. Wieder tauchte wie aus dem Nichts ein Mann auf, nackt und muskulös wie der erste, und wieder führten die Helfer den offensichtlich Benommenen fort.

Simon biss sich auf seine Unterlippe. Er hatte eine Ahnung, was dort geschah – womöglich war sein erster Gedanke, ein Tor zu sehen, nicht verkehrt gewesen. Dies war das Portal, durch das Drhan seine Soldaten von Welt zu Welt schickte. Der glühende Koloss war Drhans Weltentor.

Ein Ruf ließ ihn aufmerken. Erschrocken zuckte Simon zurück. Er glaubte schon, entdeckt worden zu sein, als er bemerkte, dass der Ruf nicht ihm galt. Offenbar gab es ein Problem am Steuerpult. Aufgeregt beugten sich die beiden Männer über eine der Anzeigen, dann rannte der eine von ihnen zur Pumpe und erhöhte die Geschwindigkeit des Schwungrades. Die Mechanik ächzte und das Wasser, das durch die Rohre getrieben wurde, stürzte in einem noch dickeren Schwall auf das Tor herab. Die Flüssigkeit verdampfte, kaum dass sie das rot glühende Metall berührt hatte. Dichte Dampfschwaden wälzten sich durch den Raum.

Geschützt durch den Nebel aus Wasserdampf, verließ Simon den Schrank. Er musste einen Ausgang finden, um den Tower zu verlassen, und den einzigen Weg, den er kannte, war der durch das Treppenhaus auf der anderen Seite der Halle. Simon schlich hinter dem Schaltpult vorbei, ohne dass ihn die beiden Männer bemerkten, und quetschte sich zwischen zwei Rohren hindurch, um in die andere Hälfte der Halle zu gelangen. Der Blick zum Treppenhaus war versperrt, eine zweite Maschine stand dort, fast so groß wie das rot glühende Höllentor, doch viel schlichter. Der Koloss war nicht mehr als ein wuchtiger Kasten, von dessen Oberseite ein breites, kantiges Rohr zur Decke führte. Eine Tür öffnete sich auf der Vorderseite, gerade wurde einer der Männer, die durch das Höllentor in dieser Welt angekommen waren, von den Helfern die Schräge hinauf zum Eingang der Maschine gebracht. Der Mann trat in das Innere, die Tür schloss sich hinter ihm, während die Helfer zurückgingen, um den nächsten Reisenden am Höllentor in Empfang zu nehmen.

Unbemerkt umrundete Simon den vibrierenden Koloss. Wenn er sich beeilte, würde er den Ausgang erreichen, bevor die Helfer zurück wären. Doch als er die Längsseite der Maschine passiert hatte und um die Ecke bog, fuhr er erschrocken zurück:

Zwei Soldaten bewachten den Durchgang zum Treppenhaus, sie blickten grimmig und wirkten nicht, als würden sie Simon einfach durchlassen. Er duckte sich gerade noch rechtzeitig: Einer der beiden Männer drehte sich um und schaute in seine Richtung, gerade als er hinter einem Rohr Schutz gesucht hatte. Simon hielt den Atem an. Doch die Soldaten hatten ihn nicht entdeckt.

Plötzlich hörte er Schritte hinter sich: Die beiden Männer, die die Reisenden vom Höllentor abholten, kehrten zurück. Gehetzt sah sich Simon um: Würde er aufstehen, dann weckte er die Aufmerksamkeit der beiden Soldaten an der Tür. Bliebe er, wo er war, dann würden ihn die beiden Helfer sehen.

Was sollte er nur tun?

27

Simon war verzweifelt: Ihm blieben nur wenige Sekunden, um sich zu entscheiden. Doch die Situation war aussichtslos. Egal, was er tat, die Soldaten würden ihn entdecken. Simon dachte an Ashakida, die in Avaritia auf ihn wartete. Der Wunsch, ihr zu helfen, war so intensiv, dass es fast wehtat. Das hier durfte nicht das Ende sein!

Plötzlich ging ein Ruck durch den Raum. Simon verlor das Gleichgewicht, er stolperte und stürzte zu Boden. Mühsam rappelte er sich auf. Was war passiert? Er hatte den Eindruck, als ob die Luft, die ihn umgab, dickflüssiger geworden wäre. Nicht das Atmen bereitete ihm Probleme, es waren seine Bewegungen, die auf einmal mehr Kraft brauchten, zumindest kam ihm das so vor.

Simon ging zwei Schritte, während er sich umsah. Auf den ersten Blick wirkte alles so wie zuvor. Und doch hatte sich etwas verändert. Nur was?

Noch während er überlegte, bogen die beiden Helfer um die Ecke, sie führten einen Reisenden mit sich. Ihr Gang war eigenartig langsam und ihre Bewegungen wirkten, als ob sie sich durch einen zähen Morast kämpften. Sie schienen ihn nicht zu bemerken.

Dann sah er es: Aus einer der Spulen, die das Höllentor umstanden, löste sich ein Blitz. Funken stoben und es krachte, doch anders als zuvor schoss das Licht nicht in rasender Geschwindigkeit auf das Tor zu, sondern bewegte sich wie in

Zeitlupe seinem Ziel entgegen, sodass Simon dem zuckenden Strahl ohne Probleme mit seinem Blick folgen konnte.

Was geschah hier?

Die beiden Männer waren stehen geblieben, sie starrten ihn an und rissen erstaunt ihre Augen auf: Sie hatten ihn entdeckt. Ohne nachzudenken, rannte Simon davon. Er erwartete, dass die beiden Männer ihm nachliefen, um ihn zu packen und festzuhalten, doch aus den Augenwinkeln sah er, dass sie noch immer auf die Stelle starrten, an der er eben noch gestanden hatte. Verblüfft blieb er stehen.

Die Männer hoben mit einer langsamen Bewegung den Kopf. Ihr Blick zeigte Erstaunen.

Simon schaute wieder hinüber zum Höllentor, wo sich gerade ein weiterer Blitz aus einer der Spulen löste und wie in Zeitlupe auf das Tor zu kroch.

Eine Ahnung stieg in ihm auf. Konnte es sein, überlegte Simon, dass sich der Lauf der Zeit verlangsamt hatte? Er hatte schon einmal etwas Ähnliches erlebt, damals vor dem Tower, als er der Leopardin das erste Mal begegnet war. Ashakida hatte die Zeit angehalten, um ihn zu retten. Nur: Ashakida war nicht in dieser Welt. Wer half ihm dann?

Die beiden Männer hatten sich ihm inzwischen zugewandt, der eine streckte seine Hand aus und spannte die Muskeln an, um ihm nachzusetzen. Simon wich zurück. Seine Verfolger, begriff er, konnten ihn sehen, zumindest solange er stand. Er musste sich bewegen, das war seine einzige Chance. Denn wenn er schnell genug rannte, überlegte Simon, dann war er für die in der verlangsamten Zeit festhängenden Männer so schnell wie ein Blitz. Und dann konnten sie ihm nicht mit ihren Blicken folgen. Nur: Wohin sollte er laufen?

Simon blickte zu dem Durchgang, der in das Treppenhaus führte. Die beiden anderen Soldaten, die den Ausgang bewachten, standen direkt vor der Tür. Dort kam er nicht vorbei, egal wie schnell er rannte. Auch sah er nirgendwo ein Versteck, in dem er sich verbergen konnte. Ihm fiel der Schrank auf der anderen Seite der Halle ein, jener Stahlkasten, in dem er nach seiner Reise durch das Weltentor angekommen war. Doch dorthin wollte er nicht zurück.

In seiner Verzweiflung begann er zu laufen. Er rannte ohne Ziel, umrundete den riesigen schwarzen Kasten, in dem die Reisenden verschwunden waren. Solange er sich bewegte, dachte Simon, war er für seine Verfolger unsichtbar, mehr als einen vorbeihuschenden Blitz würden sie nicht sehen. Bald war er außer Atem. Die Bewegungen fielen ihm schwer, die Luft um ihn herum war zäh wie Gelee, und er brauchte all seine Kraft, um sich zu bewegen. Lange, wusste Simon, würde er die Anstrengung nicht durchhalten. Angst stieg in ihm auf.

Plötzlich ging erneut ein Ruck durch den Raum, und mit einem Mal fiel Simon das Laufen leichter. Für den Bruchteil einer Sekunde war er froh, doch dann begriff er, was das bedeutete: Die Zeit lief wieder mit normalem Tempo und das hieß, dass ihn die Männer sehen konnten.

Ein Zischen ertönte, in dem schwarzen Koloss neben ihm öffnete sich eine Tür, es war der Eingang, in dem die unbekleideten Männer aus dem Höllentor verschwunden waren. Simon hatte keine Ahnung, was im Inneren des Kastens geschah. Doch er zögerte nicht: Ohne sich umzudrehen, rannte er die Schräge hinauf und betrat die Maschine, um sich in ihr zu verstecken.

Die Tür schloss sich hinter ihm, kaum dass er das Innere des schwarzen Kastens betreten hatte. Es wurde dunkel um ihn herum. Den Atem angehalten, wartete Simon, was geschehen würde. Draußen vor der Tür waren jetzt Stimmen zu hören, Kommandos ertönten, aufgeregte Rufe, jemand brüllte einen Befehl. Schritte hasteten vorbei, die Soldaten suchten nach ihm. Weitere Stimmen kamen dazu, offenbar hatten die Männer ihre Kameraden alarmiert.

Irgendwo über Simon glomm ein Licht auf, jetzt konnte er etwas sehen. Simon war überrascht: Er hatte eine Apparatur im Inneren des Kastens erwartet, irgendeine Mechanik, die das Vibrieren und die Geräusche erklärte. Doch der schwarze Koloss war nicht mehr als eine Hülle für einen weiteren Kasten, ein großer, stahlglänzender Würfel, der in der Mitte des Raumes stand und mit dem zur Hallendecke führenden Rohr verbunden war. Auf der Vorder- und Rückseite sah Simon Türen, sie waren verschlossen. Plötzlich erfüllte ein Sirren den Raum, der Würfel zitterte, ein lautes Zischen ertönte, und schlagartig vereiste die stahlglänzende Oberfläche. In derselben Sekunde öffneten sich beide Türen des Würfels, weißer Qualm drang aus den Öffnungen. Simon spürte die Kälte, die in einer Welle auf ihn zu stürzte.

Vorsichtig ging Simon näher an den Würfel heran. Seine Neugier verdrängte seine Angst. Um besser sehen zu können, was sich im Inneren verbarg, erklomm er die Stufen zu einer Plattform, die vor dem Eingang des Stahlwürfels montiert und die mit hüfthohen Wänden gesichert war. Nun konnte er eine Gestalt im Inneren erkennen, sie wandte ihm den Rücken zu. Es war ein Mann in einer Uniform. Seine Kleidung war weiß von Eiskristallen, die sich am Stoff festgesetzt hatten. Nach und nach lösten sich die Kristalle auf, Wasser tropfte zu Boden. Simon erkannte, wer dort vor ihm stand: Es war einer von Drhans Soldaten. Der Mann hob seine Hände, um die letzten Eisflocken von seiner Uniform zu streifen. Dann verließ er den glänzenden Würfel durch die Tür auf der anderen Seite.

Simon stutzte: Der Mann war einer der Reisenden, die durch das Höllentor gekommen waren, und bei seiner Ankunft hatte er keine Kleidung gehabt. Jetzt trug er eine Uniform. Das bedeutete, er musste sie hier irgendwo bekommen haben. Nur: Simon sah nirgendwo Uniformen hängen.

Mit einem Mal, er wäre fast gestürzt, bewegte sich der Boden unter seinen Füßen, die Plattform glitt auf die Tür des Stahlwürfels zu. Erschrocken wollte Simon fliehen, doch unbemerkt hatte sich eine Manschette um seine Hüfte gelegt und hielt ihn fest. Simon wehrte sich verzweifelt, doch es war vergeblich. Unerbittlich zog ihn die Plattform in das Innere des Würfels.

In der gleichen Sekunde, Simon wurde eiskalt bei dem Gedanken, erinnerte er sich daran, woraus die Uniformen von Drhans Soldaten bestanden. Er hatte es in seiner Welt gesehen, als Ashakida vor dem Tower die Zeit angehalten hatte, um ihn vor den heranstürzenden Soldaten zu beschützen: Der Stoff der Uniformen bestand aus Spinnenweben, aus jenem dichten und feinen Gespinst, das Drhans Spinnen schufen, während sie mit ihren Zähnen alles zerstörten, was sie einsponnen.

Die Plattform hatte ihn durch die Eingangstür des Würfels gezogen, sie senkte sich und glitt wieder zurück, während ihn die Manschette eisern im Inneren der stählernen Box festhielt. Die beiden Türen schlossen sich. Dämmerlicht legte sich über ihn.

Dann hörte er es: Ein leises Knistern, Rascheln, Krabbeln war zu hören. Er hob den Kopf und blickte zur Decke des Würfels. Entsetzt schrie er auf: Über ihm, in einem dichten Gewebe aus Fäden, saßen tausende von Spinnen. Jetzt ließen sich die ersten von ihnen zu ihm herab.

Sie waren bereit dafür, ihn einzuspinnen.

28

Simon schrie. Verzweifelt zerrte er an der Manschette, die seine Hüfte umklammerte, doch der Verschluss war fest arretiert, es war unmöglich, ihn zu öffnen. Die ersten Spinnen erreichten seinen Körper, er spürte sie in seinen Haaren und auf der Haut seines Gesichts. Erneut schrie er auf und schlug, die Augenlider zusammengekniffen, nach den herabfallenden Tieren. Dabei trafen seine herumrudernden Arme etwas Hartes, das vor ihm hing, etwas, das vorher nicht da gewesen war. Simon blinzelte unter seinen Lidern hervor. Vor ihm baumelte eine Maske in der Luft, sie musste gerade erst zu ihm herabgelassen worden sein. Die Maske bestand aus Metall und aus Gummi und umhüllte, setzte man sie auf, den gesamten Kopf. Ein Atemschlauch führte zum Mundstück.

Simon zögerte nicht: Eilig strich er sich die Spinnen aus dem Haar und griff sich die Maske, um sie über seinen Kopf zu stülpen. Erleichtert sog er die Luft ein, die aus dem Atemschlauch in das Innere strömte. Er öffnete die Augen. Zwei mit Glasscheiben bedeckte Sichtfenster waren in die Maske eingelassen. Simon sah die Spinnen, die auf der Außenseite über das Glas krochen, erst wenige, dann immer mehr. Jede von ihnen zog einen feinen weißen Faden hinter sich her. Es dauerte nicht lange, und sein Sichtfeld war mit einer dichten weißen Schicht aus Spinnenweben verdeckt. Sein Körper, wusste er, würde bald genauso von dem klebrigen Gewebe überzogen sein wie die beiden Glasscheiben. Simon wurde flau im Magen, der Gedanke war einfach eklig. Immer mehr Spinnen ließen sich auf ihn herabfallen, jetzt spürte er, wie die Tiere über seine Hände krabbelten. Simon unterdrückte einen Schrei, und er zog seine Hand auch nicht weg. Er wusste, es war sinnlos, die spinnenden Krabbeltiere abzuschütteln, es waren einfach zu viele. Auf diese Weise kam er nicht gegen sie an. Vielleicht war es das Beste, wenn er sich nicht wehrte, sondern sich der Prozedur stumm aussetzte.

Ruhig dazustehen, während tausende von Spinnen auf ihm herumkrabbelten und ihn einspannen, war die größte Herausforderung, der er sich bisher gestellt hatte. Simon dachte an Ashakida, die seine Hilfe brauchte. Nun fiel es ihm etwas leichter, all das auszuhalten.

Ein leises Rumpeln war zu hören, der Stahlwürfel begann zu vibrieren, und mit ihm der Boden, auf dem Simon stand. Er spürte, wie sich die Manschette an seiner Hüfte löste. Simon wagte nicht, sich zu rühren. Das Vibrieren wurde immer stärker. Ein Summen war zu hören, es kam näher. Simon hatte das Gefühl, als legte sich von außen eine Hülle um seinen gesamten Körper. Ein kurzes Tonsignal erklang, dann ein Zischen. Schlagartig wurde es eiskalt. Simon erstarrte, jeder Muskel seines Körpers zog sich zusammen. Doch der Kälteschock dauerte nur einen Augenblick, sofort umhüllte ihn warme Luft, während sich gleichzeitig die Hülle, die ihn festgehalten hatte, löste und seinen Körper wieder freigab.

Erneut ertönte ein Signal, dann wurde es still.

Simon stand regungslos. Er lauschte: War es vorbei? Das Summen war verstummt, auch der Boden vibrierte nicht mehr. Licht drang durch die Glasscheiben vor seinen Augen, die weiße

Schicht auf dem Glas löste sich auf. Er zog sich die Maske vom Gesicht und sah sich um. Alles wirkte, als wäre nie etwas geschehen. Simon sah keine einzige Spinne, der Raum wirkte unberührt, bis auf die Reste einer Eisschicht, die tropfend an den Wänden der Kammer schmolz. Gurgelnd verschwand die trübe Flüssigkeit in einer Rinne.

Die Türen des stählernen Würfels standen offen.

Eine Stimme ließ Simon zusammenfahren. »Worauf wartest du? Los, beeil dich, mir ist kalt.« Ein Reisender stand vor dem Eingang des Quaders, er wartete offenbar darauf, dass Simon ihm Platz machte. So wie die anderen Männer, die durch das Höllentor den Tower erreicht hatten, war er unbekleidet.

Simon nickte nur. Nach Halt suchend, verließ er das Podest und ging auf den Ausgang der Stahlkammer zu. Das Gehen fühlte sich ungewohnt an, seine Kleidung war schwerer geworden. Simon blickte an sich herab. Er trug die Uniform der Soldaten, die Spinnen hatten ihr Gewebe über seine Kleidung gesponnen. Die Uniform bestand aus einer einzigen Schicht, doch Simon erkannte eine Knopfleiste, angedeutete Taschen, einen Kragen, zwei Schulterklappen. Vermutlich hatte die Hülle, die ihn umschlossen und die Spinnenfäden kurz vereist hatte, das Abbild einer Uniform in das Gewebe gepresst.

Widerwillig war Simon beeindruckt. Auf den ersten Blick sah die graue Schicht wie richtiger Stoff aus. Das Gewebe schien sehr fest zu sein, es fühlte sich weich an und wärmte ihn. Doch wenn er den Arm hob und genau hinsah, erkannte er die winzigen Spinnen, die zwischen den Fäden saßen. Sie bewegten sich nicht. Offenbar hatte die Kälte, die schlagartig in den Würfel gelassen worden war, die gefräßigen Tiere getötet.

Simon fand, dass die Spinnen immer noch widerlich aussahen. Dass sie nicht mehr lebten und ihm nicht mehr gefährlich werden konnten, machte es nur ein wenig besser.

»Hey, warte mal!«

Simon hatte gerade den Ausgang der stählernen Box erreicht, als ihn eine Stimme aufhielt. Angespannt drehte Simon sich um.

Hinter ihm hatte sich die Plattform in Bewegung gesetzt. Der Mann, der nach ihm den Würfel nutzen sollte, fuhr gerade auf seine Position unterhalb der Öffnung, durch die die Spinnen in das Innere des Würfels kamen. Seine Hüfte wurde von der Manschette, die auch Simon festgehalten hatte, umschlossen. Jetzt sah Simon, dass die Manschette als Stütze und nicht als Fessel konstruiert war.

Der Mann hatte seine Stirn gerunzelt. »Wie siehst du denn aus? Sag bloß, das Ding ist kaputt.« Er blickte suchend im Inneren des Stahlwürfels umher.

Simon verstand ihn nicht. »Wieso?«

»Na, schau dir doch mal den Buckel an, den sie dir gemacht haben.« Der Mann wies auf Simons Rücken.

Simon tastete über seine Schulter. Bedeckt von einer grauen Schicht aus Spinnenweben, spürte er seinen Rucksack. Er hatte ihn total vergessen. »Ach das.« Gespielt gelassen hob Simon die Schultern. »Keine Ahnung.« Eilig trat er über die Schwelle der Kammer.

Bevor der Soldat etwas entgegnen konnte, schlossen sich zischend die beiden Türen.

Mit klopfendem Herzen stand Simon in dem schwarzen Koloss vor dem silbern glänzenden Würfel, der nun leise zu vibrieren begann. Jetzt, wusste Simon, öffnete sich die Klappe in der Decke der Kammer, und tausende von Spinnen ließen sich im Inneren herab, um ihre Arbeit zu beginnen. Er schüttelte sich bei dem Gedanken. Simon war froh, diesen Ort hinter sich lassen zu können.

Die beiden Soldaten an der Ausgangstür sahen auf, als er den schwarzen Koloss verließ und die Halle betrat. Mit ausdruckslosem Gesicht blickten sie ihm entgegen.

Simon zögerte. Die Rufe der Männer, die nach ihm suchten, waren nur leise zu hören, sie durchkämmten offenbar gerade die andere Hälfte der Halle, nachdem sie ihn auf dieser Seite nicht gefunden hatten. Simon war froh, dass er sich nicht in dem Schrank, in den das Weltentor mündete, versteckt hatte.

Er atmete tief durch, dann ging er langsam auf den Ausgang zu. Jeden Moment rechnete er damit, dass die beiden Männer ihn trotz der Uniform erkennen oder den vom Spinnengewebe bedeckten Rucksack sehen würden. Doch die Soldaten verzogen keine Miene. Simon versuchte, die Gefühle der beiden zu lesen. Doch er war zu aufgeregt, es gelang ihm nicht, die Verbindung herzustellen.

Er erreichte die Wachposten. Die beiden Männer musterten ihn uninteressiert. Einer der Soldaten hob einen Scanner und hielt ihn vor Simons Brust, direkt unterhalb einer der angedeuteten Brusttaschen. Ein Lichtblitz flackerte auf. Erst jetzt sah Simon die Nummer, die die Kältehülle neben einer der Brusttaschen in den Spinnenstoff gepresst hatte.

»Die Mannschaftsräume sind dort, wo sie immer sind. Melde dich beim Quartiermeister.«

Simon nickte stumm. Sein Herz hämmerte.

Die Wachposten traten zur Seite, um ihn durchzulassen. Simon hielt den Atem an, als er an ihnen vorbeiging. Er zwang sich, nicht schneller zu werden oder gar zu fliehen. Er durfte nichts tun, was ihn verdächtig machte.

Endlich erreicht er den Treppenschacht. Hinter ihm räusperte sich einer der Soldaten. Simon zuckte zusammen, doch er beherrschte seine Angst. Sie hätten ihn längst gepackt, wenn sie ihn erkannt hätten, sagte er sich.

Ohne sich umzudrehen, ging er die Treppe hinab.

29

Angespannt stieg Simon die Stufen hinab. Der Treppenschacht sah fast so aus wie jener in dem zerstörten Tower, den Simon in Superbia betreten hatte. Doch anders als dort brannten hier Lichter: In größeren Abständen waren winzige Lämpchen in die Wand eingelassen, so als hätten sich Glühwürmchen in die Mauerritzen gebohrt und wären dort stecken geblieben. Ihr Licht reichte kaum aus, die Stufen zu beleuchten.

Anfangs stoppte Simon noch an jedem Treppenabsatz, um vorsichtig um die Ecke zu schauen. Er fürchtete, dass jemand auf der Treppe Wache hielt oder gar auf ihn wartete. Mit der Zeit wurde er mutiger. Seine Verfolger suchten ihn oben in der Halle, in der das Höllentor stand, sagte er sich. Solange die beiden Wachen nicht auf die Idee kamen, dass sie ihn vorbeigelassen hatten, war er hier unten sicher. Nur erkennen durfte ihn niemand. Doch im Dunkel des Treppenschachts würde bestimmt keiner seinen unter dem Spinnengewebe verborgenen Rucksack bemerken.

Stockwerk für Stockwerk ging Simon tiefer. Er hatte nicht daran gedacht, die Treppenabsätze mitzuzählen, deshalb wusste er nicht, wie weit er schon hinabgestiegen war. Simon kam der Weg endlos vor. Ihm fiel der große Raum ein, den er in Superbia auf der schwankenden Metallbrücke überquert hatte. Die Treppe auf dieser Seite des Towers führte an dem Raum vorbei, überlegte Simon und versuchte sich vorzustellen, wie der

Treppenschacht im zerstörten Tower ausgesehen hatte. Bestimmt hatte er die Halle schon passiert, so viele Stufen, wie er hinuntergegangen war. Stimmte seine Vermutung, dann würde er bald die Mannschaftsquartiere erreichen.

Nach einer Weile hörte er Stimmen. Simon versuchte, zwischen den Treppen hinabzuspähen. Weiter unten wurde es heller, vermutlich stand dort eine Tür offen und das Licht aus der Etage fiel in das Treppenhaus. Lautlos schlich Simon tiefer. Die Uniform aus Spinnengewebe half ihm dabei, dass ihn niemand bemerkte, denn der weiche Stoff dämpfte jeden Laut. Jetzt waren die Stimmen deutlicher zu hören, es waren die von zwei Männern, sie stritten sich, wer Wache halten musste. Jeder war der Ansicht, dass der andere eingeteilt worden war.

Unschlüssig blieb Simon stehen. Was sollte er tun? Warten, bis die beiden ihren Streit beendet hatten? Offensichtlich gab es dort unten vor dem Eingang zu den Mannschaftsquartieren einen Wachposten, der von einem der beiden Männer besetzt werden sollte. Warten half hier also gar nichts. Doch einfach weiterzugehen traute sich Simon nicht.

Plötzlich hörte er hinter sich Schritte. Erschrocken fuhr er herum. Der Soldat, der nach ihm in den Stahlwürfel gebracht worden war, um dort seine Uniform aus Spinnengewebe zu bekommen, kam die Treppe herab. Er grinste spöttisch, als er Simon sah. »Na, traust du dich nicht weiter? Ist wohl dein erster Einsatz.«

Simon nickte.

Der Soldat spuckte aus. »So ein Pech aber auch.« Er kam näher, während er böse grinste. »Wenn die anderen mitbekommen, dass du ein Frischling bist, siehst du hier keine Sonne mehr. Aber ich kann dir helfen. Ich beschütze dich. Dafür tust du alles, was ich dir sage.« Er packte Simon und zog ihn mit sich. Simon blieb nichts anderes übrig, als mit dem Soldaten weiter die Treppe hinabzugehen.

Die beiden Wachposten vor dem Eingang der Mannschaftsquartiere beachteten sie kaum. Der eine von ihnen scannte ihre Nummern auf den Uniformen und winkte sie durch, bevor er sich wieder seinem Kameraden zuwandte, um sich weiter mit ihm zu streiten.

»Worauf wartest du?« Der Soldat, der mit Simon die Treppe hinuntergekommen war, stand im Gang des Mannschaftsquartiers und blickte zurück zu ihm. »Als Erstes machst du mir mein Bett. Dann will ich was zu essen haben.«

Simon nickte, als würde er die Befehle des Soldaten widerspruchslos hinnehmen. Er lächelte entschuldigend. »Ich komme sofort. Aber ich habe oben was vergessen.« Er wies mit dem Daumen das Treppenhaus hinauf.

Der Soldat lachte. »Was denn? Du konntest doch auf deiner Reise hierher nichts mitnehmen.« Er wies auf die Ausbuchtung an Simons Rücken. »Oder ist dir dein bescheuerter Buckel peinlich?«

Simon brauchte einen Moment, bevor er begriff, was der Soldat meinte. Er nickte erleichtert. »Ist vielleicht besser, wenn ich mir eine neue Uniform machen lasse.«

»Na dann, viel Spaß beim Aufstieg. In einer Viertelstunde steht mein Essen auf dem Tisch, verstanden?« Der Soldat betrachtete Simon kühl, dann drehte er sich um und verschwand in den Gängen des Mannschaftsquartiers.

Erleichtert sah Simon ihm nach. Er war froh, den Soldaten los zu sein. Unauffällig musterte er die Umgebung. Die Wachposten hatten sich über einen Plan gebeugt und beachteten ihn nicht. Auch von den anderen uniformierten Männern, die im Gang des Quartiers unterwegs waren, interessierte sich keiner für ihn. Schnell huschte Simon zurück ins Treppenhaus und lief weiter die Stufen hinab. Er bemühte sich, keinen Laut zu machen. Je tiefer er kam, desto wahrscheinlich war es, dass er jemandem begegnete.

Doch Simon sah niemanden. Alle Türen, an denen er vorbeiging, waren fest verschlossen. Offenbar nutzte jeder die Fahrstühle, die sich im Zentrum des Gebäudes befanden. Lediglich eine einzige Tür war nicht verriegelt, sondern nur angelehnt. Simon konnte einen Blick in das Innere eines Stockwerkes erhaschen, als er durch den Spalt spähte. Es war eine Ebene der Forschungsabteilung von Aphyr. Simon sah Männer und Frauen in weißen Kitteln, sie standen an ihren Arbeitsplätzen und beugten sich über technische Geräte, die er nicht kannte.

Plötzlich begann der Boden unter seinen Füßen zu zittern. Erschrocken sah Simon auf. Ein dumpfes Geräusch war zu hören, ein Grollen, das ihn an irgendetwas erinnerte. Es schien von oben zu kommen. Auch die Männer und Frauen in der Forschungsabteilung hatten das Geräusch gehört. Alle unterbrachen ihre Arbeit. Keiner wirkte verwundert, das Grummeln schien keine Gefahr zu bedeuten.

Das Beben, das das Gebäude erschütterte, wurde immer stärker, jetzt zitterten auch die Wände. Simon durchfuhr es siedend heiß. Jetzt wusste er, woran ihn das Geräusch erinnerte: an den Stundenfluss, der durch den U-Bahn-Schacht geschossen war und der Ashakida mit sich gerissen hatte. Besorgt blickte Simon die Treppe hinauf: Kam das Wasser von oben? Aber das war unmöglich, der Stundenfluss hätte garantiert im Treppenschacht seine Spuren hinterlassen. Auch in der Forschungsabteilung gab es keine Anzeichen dafür, dass sich hier der Stundenfluss seinen Weg bahnte.

Das Grollen steigerte sich zu einem ohrenbetäubenden Dröhnen. Und dann sah Simon das Wasser: Es stürzte durch die gläserne Säule hinab, durch jenes Rohr, das den Turm von oben bis unten durchschnitt und in dem der Stundenfluss offenbar gebändigt wurde, bis er den Tower tief unter der Erde verließ und sich im Untergrund einen Weg suchte.

Eilig rannte Simon weiter die Treppe hinab. Solange der Stundenfluss durch das Gebäude dröhnte, würde ihn garantiert niemand hören.

Endlich erreichte er das Ende der Treppe. Er öffnete vorsichtig die Tür zur Eingangshalle und spähte durch den Spalt. Noch immer stürzte das Wasser durch die gläserne Säule hinab, doch die Flut wurde weniger, das Grollen ließ nach. Niemand beachtete das Schauspiel, das Foyer war menschenleer.

Erleichtert zog Simon die Tür ganz auf und betrat die Halle. Alles sah genau so aus, wie er es in Erinnerung hatte: die Fahrstühle mit den Uhren darüber, die Lichter im Boden, der Tresen in der Mitte der Halle, hinter dem der Wachmann gesessen hatte. Jetzt war der Stuhl hinter dem Pult leer.

Simon rannte in die Mitte der Halle und sah sich um. Nirgendwo entdeckte er einen Ausgang, die Fassade des Towers war verschlossen. In seiner Welt hatte sich das Tor direkt gegenüber vom Tresen geöffnet. Simon lief zu der Stelle, an der er das Tor vermutete. Doch er fand weder einen Griff noch einen Schalter, mit dem er den Durchgang öffnen konnte.

Plötzlich ließ ihn eine Stimme zusammenfahren: »Halt! Stehen bleiben!«

Erschrocken fuhr Simon herum.

Der Wachmann stand in der Halle. Er hatte Simon entdeckt.

30

Simon stand wie erstarrt. Der Wachmann musterte ihn kritisch, während er näher kam. »Was machst du hier unten? Wo sind deine Kameraden? Habt ihr einen Einsatz?«

Simon nickte stumm.

Der mit einer schwarzen Uniform gekleidete Wächter blickte auf einen Plan, den er aus der Tasche holte. »Davon weiß ich aber nichts.«

Simon räusperte sich. Seine Stimme klang belegt, als er sprach. »Ich muss hinaus in die Stadt.«

»Und warum?«

»Ein Sonderauftrag. Von Drhan.«

»Von wem?« Der Wachmann runzelte die Stirn. Er schien keine Ahnung zu haben, wen Simon meinte.

Simon wusste nicht, was er antworten sollte. Ihm wurde heiß, der Schweiß lief ihm den Rücken hinab.

Der Uniformierte stutzte. »Ich kenn dich doch.«

Jetzt erkannte auch Simon ihn: Er war dem Wachmann schon einmal begegnet, und zwar in seiner Welt, als ihn die Soldaten in der Eingangshalle des Towers fast ergriffen hatten.

»Du bist doch der Junge, den sie in Gula gejagt haben!« Der Wächter kam näher, während er Simon wie ein seltenes Tier anstarrte. »Wie hast du das gemacht? Du bist verschwunden, einfach so, von einem Moment auf den nächsten. Und jetzt tauchst du hier auf und trägst die Uniform der Soldaten …«

Erschrocken sah Simon, dass der Wachmann nach seinem Funkgerät tastete. »Warten Sie!« Er hob seine Hand. »Bitte tun Sie das nicht.« Simon spürte, dass der Wächter unschlüssig war. Er konzentrierte sich, und diesmal gelang es Simon, trotz seiner Angst eine Verbindung zu seinem Gegenüber herzustellen. Die Gefühle des Mannes stürzten in ihn hinein. Jetzt wusste Simon, was er sagen würde. »Sie haben Mitleid mit mir. Sie mögen Ihre Arbeit nicht. Sie sind alleine und hassen diese Stadt. Und Sie überlegen, was Sie tun können, um hier wegzukommen.«

Sprachlos starrte der Mann ihn an. »Woher weißt du das?«

Simon beachtete die Frage nicht. »Sie wollten mir schon einmal helfen. Damals konnten Sie es nicht. Aber jetzt können Sie es. Lassen Sie mich gehen.«

Der Wachmann musterte ihn zögernd.

»Sie brauchen nur das Tor zu öffnen.« Bittend sah Simon ihn an.

Eine Weile sagte keiner von ihnen ein Wort. Dann ging der Wächter zum Tresen und beugte sich über sein Pult. Momente später glitt in der Seitenwand der Halle ein schmaler Durchgang auf.

»Danke.« Simon lächelte.

Der Wachmann nickte stumm.

Simon wollte gerade gehen, als ihn ein Gedanke durchzuckte, und er wandte sich noch einmal um. »Wissen Sie, was in Gula los ist? Meine Eltern sind noch dort, und auch mein Bruder und meine Freunde.«

»Das tut mir leid.« Der Wachmann wirkte ehrlich bedrückt. »Ich weiß nicht, was dort geschehen ist. Sie haben mich hierher versetzt, nachdem du entkommen bist. Sie sagen, dass sie Gula erobert haben.«

Simon nickte bedrückt. Traurig drehte er sich um und ging zum Ausgang. Mit einem letzten Gruß verließ er die Halle.

Er musste blinzeln, als er hinaus in das Licht trat. Ein Summen ertönte, dann schloss sich die Tür hinter ihm. Simon sah, dass sie zufloss, genauso, wie er es vermutet hatte. Die Flüssigkeit perlte herab und verband sich zu einer glatten Fläche, bis die Außenhaut des Towers komplett geschlossen war. Kein Türspalt verriet, dass sich an dieser Stelle ein Durchgang befand.

Die Stadt sah genau so aus, wie er sie in Erinnerung hatte. Riesige Wolkenkratzer reckten sich in den Himmel, sie wirkten grau und abweisend in dem Dunst, der ihre Spitzen verhüllte. Die Sonne stand als blasser Lichtpunkt am Himmel, nur selten drangen ihre Strahlen durch die trübe Schicht. Nebelschwaden trieben über die Plätze, durch die Straßenschluchten waberte Qualm. Simon musste husten, als er die übel riechende Luft einatmete. Der stinkende Dunst drang aus niedrigen Gebäuden, die sich zwischen die Wolkenkratzer quetschten und die mit ihren flachen Dächern und den qualmenden Lüftungsschächten wie Fabriken aussahen oder Lager hallen. Simon hustete erneut. Langsam gewöhnte er sich an den scharfen Geruch.

So wie in seiner Welt, war der Platz direkt vor dem Tower verlassen. Die Bewohner der Stadt mieden das Areal rund um den Hochhausturm. Simon überquerte die freie Fläche und ging zur Hauptstraße. Niemand schien ihn zu bemerken. Die Menschen, die dicht gedrängt die Straße hinabgingen, hatten den Kopf gesenkt, ihr Blick war glasig. »Schläfer« nannten die Kinder in den Katakomben der Stadt die Erwachsenen, die hier oben lebten. Der Name passte, fand Simon: Die Menschen wirkten tatsächlich, als würden sie mit offenen Augen schlafen. Sein Bruder hatte einmal geschlafwandelt, erinnerte er sich, und das hatte fast genauso ausgesehen.

Simon reihte sich in den Strom der Schläfer ein und ging die Straße hinab. Fieberhaft dachte er nach. Er wusste, dass die Kinder im Untergrund lebten: in der Kanalisation, in den Lüftungsschächten, in den alten Tunneln. Die Kinder wohnten in unterschiedlichen Gruppen zusammen, sie nannten sie Familien. Doch die Stadt war groß und der Untergrund ein Labyrinth. Wie sollte er den Weg zu Philjas Familie finden, jene Gruppe, auf die er bei seinem ersten Besuch in der Stadt gestoßen war? Simon wusste, dass Philjas Familie in einem ehemaligen Bunker Unterschlupf gefunden hatte. Nur wie er zu diesem Bunker kommen sollte, das wusste er nicht. Er würde jemanden finden müssen, der ihm den Weg zeigte.

Aber wer sollte das tun? Simon konnte sich kaum vorstellen, dass ihm die Schläfer eine Hilfe waren.

Er versuchte, mit einigen von ihnen Kontakt aufzunehmen. Doch die Schläfer reagierten weder auf seine Worte, noch war es Simon möglich, sich mit ihnen zu verbinden. Zwar gelang es ihm, in das Bewusstsein einiger Bewohner der Stadt einzudringen, doch dort, wo er bei anderen Menschen Gefühle empfangen oder gar Bilder gesehen hatte, war hier einfach nichts. Die Schläfer waren wie Maschinen, sie bewegten sich, aber sonst passierte nichts in ihnen. Alles, was die Persönlichkeit der Menschen dieser Stadt einst ausgezeichnet hatte, war tief in ihrem Inneren unter einer Nebelschicht verborgen.

Simon blinzelte in die blasse Sonne, die für ein paar Sekunden eine Lücke in dem trüben Dunst gefunden hatte: Erst wenn die Nebelschwaden, die Drhan über die Stadt gelegt hatte, sich von den Seelen und aus den Häuserschluchten verzogen hatten, würden die Menschen wieder frei sein.

Eine Sirene heulte auf, dann eine zweite, es war ein langer durchdringender Ton, der durch die Straßen hallte. Erstaunt bemerkte Simon, dass die Schläfer stehen blieben. Immer mehr Sirenen heulten auf, bis das Signal in der ganzen Stadt zu hören war. Dann ertönte ein zweiter Ton, heller und kürzer als der erste. Simon wartete gespannt darauf, was geschah. In den flachen Gebäuden zwischen den Wolkenkratzern öffneten sich die Türen, graugesichtige Schläfer stolperten ans Tageslicht. Simon war erschrocken vom Anblick der Erwachsenen. Sie wirkten nicht nur abwesend, sondern auch furchtbar müde. Vermutlich mussten sie in den Fabriken, die Drhan gebaut hatte, bis zur Erschöpfung arbeiten. Erneut erklang der helle Ton, nun formierten sich aus den Schläfern, die in den Straßen warteten und nicht gearbeitet hatten, kleine Gruppen, die ohne eine Regung in die Fabriken marschierten. Die Türen schlossen sich hinter ihnen. Einen Moment lang war es still, die Stadt stand regungslos, so als wäre die Zeit angehalten. Dann jaulten die Sirenen ein zweites Mal, die Schläfer setzten sich wieder in Bewegung, und alles war wie zuvor.

Plötzlich, Simon hatte nicht damit gerechnet, spürte er etwas. Er merkte auf. War da ein Gefühl? Simon hatte seinen Geist geöffnet, als er versucht hatte, mit den Schläfern Kontakt aufzunehmen, und offenbar hatte er unbewusst weiter versucht, in den Menschen, die ihm begegneten, zu lesen. Simon konzentrierte sich. Das Gefühl, das er empfangen hatte, war nur eine Ahnung gewesen, wie ein Windhauch, der sanft über die Haut strich und vorbei war, bevor man ihn wirklich bemerkte. Hatte er sich geirrt? Jetzt, wo er bewusst suchte, war das Gefühl fort.

Wo er sich auch hintastete, er sah nur den grauen Nebel, der die Seelen der Menschen bedeckte.

Da! Simon zuckte zusammen. Dort war etwas gewesen! Wie eine Kompassnadel, die sich auf ihr Ziel einnordete, versuchte Simon, seinen Geist auf das schwache Signal auszurichten.

Und dann spürte er es: Es war ein Gefühl, ganz deutlich und klar.

Jemand hatte Angst.

31

Alle seine Sinne auf das Äußerste angespannt, eilte Simon durch die Straßen der Stadt. Er folgte dem Gefühl, so wie ein Spürhund einer Witterung folgte. Er musste sich beeilen: Wer auch immer dort vorne Angst hatte, er bewegte sich von ihm weg. Simon musste all seine Gedankenkraft aufwenden, um das Signal nicht zu verlieren.

Der Gehweg, auf dem er vorwärts zu kommen versuchte, war dicht gefüllt mit Schläfern. Simon gelang es nur schwer, an ihnen vorbeizukommen. Auf die Fahrbahn zu treten, traute er sich nicht, er fürchtete, von den patrouillierenden Soldaten entdeckt zu werden. Zwar hatte er noch keinen der Wagen gesehen, mit denen Drhans Männer durch die Stadt fuhren, doch er wusste, dass jederzeit eine Patrouille um die Ecke biegen konnte. Wäre er in diesem Moment auf der Straße, würden ihn die Soldaten sofort entdecken. In der Masse der Schläfer hingegen war er sicher. Doch genau hier kam er viel zu langsam voran.

Simon überlegte gerade, ob er es nicht doch wagen sollte, auf die Fahrbahn zu treten, als er spürte, dass das Signal seine Richtung gewechselt hatte. Jetzt kam es aus einer schmalen Seitenstraße, offenbar war der Mensch, der das Gefühl ausstrahlte, von der Hauptstraße abgebogen.

Simon folgte der Gasse, nun kam er schneller voran. Den Kopf gesenkt, eilte er zwischen den Häusern hindurch. Der Wind kam ihm zu Hilfe, er trieb dichte Dunstschwaden über den Asphalt. Simon begann im Schutz des Nebels zu rennen. Das Gefühl, das er spürte, wurde immer stärker.

Dann sah er sie. Drei Gestalten wanderten die Gasse hinab, sie hatten graue Decken über ihre Körper geworfen und trugen etwas Schweres. Der Nebel riss auf, jetzt erkannte Simon, wer dort vor ihm ging. Die Gestalten waren Kinder, sie hatten einen großen Korb mit Dosen, Flaschen und Tüten gefüllt und schleppten ihn mit sich. Vermutlich hatten sie die Lebensmittel in der Stadt gestohlen und brachten sie nun in den Untergrund, um damit ihre Familien zu ernähren.

Ohne dass sie ihn bemerkten, schlich sich Simon näher. Die Angst der drei war nun fast greifbar für ihn, jetzt hörte er auch ihren Atem, er ging schnell vor Anstrengung und vor Aufregung.

Simon sprach erst, als er direkt hinter ihnen war. »Nicht weglaufen!«

Erschrocken fuhren die Kinder herum. Die Blicke, die Simon trafen, zeigten Entsetzen, und das Gefühl der Angst, das er empfing, wurde zu Panik. Zu spät erinnerte sich Simon daran, dass er die Uniform der Soldaten trug. Bevor er etwas sagen konnte, hatten die Kinder den Korb fallen gelassen und rannten davon. Kurz versuchte er ihnen nachzulaufen, doch er hatte keine Chance, sie einzuholen: Sie wurden von ihrer Furcht angetrieben, und das machte sie schnell. Mit aller Kraft, die ihm zur Verfügung stand, schickte er ihnen seine Gefühle hinterher: Vertrauen, Zuversicht, der Wunsch nach Freundschaft. Habt keine Angst, riefen seine Gedanken. Simon hoffte inständig, dass seine Botschaft die drei fliehenden Kinder erreichte.

Für einen Augenblick passierte gar nichts: Die Kinder rannten weiter, das Geräusch ihrer Schritte wurden leiser. Dann verlangsamte der Erste der drei seine Schritte, dann der Zweite, der Dritte. Sie blieben stehen und drehten sich zu ihm um. Ihre Gesichter drückten Erstaunen aus. Noch einmal schickte Simon ihnen seine Botschaft, während er sich den Korb griff und ihnen nachging. Die Last war sehr schwer, doch Simon wusste, wie wertvoll die Nahrung für die Kinder in den Katakomben der Stadt war. Außerdem hoffte er, dass seine Tat half, ihr Vertrauen zu wecken.

Außer Atem stellte er den Korb vor ihnen auf der Straße ab. »Hi. Ich bin Simon.« Zu mehr reichte es nicht, er musste erst einmal Luft holen.

Die Kinder musterten ihn misstrauisch. Sie waren etwas jünger als er. Ihre Haut war blass, sie lebten in den Höhlen und Gängen unter der Stadt und sahen nur selten die Sonne.

Simon lächelte. »Danke, dass ihr stehen geblieben seid.«

»Wie hast du das gemacht?« Der Kleinste der drei zog erstaunt seine Augenbrauen zusammen. »Ich habe deine Stimme gehört. In meinem Kopf.«

»Ich auch«, unterbrach der zweite Junge aufgeregt, und auch der dritte nickte, er war so verblüfft wie die anderen.

Simon wurde ein wenig verlegen unter ihren Blicken. »Ich weiß nicht, wie ich das mache. Ich kann es einfach.« Er wies auf den Jüngsten der drei. »Ich weiß zum Beispiel, dass du Hunger hast und dass du am liebsten immer noch weglaufen möchtest. Und du hast eine kleine Schwester, die du beschützen willst.«

Der Junge, den Simon angesprochen hatte, war sprachlos.

»Ich brauche eure Hilfe.« Simon sah die drei bittend an. »Ich suche den Weg zur Familie von Philja.«

Misstrauen schlich sich in den Blick des Ältesten. »Du bist ein Soldat. Warum sollten wir dir helfen?«

Simon blickte an seiner Uniform herab. »Ich bin kein Soldat. Ich bin ein Junge, so wie ihr.«

»Und warum trägst du dann die Kleidung der Soldaten?«

Ungeduldig winkte Simon ab. »Es dauert zu lange, das jetzt alles zu erklären. Ich suche meine Freunde, und vielleicht kann mir Philjas Familie dabei helfen. Es ist dringend, Ashakida braucht meine Hilfe.«

»Ashakida?«

»Ja. Sie ist eine Leopardin. Habt ihr von ihr gehört?«

Die drei Kinder wechselten einen überraschten Blick.

Simon merkte auf. »Was ist los?«

Der Älteste betrachtete ihn zögernd. »Bist du wirklich der Junge mit der Leopardin? Woher wissen wir, dass wir dir glauben können?«

Statt einer Antwort dachte Simon an Ashakida, mit all der Sorge und all der Zuneigung, die er verspürte, und er sandte den Kindern seine Empfindungen zu. Die Drei ächzten überwältigt, als sie seine Gefühle empfingen.

Simon suchte ihren Blick. »Was ist mit Ashakida? Wisst ihr etwas von ihr?«

Der Älteste der drei nickte. »Komm.«

32

So schnell er konnte, rannte Simon die Stufen hinab. Er wusste, wo sie waren, er hatte den Treppenschacht erkannt, kaum dass sie ihn betreten hatten: Am Fuß dieser Treppe befand sich der Eingang zu dem Bunker, in dem Philjas Familie lebte.

Die drei Jungen hatten ihn durch das unterirdische Labyrinth aus Gängen, Schächten und Kanälen geführt, nachdem sie ihren Korb mit den Lebensmitteln in einem Hohlraum versteckt hatten. Der Weg war weit, Simon hätte ohne die Hilfe der drei sein Ziel niemals gefunden. Manche der Orte, an denen sie vorbeigekommen waren, kannte er: die Lüftungsrohre, durch die die Reinigungsroboter fuhren, die vom Stundenfluss nassen Verbindungsgänge unter dem alten Bahnhofsgebäude und natürlich die Windhalle, in der die vier riesigen Propeller kreisten und Tag und Nacht Atemluft in die Gänge und Schächte der Unterwelt bliesen.

Treppenabsatz für Treppenabsatz rannte Simon weiter hinab. Hinter sich hörte er die Schritte der drei Jungen. Sie befanden sich inzwischen tief unter der Stadt, es konnte nicht mehr weit sein. Endlich sah er den Eingang des Bunkers, zwei Mädchen hielten dort Wache. Sie zuckten erschrocken zusammen, als sie Simon in seiner Uniform die Treppe herabeilen sahen. So schnell sie konnten, verschwanden sie im Inneren des Schutzraums und zogen die Tür zu.

»Wartet!« Simon erreichte den Eingang und versuchte, die sich schließende Tür festzuhalten. Nun kam auch der Älteste der drei Jungen die letzten Treppenstufen hinab und sprang ihm zu Hilfe. »Nicht zumachen!«, rief er. »Er kommt wegen der Leopardin!«

Doch es war vergeblich: Krachend fiel die Tür ins Schloss.

Außer Atem hämmerte Simon mit seinen Fäusten gegen das Metall. Er war verzweifelt. »Ich bin es, Simon. Ihr kennt mich doch! Lasst mich rein!«

Es war zwecklos: Der Eingang blieb verschlossen, nichts rührte sich im Inneren. Simon versuchte, den Mädchen seine Gedanken zu schicken, doch so sehr er sich auch bemühte, er drang nicht zu ihnen durch. Der Beton, der den Bunker umgab und der auch die Tür verstärkte, widersetzte sich seiner Kraft, er war einfach zu dick. Erschöpft gab Simon auf.

Die drei Jungen blickten ihn bedauernd an. »Du hast sie erschreckt.« Der Ältere von ihnen wies auf Simons Uniform. »Sie glauben, dass du ein Soldat bist.«

Simon verfluchte seine Ungeduld. Warum nur hatte er sich nicht die Zeit genommen, das Spinnengewebe von seinem Körper zu schneiden?

»Vielleicht machen sie die Tür wieder auf.« Der Jüngste versuchte, Simon aufzumuntern. Er sah nicht sehr zuversichtlich aus.

»Danke, dass ihr mich hergebracht habt.« Simon lächelte bedrückt. Dann verabschiedeten sie sich voneinander. Die drei winkten ihm noch einmal zu und liefen die Treppe wieder hinauf. Ihre Schritte wurden leiser und verhallten schließlich. Simon blieb alleine zurück.

Erschöpft setzte sich er auf den Boden des Schachts. Er war wütend auf sich selbst. Er hätte damit rechnen müssen, dass er den Kindern Angst einjagte. Ärgerlich zerrte er an dem Gespinst, das seine Kleidung und den Rucksack einhüllte. Der Stoff aus Spinnenweben saß fest, ohne ein Messer oder eine Schere würde er ihn nicht entfernen können.

Plötzlich hörte er neben sich ein Geräusch. Überrascht wandte er sich um. Ein kleiner, vielleicht acht Jahre alter Junge saß neben ihm. Simon erkannte ihn sofort, verblüfft darüber, ihn hier draußen zu sehen.

Der Junge schien Simon nicht zu beachten. Er hatte einen Metallring aus seiner Tasche genommen und ließ ihn auf dem Boden kreiseln, wieder und wieder. Simon zögerte, den Jungen anzusprechen. Er hatte Angst, ihn zu erschrecken. Niemand im Bunker wusste, wie er hieß, hatte ihm Philja erzählt. Sie nannten ihn Ben, Philja hatte ihm diesen Namen gegeben. Ben sprach mit niemandem und tauchte auf und verschwand wieder, ohne dass jemand eine Ahnung hatte, wohin er ging. Simon war der Einzige gewesen, dem es gelungen war, zu dem Jungen Kontakt aufzunehmen.

Vielleicht, dachte Simon, konnte ihm Ben helfen, in das Innere des Bunkers zu gelangen.

Er nahm sich ein Herz und blickte den Jungen an. »Hallo. Ich bin Simon.«

Ben antwortete nicht. Ruhig sah er zu, wie der Metallring auf dem Boden kreiselte, ins Kippen geriet und immer langsamer wurde, bis er mit ein paar letzten Drehungen zum Stillstand kam. Dann sah er auf. »Ich weiß.« Er hob seine Hand und berührte vorsichtig das Spinnengewebe, das Simon einhüllte. »Warum hast du das an?«

Simon spürte, wie Ungeduld in ihm aufstieg. Er wollte nicht reden, er wollte so schnell wie möglich in den Bunker. Er durfte keine Zeit verlieren. Doch seine Ungeduld hatte ihm gerade eben schon geschadet, also riss er sich zusammen und erzählte, wie er zu der Uniform gekommen war und wie sie ihm geholfen hatte. Ben hörte ihm aufmerksam zu. Dann wandte er sich wieder seinem Metallring zu, um ihn kreiseln zu lassen.

Schließlich hielt es Simon nicht mehr aus. Er legte seine Hand auf den sich drehenden Ring und stoppte die Bewegung. Erschrocken zuckte der Junge zurück.

»Nicht weglaufen, bitte! Es tut mir leid, ich wollte dich nicht erschrecken!« Simon öffnete seinen Geist, um dem Jungen seine Gefühle zu schicken. »Ich brauche deine Hilfe. Ich suche Ashakida, die Leopardin. Weißt du, wen ich meine?«

Ben zögerte, dann nickte er.

»Die Jungen, mit denen ich hergekommen bin, haben gesagt, dass sie im Bunker ist. Stimmt das?« Gespannt sah Simon Ben an. »Sie wussten es nicht genau, es ist nur ein Gerücht, haben sie gesagt. Weißt du, wo Ashakida ist?«

Der Junge reagierte nicht. Er starrte regungslos die Wand an, so als habe er Simons Worte nicht gehört. Dann griff er nach dem Ring und ließ ihn auf dem Boden kreiseln, so wie er es zuvor getan hatte.

Verzweiflung machte sich in Simon breit. Er war erschöpft von der Reise, er war traurig, er war wütend. Er spürte, wie Tränen in seinen Augen aufstiegen. Das alles war einfach zu viel für ihn.

Da spürte er eine Berührung. Simon sah auf. Ben hatte sich ihm zugewandt, er ergriff Simons Hand. »Komm.« Der Junge sagte nur dieses eine Wort, bevor er sich umdrehte und in einem Seitengang verschwand. Simon folgte ihm aufgeregt.

Der Gang, durch den Ben rannte, war nicht mehr als ein schmaler Steg, der an einer Reihe von Rohren entlangführte. In

Abständen wurde der Weg breiter, wenn Leitungen abzweigten und große Ventile, die mit Handrädern bedient werden mussten, Platz brauchten. Simon hatte Mühe, mit Ben Schritt zu halten.

Schließlich stoppte der Junge an einem Lüftungsschacht, ein Gitter war in die Wand eingesetzt. Warmer Wind strömte aus der Öffnung. Ben wartete, bis Simon bei ihm war, dann löste er das Gitter und kroch in den Schacht. Simon kletterte hinterher. Es war nicht einfach, in das Rohr einzusteigen, die Öffnung war schmal und der von der Uniform umhüllte Rucksack auf seinem Rücken behinderte ihn. Doch es gelang Simon, sich in den Schacht zu quetschen. Jetzt ging es leichter, der Stoff aus Spinnenweben glitt leicht über den Boden und die Wände. Zügig robbte Simon dem Jungen hinterher.

Ihr Weg endete in einer Kammer, zwei nebeneinander montierte Propeller drehten sich dort ruhig und gleichmäßig. Sie sogen die verbrauchte Luft aus dem Bunker und bliesen sie durch den Schacht nach draußen. Simon war überrascht: Wie sollten sie an diesem Hindernis vorbeikommen? Der Junge lächelte, als habe er Simons Gedanken gelesen. Er ging vor einem der beiden Propeller in die Hocke und betrachtete aufmerksam die sich drehenden Flügel. Dann, blitzschnell, warf er sich mit dem Rücken auf den Schacht, rutschte auf den Propeller zu und zog die Arme und Beine an, während er zwischen den rotierenden Flügeln hindurchglitt. Er erreichte unversehrt die andere Seite.

Simon war beeindruckt. Zugleich war er besorgt. Er war viel größer als der Junge, und es war mehr als fraglich, ob es ihm gelingen würde, genau die Lücke zu treffen.

»Kann man den Propeller anhalten?« Fragend sah er zu Ben. Der schüttelte nur den Kopf.

Simon seufzte. So wie er es bei dem Jungen gesehen hatte, ging er vor dem Rotor in die Hocke und versuchte, sich den Rhythmus der sich drehenden Flügel einzuprägen. Jetzt! Simon warf sich auf den Boden und schlitterte auf den Propeller zu. Die rotierenden Flügel kamen näher. Simon schloss die Augen und legte schützend die Arme vor sein Gesicht, als er in die sich öffnende Lücke glitt. Kurz spürte er den Luftzug, als das Metall eines Propellerflügels knapp an ihm vorbeiglitt. Dann war er auf der anderen Seite.

In der gleichen Sekunde spürte Simon einen Schlag, er stoppte mit einem Ruck, jemand zerrte an ihm, zumindest kam ihm das so vor. Erschrocken begriff er, dass er zurückgezogen wurde. Ein Blick über seine Schulter verriet ihm, was geschehen war: Zwar war es ihm gelungen, unbeschadet auf die andere Seite zu rutschen, doch dann hatte sich einer der Propellerflügel in seiner Uniform verfangen, in der Ausbuchung, unter der sich sein Rucksack verbarg. Jaulend stemmte sich der Motor gegen den Widerstand. Simon versuchte verzweifelt, die Uniform zu befreien, doch es gelang ihm nicht, sich umzudrehen, seine Hände und Füße fanden auf dem glatten Boden des Schachts keinen Halt. Ruckend drehte sich der Motor weiter. Stück für Stück wurde Simon zurückgezogen.

33

Ben schrie erschrocken auf, als er sah, dass sich die Uniform in dem Propeller verfangen hatte. So schnell er konnte, krabbelte der Junge zurück und versuchte, Simon festzuhalten. Doch der Motor war stärker, er zog Simon unerbittlich immer weiter zwischen die Rotorflügel.

Zu seiner eigenen Verblüffung spürte Simon, wie er wütend wurde anstatt ängstlich. Er hatte so lange gebraucht, hierher zu kommen, der Weg war schwer gewesen und hatte ihm so viel Mut abverlangt. Und jetzt hing er kurz vor seinem Ziel an diesem blöden Propeller fest! Simon hatte die Nase voll von seinem ewigen Kampf. Irgendwann musste doch mal Schluss sein!

Plötzlich ließ die Kraft, die an ihm zerrte, nach. Das Jaulen des Motors verstummte, es wurde schlagartig still. Erstaunt sah Simon auf. Vor ihm kniete der Junge, die Hände ausgestreckt, den Mund zu einem stummen Schrei geöffnet. Er rührte sich nicht. Simon blickte zum Propeller zurück. Auch der Motor stand regungslos. Ein Papierfetzen, der in die Luft geschleudert worden war, hing erstarrt vor ihm, so als hätte Drhans Kälte ihn eingefroren.

Er hatte die Zeit angehalten!

Simon hielt sich nicht damit auf, darüber nachzudenken, was gerade geschah. Er stützte sich an dem vor ihm knienden Jungen ab und drehte sich zum Propeller, um seine am Rotorflügel festgehakte Uniform zu lösen. Es war nicht leicht, doch als er seinen Körper mit all seiner Kraft gegen die Achse des Rotors presste, gelang es ihm, den Uniformstoff über die Spitze des Flügels zu schieben und sich zu befreien. Erleichtert robbte er ein Stück zurück.

Simons Herz klopfte. Erst jetzt wurde ihm wirklich bewusst, was geschehen war: Er hatte in den Lauf der Zeit eingegriffen. Und diesmal hatte er die Zeit nicht nur verlangsamt, sondern tatsächlich gestoppt! Wie hatte er das geschafft?

Er war wütend gewesen, so viel war klar. Hatte seine Wut ihm die Kraft gegeben, die Zeit anzuhalten? Simon konnte sich das nicht vorstellen: Er war schon oft ärgerlich gewesen, und nie war so etwas Seltsames passiert.

Es war mehr als Wut gewesen: Mit aller Kraft seines Herzens hatte er gewollt, dass sein Kampf eine Pause erfuhr, für einen Moment nur. Er hatte in diesem Augenblick nicht darüber nachgedacht, ob er das, was er wollte, tatsächlich schaffen konnte. Er hatte es einfach getan. Und allein dieser Wille hatte ihm die Kraft gegeben, zu erreichen, was er niemals vorher für möglich gehalten hatte.

Die Zeit ruckte erneut, der Propeller drehte sich wieder, Wind strömte durch den Schacht und trieb den Papierfetzen weiter. Ben schrie, während er ein Stück nach vorne stolperte, um im gleichen Moment verblüfft innezuhalten. Entgeistert starrte er Simon an. Für ihn hatte Simon von einem Augenblick zum anderen den Platz gewechselt. Ben wirkte, als könne er nicht glauben, was er sah. Dann lächelte er beeindruckt.

Simon lächelte zurück. »Bring mich zu der Leopardin!«

Ben nickte, sprang auf und kroch weiter durch den Schacht. Simon folgte ihm.

Nach einer Weile machte das Rohr einen Knick, es teilte sich in verschiedene Stränge. Zielstrebig folgte der Junge einem der

Schächte, bis er zu einem Gitter kam, das nur lose auf seiner Halterung lag. Ben schob es leise zur Seite und ließ sich geschickt durch die Öffnung hinabfallen. Simon tat es ihm gleich.

Die Kinder in den Gängen wichen erschrocken zurück, als sie Ben gemeinsam mit Simon durch den Bunker gehen sahen. Ben hatte nach Simons Hand gegriffen, um ihn mit sich zu ziehen. Simon wusste nicht so genau, ob die Kinder mehr darüber erstaunt waren, Simon in der Uniform eines Soldaten zu sehen, oder ob es sie verwunderte, dass Ben, der Junge, den niemand berühren durfte, ihn an der Hand durch ihr Zuhause führte. Die Gefühle der Kinder, die Simon wie in Wellen anbrandeten und gegen die er sich nicht verschloss, zeigten Angst, Überraschung und Neugier. Manche Kinder, die ihn nicht erkannten oder bei seinem letzten Besuch nicht gesehen hatten, fürchteten sich einfach nur.

Plötzlich hallte ein Schrei durch den Gang, gefolgt von einem Lachen. »Das gibt's doch nicht!« Simon drehte sich um, das Lachen klang vertraut. Ein Junge rannte auf ihn zu, er grinste und winkte vergnügt. Simon erkannte ihn nicht sofort in der groben Kleidung, die der Junge trug. Dann sah er die kurzen dunklen Haare, die unter der Kapuze seines Shirts hervorlugten, und darunter das fröhliche Gesicht mit der Stupsnase.

»Filippo!« Simon war baff.

Ohne zu stoppen, lief Filippo auf Simon zu, er sprang ihm in die Arme und riss ihn zu Boden, voller Begeisterung, ihn hier zu sehen. »Das gibt's doch nicht«, wiederholte Filippo und rangelte übermütig mit ihm. »Mann, ist das toll!«

»Hallo, Simon!« Luc drängelte sich durch die Menge der heranströmenden Kinder, er grinste breit und war so froh wie Filippo, ihn hier zu sehen. Auch Tomas kam herbei, er begrüßte

Simon herzlich, nachdem der sich vom Boden aufgerappelt hatte.

Simon freute sich ebenfalls riesig, seine Freunde hier zu treffen. Er war froh, dass sie seinem Rat gefolgt und in die Stadt gegangen waren, um bei den Kindern Unterschlupf zu finden.

»Was habe ich euch gesagt?« Filippo lag auf dem Boden, die Hände unter dem Kopf, als läge er entspannt auf einer Wiese und nehme ein Sonnenbad. »Er kommt wieder!« Er sprang auf und knuffte Simon in die Seite. »Auch wenn er ziemlich bescheuert aussieht in den Klamotten, die er anhat. Ist das wirklich eine Uniform? Bin echt gespannt, wie du uns das erklärst.«

»Ich erzähl's euch später.« Simon hatte keine Zeit für lange Reden. Ihn interessierte jetzt nur eines. »Wisst ihr, was mit Ashakida ist? Man hat mir gesagt, dass sie hier ist. Stimmt das?« Angespannt sah er seine Freunde an.

Schlagartig wurden die drei ernst. Tomas nickte. »Es stimmt, sie ist hier.«

»Es geht ihr nicht gut«, ergänzte Luc bedrückt.

Simon biss sich auf die Lippen. Angst breitete sich in ihm aus. »Dann bringt mich zu ihr. Schnell!«

Luc nickte. Ohne ein weiteres Wort wandte er sich um und rannte voran. Simon folgte ihm, gemeinsam mit den anderen. Auch Ben kam mit ihnen.

Die Nachricht, dass Simon zurückgekehrt war, hatte sich wie ein Lauffeuer im Bunker verbreitet. Aus allen Räumen drängten die Kinder in den Hauptgang. Alle machten Platz, als sie Simon und seine Freunde sahen, sie bildeten eine Gasse, durch die sie ihrem Ziel entgegenliefen. Endlich, sie hatten fast das Ende des Bunkers erreicht, stoppte Luc vor einer Tür. Er wartete, bis

Simon bei ihm war. »Sie ist dort drin.« Bedrückt schlug er den Blick nieder.

Simon hatte einen Kloß im Hals, als er die Tür öffnete und über die Schwelle trat.

Bis auf ein Lager in der Mitte der Kammer war der Raum leer. Die Leopardin lag auf einer Decke, die Füße seitwärts ausgestreckt, den Kopf auf dem Boden. Ihre Augen waren geschlossen. Sie sah furchtbar dünn aus. Für einen Augenblick dachte Simon, dass sie tot sei. Dann sah er, dass sie atmete, sehr schwach nur und mit kurzen Atemzügen.

Simon stürzte zu ihr und ging neben ihr auf die Knie. »Ashakida!« Sanft strich er ihr über das Fell. »Ashakida, ich bin's, Simon.«

Die Leopardin reagierte nicht. Doch Simon glaubte zu spüren, dass ihre flachen Atemzüge etwas tiefer wurden. Hatte sie ihn gehört?

»Ashakida! Ich bin zurückgekommen. Ich bin hier, um dir zu helfen!«

Langsam, so als koste sie die Bewegung unendlich viel Kraft, öffnete sie ihre Augen. »Simon.« Ihre Stimme war leise und fast nicht zu verstehen.

Simon sah, wie sie versuchte, ihren Kopf zu heben, doch sie schaffte es nicht. Behutsam nahm er ihn in seine Hände und bette ihn auf seinem Schoß, sodass sie ihn ansehen konnte. Er streichelte sie. »Jetzt wird alles wieder gut«, sagte er, auch wenn es überhaupt nicht danach aussah. »Alles wird gut, hörst du?«

Ashakida verzog ihr Gesicht, sie versuchte zu lächeln. »Ja«, antwortete sie.

Dann verlor sie das Bewusstsein.

34

»Warmes Wasser! Schnell! Und eine Wanne!« Vorsichtig bettete Simon den Kopf der Leopardin auf der Decke, bevor er aufsprang und versuchte, an seinen von der Uniform bedeckten Rucksack zu kommen. Er hatte sich an die Kräuter erinnert, die ihm Iras Großmutter für Momente wie diesen mitgegeben hatte. Luc sprang ihm zu Hilfe, während Filippo und Tomas losrannten, um das Benötigte zu besorgen.

»Ich krieg den Stoff nicht kaputt!« Luc zerrte an der Uniform, und auch Simon versuchte, das Spinnengewebe aufzureißen. Es war vergeblich, selbst als sie es gemeinsam versuchten: Das weiche Material war unglaublich stabil. Erst jetzt sah Simon, dass der Propeller, dessen Flügel tief im Stoff vergraben gewesen war, keinen Schaden an der Uniform angerichtet hatte. Langsam verstand er, warum Drhan das Spinnengewebe nutzte, um seine Soldaten einzukleiden.

»Igitt!« Erschrocken fuhr Luc zurück. Er hatte die winzigen Spinnen im Gewebe entdeckt. Angeekelt blickte er die toten Tiere an. »Das ist ja widerlich! Wie kommen die denn da hinein?«

»Ich erklär's dir später. Wir brauchen ein Messer, um den Stoff aufzuschneiden.«

Luc nickte und verschwand. Kurze Zeit später kam er mit einer großen angerosteten Schere zurück. Die Schneide glänzte, sie war frisch geschliffen und sehr scharf. Gemeinsam gelang es ihnen, den Stoff der Uniform aufzuschneiden, sie brauchten all ihre Kraft, um mit der Schere das Gewebe zu durchdringen. Die Uniform klappte auf der Vorderseite auseinander, gerade als Tomas und Filippo zurückkamen und eine mit Wasser gefüllte Wanne hereinschleppten und dazu Handtücher und eine weitere Decke.

Simon schälte sich aus der Uniform und setze den Rucksack ab, um ihn zu öffnen und zu durchsuchen. Kurz fürchtete er, die Kräuter nicht eingepackt zu haben, doch schließlich fand er sie, das Säckchen war ganz nach unten gerutscht. So wie er es bei Iras Oma gesehen hatte, schüttete er eine Handvoll der Kräutermischung in das Wasser. Sofort breitete sich in der Kammer ein stechender Geruch aus.

Ashakida regte sich, sie schnüffelte, ohne die Augen zu öffnen. Sie stöhnte auf. Doch Simon hätte schwören können, dass sie sich entspannte und ihr Atem gleichmäßiger wurde.

Behutsam griff er unter den mageren Körper der Leopardin und hob sie in das Wasser. Ashakidas Körper tauchte ein, sie streckte sich und seufzte erneut, und diesmal hörte es sich an, als ob Ashakida die Wärme und die Wirkung der Kräuter als angenehm empfand. Simon hielt ihren Kopf fest, sodass er nicht ins Wasser gleiten konnte, und wandte sich den anderen zu. »Lasst uns bitte alleine, okay?« Er erinnerte sich daran, dass Ashakida es nicht mochte, wenn ihr jemand beim Baden zusah.

Die drei Jungen nickten. Nach einem letzten Blick zur Leopardin hin, verließen sie den Raum. Auch Ben, der sich am Eingang herumgedrückt hatte und Simon nicht alleine lassen wollte, ging mit ihnen, als ihn Simon darum bat.

Eine Weile war es still in der Kammer. Der Atem der Leopardin ging jetzt ruhig und gleichmäßig. Es war, als sauge sie mit jedem Atemzug Kraft in ihren geschundenen Körper. Dann öffnete sie die Augen. Sie betrachtete Simon stumm und Simon wich ihrem Blick nicht aus. Er war froh, wieder bei ihr zu sein.

Ihre Stimme klang vorwurfsvoll, als sie sprach. »Du hättest nicht zurückkommen dürfen.«

Simon hatte keine Lust, beleidigt zu sein. Er lachte stattdessen, während er zärtlich über ihre Ohren strich. »Ganz klar. Das mache ich am liebsten, dich im Stich lassen.«

Die Leopardin musste kichern. Es klang wie ein leises Schnurren, ihre Stimme war immer noch schwach. Dann war es wieder still. Ashakida schloss die Augen, und jeder von ihnen hing seinen Gedanken nach.

Simon öffnete seinen Geist und tastete sich zu den Gefühlen der Leopardin vor. Sie wies ihn zurück, nicht ärgerlich, aber bestimmt, sie wollte nicht, dass er in ihr las. »Erzähl mir, was passiert ist«, sagte sie leise, »das ist mir lieber.«

Simon nahm ihr das Versprechen ab, dass auch sie ihm alles erzählte, was sie erlebt hatte. Dann begann er zu berichten: von Superbia und den Menschen, die dort unter der Erde lebten, von seiner Flucht in den Dschungel und vom zerstörten Tower, von seinem Weg durch das Weltentor in die Höhle des Löwen, dorthin, wo Drhan lebte und herrschte. Er versuchte, seine Abenteuer so harmlos und so ungefährlich wie möglich darzustellen, um die Leopardin nicht aufzuregen. Doch immer wieder hielt sie den Atem an, es war einfach zu spannend, was er erzählte. Obwohl sie wusste, dass er alles gut überstanden hatte, fieberte sie mit ihm, während er ihr von seiner Flucht aus dem Tower in die verlorene Stadt berichtete und erzählte, wie er erst die Kinder und dann den Weg zu ihr gefunden hatte.

Sie blickte ihn mit großen Augen an, als er geendet hatte. Simon spürte, dass sie davon beeindruckt war, was er alles auf sich genommen hatte, um zu ihr zurückzukehren.

Dann erzählte Ashakida. Ihre Stimme klang schon etwas fester, freute sich Simon, als sie mit ihrem Bericht begann. Gespannt hörte er ihr zu, und genau wie sie in die seinen tauchte er in ihre Worte ein. Simon fühlte mit ihr und sah alles, was sie erzählte, so lebendig vor sich, als sei er selber dabei gewesen.

Nachdem Simon mit seinem Großvater in das Fass geklettert war, hatte Ashakida die angehaltene Zeit wieder gelöst. Im nächsten Augenblick hatte das Wasser sie erfasst und mit sich gerissen. Zusammen mit dem Fass, in dem Simon und der Großvater hockten, trieb Ashakida durch den unterirdischen Schacht bis in die Halle des alten Bahnhofs. Oft glaubte sie, ertrinken zu müssen, doch es gelang ihr immer wieder, etwas Luft zu schnappen, wenn ihr Kopf die Wasseroberfläche des reißenden Flusses durchstieß. An der Treppe, die in die Bahnhofshalle hinabführte, schleuderte eine Welle sie aus dem Wasser. Geistesgegenwärtig stoppte Ashakida die Zeit, das Wasser erstarrte, und es gelang ihr, über den erstarrten Stundenfluss zu klettern und sich mit letzter Kraft auf einem Vorsprung in Sicherheit zu bringen.

Dort hatten am nächsten Tag Tomas, Filippo und Luc sie gefunden. Ashakida wusste nichts davon, sie war bewusstlos gewesen, als die drei sie entdeckt hatten. Die Jungen hatten ihr später erzählt, dass Luc bei ihr als Wache zurückgeblieben war, während die anderen sich auf den Weg machten, um Philjas Familie zu finden. Es dauerte mehr als einen Tag, bis Tomas und Filippo gemeinsam mit den Kindern zurückkamen und Ashakida in den Bunker brachten.

Ashakida schwieg eine Weile, nachdem sie ihren Bericht beendet hatte. Dann öffnete sie die Augen und sah Simon lange stumm an. Er musste sich beherrschen, abzuwarten und nicht in ihren Gefühlen zu lesen.

Sanft stupste Ashakida mit ihrer Schnauze gegen seine Brust. »Danke, dass du gekommen bist.«

»War doch selbstverständlich.«

»Nein, das war es nicht.«

Simon runzelte die Stirn. »Glaubst du wirklich, ich hätte dich im Stich gelassen?«

»Du hast eine Aufgabe, Simon, und die ist wichtiger als ich!« Ashakida versuchte sich aufzurichten. »Dein Großvater sagt, du bist Salvatore! Du bist auserwählt. Denk an die Legende, die ich dir erzählt habe.«

»Die von Aphyr, der Göttin, die alles erschaffen hat.« Simon musste lachen.

Ashakida sah ihn irritiert an. »Ja. Ich glaube daran. Und ich glaube an dich, Simon. Wenn es jemand schafft, die Welten wieder zu vereinen, dann du.« Ashakida schloss die Augen und legte ihren Kopf wieder in die Hände von Simon, um mit ruhigen Atemzügen die von der Wasseroberfläche aufsteigenden Dämpfe einzuatmen.

Simon betrachtete sie nachdenklich. Aphyr war keine Göttin, sondern der Name einer Firma, in der technische Geräte hergestellt wurden. Die Legende stimmte nicht. Und das bedeutete, dass er nicht der Auserwählte war.

Doch durfte er Ashakida das sagen? Glaube verleiht Kraft, denn wer an etwas glaubt, verspürt Zuversicht und Stärke. Sollte er ihren Glauben erschüttern? Sollte er ihr die Hoffnung nehmen? Simon fand, dass es nur eine Antwort gab: Er durfte ihr nichts davon erzählen, zumindest nicht im Moment. Erst musste sie wieder zu Kräften kommen, dann wäre immer noch genug Zeit, ihr die Wahrheit zu sagen.

Obwohl er davon überzeugt war, die richtige Entscheidung zu treffen, hatte Simon ein schlechtes Gewissen, als er sie aus dem Kräuterbad hob und auf die Decke legte. Behutsam trocknete er ihr mit dem Handtuch das Gesicht, dann rubbelte er sanft mit dem Handtuch das Fell. Ashakida streckte sich unter seinen Berührungen und drehte sich auf die andere Seite, damit er auch dort ihr Haarkleid trocknen konnte. Sie war eingeschlafen, noch bevor er fertig war.

Ein Geräusch ließ ihn aufmerken, die Tür der Kammer öffnete sich. Luc kam herein, er flüsterte, als er sah, dass die Leopardin schlief. »Die Ältesten der Familie wollen dich sprechen. Im großen Raum. Sie warten auf dich.«

Simon nickte. Vorsichtig, um sie nicht zu wecken, legte er die zweite Decke über Ashakida. Die Leopardin seufzte und rollte sich ein. Ruhig schlief sie weiter.

Simon betrachtete sie einen Moment. Es war richtig, hier bei ihr zu sein, und es war ein gutes Gefühl, dass er ihr wirklich helfen konnte. Simon war froh, dass er sich nicht hatte beirren oder von seiner Angst leiten lassen.

»Kommst du?« Luc stand wartend im Eingang.

Simon sah ihn an und nickte.

35

Luc wartete, während Simon leise die Tür der Kammer schloss. Dann ging er voran, um ihm den Weg zum Versammlungsraum zu zeigen. Simon folgte Luc nachdenklich. Jetzt, da er Ashakida gefunden hatte und sich nicht mehr um sie sorgen musste, wurden ihm all die anderen Fragen bewusst, die er noch nicht gestellt hatte.

»Was ist mit Ira?« Simon schloss zu Luc auf und blickte ihn fragend an. Er hatte ein schlechtes Gewissen, sich nicht sofort nach ihr erkundigt zu haben.

Luc schüttelte traurig den Kopf. »Sie ist immer noch verschwunden. Genauso wie dieser Philja.« Luc hatte das Oberhaupt der Familie nicht persönlich kennengelernt, da er mit Filippo und Tomas erst nach Simons Flucht zu den Kindern in den Bunker gestoßen war.

Simon schwieg nachdenklich. Philja hatte ihm sehr geholfen und dabei sehr viel riskiert, als er mit ihnen zum alten Bahnhof gegangen war. Dort hatten sich Simon und Ashakida von ihm und von Ira getrennt. Doch offenbar waren die beiden nicht sofort in den Bunker zurückgekehrt. Simon hatte Iras Schrei gehört, als die Soldaten sie und Philja ergriffen hatten.

»Ich würde gerne erst mit euch sprechen. Mir dir, Filippo und Tomas.« Simon legte seine Hand auf Lucs Oberarm. »Ich möchte von euch hören, was bisher passiert ist, bevor ich mit den Kindern spreche. Geht das?«

»Klar.« Luc überlegte kurz, dann führte er Simon in einen Schlafraum, in dem mehr als zwanzig Betten standen, der jetzt aber verlassen war. Vermutlich befanden sich alle Kinder, die hier im Bunker lebten, im Versammlungsraum oder drängten sich in den Gängen davor.

»Warte hier.« Luc eilte davon.

Simon setzte sich auf eines der Betten. Er war erschöpft von den Ereignissen, die hinter ihm lagen. Gerne wäre er jetzt bei Ashakida, um sich mit ihr auszuruhen. Es war sicher in Ordnung, dachte er, wenn er sich stattdessen hier ausstrecken würde, nur für einen kurzen Moment, bis Luc mit Tomas und Filippo zurückkam. Simon schlüpfte aus seinen Schuhen und legte sich auf das Bett. Sekunden später schlief er tief und fest.

Er schreckte auf, als ihn jemand an der Schulter berührte und sanft rüttelte. »Wach auf, du Penntüte!« Filippo beugte sich über ihn und grinste ihn breit an. Simon brauchte einen Moment, um zu begreifen, wo er war. Er hatte von zu Hause geträumt, von seinen Eltern und von seinem Bruder Tim, und der Traum war so wirklich gewesen, dass ihm für einen Augenblick der Bunker und seine drei Freunde, die sich um das Bett drängten, unwirklich vorkamen.

Simon richtete sich auf und rieb seine Augen. Er war immer noch furchtbar müde. »Wie lange habe ich geschlafen?«

»Fast zwei Stunden.« Filippo setzte sich neben ihm auf das Bett.

Simon war erschrocken. »Aber die Kinder warten auf mich!«

»Keine Sorge.« Luc lächelte beruhigend. »Wir haben ihnen gesagt, dass du dich erst ausruhen musst. Sie haben das verstanden.«

»Was blieb ihnen anderes übrig.« Filippo wippte vergnügt auf und ab, sodass die Federn in der Matratze quietschten. »Tomas hat ihnen ja deutlich gesagt, was er machen wird, falls jemand Simon aufweckt.«

Tomas verzog genervt sein Gesicht, er fand es offenbar daneben, dass Filippo davon erzählte.

Simon suchte Tomas' Blick. »Danke.« Er hatte nicht vergessen, dass Tomas auf ihn ärgerlich gewesen war, als er Avaritia durch das Weltentor verlassen hatte. Tomas war der Meinung gewesen, Simon habe Ira im Stich gelassen. Ein bisschen fand Simon das auch, obwohl er wusste, dass es die richtige Entscheidung gewesen war, Ira vor dem Bahnhof bei Philja zurückzulassen. Er hatte nicht ahnen können, dass die beiden nicht sofort in den sicheren Bunker zurückkehren würden. Hätte er sie hingegen mitgenommen, dann hätte sie der Stundenfluss erfasst, und das wäre ihr sicherer Tod gewesen. Ira hatte nicht die Fähigkeit, die Zeit anzuhalten, so wie Ashakida es konnte.

Und so wie er es konnte, fiel ihm ein. Simon wurde ein wenig schummerig bei dem Gedanken. Manchmal kam ihm alles, was passierte, vollkommen unwirklich vor.

Er schob seine Gedanken beiseite und begann damit, seine Freunde auszufragen. Ihn interessierte, was sie über Iras Verschwinden wussten und was sie bisher getan hatten, um Ira und Philja zu finden. Tomas erzählte bedrückt, dass die Kinder der Familie zu viel Angst hatten und nicht wussten, was sie machen sollten. Mit Philja war auch ihr gewähltes Oberhaupt verschwunden, und die Familie hatte im Moment niemanden, der sich für alles verantwortlich fühlte und der mutig genug war, eine Entscheidung zu treffen. Auch Libor, der oberste Ratsherr, den Tomas zusammen mit Luc aufgesucht hatte, fühlte sich weder für Ira noch für Philja zuständig. Aus den Katakomben der Stadt verschwanden andauernd Kinder, die meisten, kurz bevor sie zu Erwachsenen wurden, das galt hier unten in den Gängen unter der Stadt als normal und kaum als Grund, sich aufzuregen.

Simon war bedrückt, als seine Freunde ihren Bericht beendet hatten. Er sah auf. »Was sollen wir jetzt tun?«

Niemand sagte etwas. Simon erkannte an den Blicken der anderen, dass sie die Antwort auf die Frage von ihm erwarteten. Er überlegte kurz, während er vom Bett aufstand und sich durch seine vom Schlaf zerwühlten Haare strich. Es gab nur eine Möglichkeit, fand Simon. »Wir werden sie suchen, Ira und auch Philja. Lass uns zu den Kindern gehen und sie fragen, ob sie uns dabei helfen.«

Tomas nickte zustimmend, und auch Filippo und Luc signalisierten, dass sie mit dem Vorschlag einverstanden waren. Simon hatte den Eindruck, seine Freunde waren froh, dass er die Sache in die Hand nahm.

Schweigend gingen sie die Gänge hinunter. Je näher sie dem Zentrum des Bunkers kamen, desto voller wurde es. Direkt vor dem Versammlungsraum standen die Kinder dicht gedrängt, jeder sah neugierig zu ihnen hin. Simon lächelte etwas unsicher: Er mochte es nicht, im Mittelpunkt der Aufmerksamkeit zu stehen. Aber wenn es nötig war, um Ira zu helfen, dann schaffte er auch das.

Zu Simons Überraschung war der Versammlungsraum leer bis auf eine Handvoll Jugendlicher, die zusammenstanden und leise miteinander redeten. Es waren die Ältesten der Familie. Sie verstummten, als Simon gemeinsam mit Tomas, Filippo und

Luc durch den Eingang trat. Die Kinder, die draußen im Gang standen, reckten ihre Köpfe, um einen Blick in das Innere des Raumes zu erhaschen. Doch keiner folgte ihnen, offenbar hatten sich alle abgesprochen. Nur der kleine Ben huschte unbemerkt durch den Türspalt, gerade als ein älterer Junge die Tür hinter Simon schloss.

Simon brauchte sich nicht anzustrengen, um in den Ältesten zu lesen, sie verbargen ihre Gefühle nicht und waren für ihn wie ein offenes Buch. Simon spürte Abwehr, etwas Angst und sehr viel Gleichgültigkeit. Es war das stärkste Gefühl, es überdeckte alle anderen. Simon war erstaunt. Er hätte alles erwartet, nur nicht das.

Die Ältesten verständigten sich kurz mit ihren Blicken, dann trat einer von ihnen vor. Es war ein langer dünner Junge mit gelocktem Haar, Simon hatte ihn schon öfter im Bunker gesehen. »Mein Name ist Nicolas«, stellte er sich vor. »Ich bin der Nachfolger von Philja. Die Familie hat mich gerade zum neuen Oberhaupt gewählt.«

»Und?« Simon betrachtete den Lockenkopf misstrauisch. Er ahnte, was Nicolas ihnen sagen wollte. »Ihr gebt Philja auf, richtig? Und Ira auch. Euch ist egal, was mit ihnen passiert.«

Nicolas schüttelte den Kopf. »Das ist es nicht. Aber was wir denken, spielt keine Rolle. Es macht einfach keinen Sinn, sie zu suchen.«

Simon merkte, wie er wütend wurde. »Macht es mehr Sinn, seine Freunde im Stich zu lassen?«

»Selbst wenn wir sie finden, wir können ihnen nicht mehr helfen. Sie sind jetzt Schläfer.«

»Dann wecken wir sie auf!«

Nicolas lachte. »Hast du schon einmal einen Schläfer gesehen? Oder versucht, mit einem von ihnen zu reden? Das ist unmöglich.«

Simon erinnerte sich daran, wie er Maria oben in der Stadt getroffen hatte. Sie stammte aus Iras Dorf und gehörte zu den Dorfbewohnern, die von den Soldaten hierher gebracht und zu Schläfern gemacht worden waren. Er hatte sie angesprochen, doch sie hatte ihn weder erkannt noch auf ihn reagiert. Auch vorhin war es ihm nicht gelungen, sich mit einem der Schläfer zu verbinden.

Doch er wollte nicht aufgeben. »Es muss doch irgendeinen Weg geben, an sie heranzukommen.«

»Vielleicht, ja. Aber wir kennen ihn nicht. Kennst du ihn?« Nicolas betrachtete ihn forschend.

Simon wusste keine Antwort, denn natürlich hatte er keine Ahnung, wie man die Erwachsenen aus ihrer Trance riss. Doch war das ein Grund, sie aufzugeben?

»Tut mir leid.« Bedauernd legte Nicolas seine Hand auf Simons Schulter. Die Sache war damit für ihn erledigt. Mit einem Kopfnicken bedeutete er den anderen Jugendlichen, mit ihm den Versammlungsraum zu verlassen.

Simon sah ihnen erschüttert nach. Er hatte gehofft, die Kinder umzustimmen und auf seine Seite ziehen zu können.

Tomas wirkte nachdenklich. »Was ist, wenn er recht hat? Was ist, wenn man die Schläfer wirklich nicht wecken kann?«

Bevor Simon antworten konnte, spürte er etwas an seiner Seite: Eine kleine Hand stupste ihn an. Erstaunt sah Simon, dass Ben neben ihm stand und seine Aufmerksamkeit suchte. Bens Augen funkelten.

Simon beugte sich zu ihm herab. Er wusste nicht warum, aber plötzlich klopfte sein Herz schneller.

Ben stellte sich auf die Zehenspitzen, um Simons Ohr zu erreichen. »Nicht alle Schläfer schlafen«, flüsterte er.

»Woher weißt du das?« Simon sah ihn mit großen Augen an. »Wer schläft nicht?«

Ben lächelte verschwörerisch. »Meine Mama.«

36

Angespannt lief Ashakida in ihrer Kammer hin und her. Ihr Schwanz peitschte unruhig. »Das ist verrückt, was du vorhast!« Sie fauchte wütend und ihre Zähne blitzten auf.

Simon war enttäuscht. Er hatte gehofft, dass Ashakida begeistert sei oder ihn zumindest unterstützte. Jetzt hörte sie sich genauso an wie die Kinder im Bunker, denen er von seinem Plan erzählt hatte: Sie alle waren der Meinung, dass es viel zu gefährlich war, hinauf in die Stadt zu gehen und Bens Mutter zu suchen. Kaum jemand konnte sich vorstellen, dass Ben sie tatsächlich gefunden hatte. Dass sie kein Schläfer war, glaubte niemand.

»Was ist, wenn er recht hat?« Simon war von der Vorstellung ganz aufgeregt. »Wenn seine Mutter wirklich nicht schläft wie die anderen Erwachsenen in der Stadt, dann kann sie uns vielleicht sagen, wie man einen Schläfer aufweckt. Und dann helfen uns die Kinder bei der Suche nach Ira und Philja!«

»Das glaubst du doch selber nicht.« Die Leopardin schüttelte sich. »Die haben viel zu viel Angst.«

»Du doch auch.« Herausfordernd blickte Simon sie an.

»Ja, um dich! Das ist ja wohl etwas anderes.« Die Augen der Leopardin funkelten. »Du gehst auf keinen Fall alleine!«

Simon schüttelte den Kopf. »Nein, Ashakida. Du bist noch zu schwach. Du kannst nicht mitkommen.«

»Du hältst mich nicht auf!« Erneut fauchte die Leopardin, und es klang entschlossen.

Anstatt weiter mit ihr zu streiten, zog Simon sie an sich und strich beruhigend über ihr Fell. Ihr vor Aufregung zitternder Körper beruhigte sich in seinen Armen.

»Verstehst du mich nicht?« Ashakida knurrte leise, es klang wie ein Schnurren, das tief aus ihrer Kehle kam. »Es ist meine Aufgabe, auf dich aufzupassen. Ich habe es deinem Großvater versprochen.«

Simon nickte ernst. »Ich weiß. Nur, wenn Opa jetzt hier wäre, dann würde er dir genau das Gleiche sagen wie ich. Du musst dich erholen, Ashakida! Sieh dich doch an! Wenn ich nur einen oder zwei Tage später gekommen wäre …« Er stockte. Simon mochte sich nicht vorstellen, was dann passiert wäre. Der Gedanke, dass der Leopardin etwas zustoßen könnte, schnürte ihm die Kehle zusammen. Er knuffte sie behutsam. »Du hilfst mir am meisten, wenn du dich ausruhst. Ich brauche dich, verstehst du? Bitte nimm dir die Zeit, wieder ganz gesund zu werden.«

Ashakida seufze tief und schwieg.

Simon löste seine Umarmung. »Ich lass die Kräuter hier. Luc wird dir beim Baden helfen. Oder er holt dafür ein Mädchen aus dem Bunker, wenn dir das lieber ist. Okay?« Fragend sah er sie an.

Die Leopardin knurrte leise, dann nickte sie.

Eine halbe Stunde später war alles vorbereitet. Filippo und Tomas hatten von den Kindern graue Mäntel bekommen, die sie sich überwerfen konnten, wenn sie in den Straßen der Stadt unterwegs sein sollten. Simon war wieder in die Uniform der Soldaten gestiegen und hatte den Schnitt, mit dem er die graue

Hülle geöffnet hatte, notdürftig zugenäht. Ben lehnte alles, was sie ihm anboten, ab.

Ihre Anspannung war mit den Händen zu greifen, als sie vor der Pforte des Bunkers standen. Ben hatte in den Lüftungsschacht klettern wollen, um durch den Rotor zu springen, so wie er es immer tat, wenn er die Bunkeranlage verließ. Doch Simon hatte ihn überzeugen können, gemeinsam mit ihnen den Ausgang zu benutzen. Nicolas, der sie bis hierher begleitet hatte, nickte ihnen noch einmal zu, dann gab er den Wachen das Zeichen, den Durchgang zu öffnen. Die beiden Mädchen zogen die schwere Tür ein Stück auf und ließen die vier durch den Spalt hinaus.

Ben übernahm die Führung, kaum dass das Geräusch der zufallenden Bunkertür im Treppenschacht verhallt war. Behände huschte er die Stufen hinauf. Simon, Tomas und Filippo hatten Mühe, ihm zu folgen. Schnell wurde deutlich, wie gut sich Ben in der Welt hier unten auskannte. Immer wieder führte er sie abseits der üblichen Wege, er kletterte über Leitern, robbte durch Schächte oder verkürzte die Strecke, in dem er sich an Rohren entlangquetschte oder unter Sperren hindurchschob. Sie passierten schummerige Gänge, überquerten Kanäle und öffneten Durchgänge, wo Simon sie niemals vermutet hätte. Bald hatte er die Orientierung verloren. Ben hingegen bewegte sich sicher in dem unterirdischen Labyrinth.

An einer Metalltür stoppte er schließlich und wartete, bis Simon, Filippo und Tomas aufgeschlossen hatten. Filippo schnaufte, er war außer Atem.

»Sind wir da?« Simon sah Ben gespannt an.

Ben nickte. Mit einer geschickten Handbewegung zog er einen Schlüssel aus einer Mauerritze und entriegelte damit das

Türschloss. Er bedeutete ihnen, leise zu sein, bevor er die Klinke herabdrückte und den Durchgang öffnete. Lautlos schlich er auf die andere Seite. Die anderen taten es ihm gleich. Während Ben die Tür wieder verschloss, sah sich Simon neugierig um. Sie standen in einer Tiefgarage, langgestreckte Wagen mit eigenartigen Heckflossen an den Kotflügeln parkten in den aufgemalten Nischen. Alles war staubbedeckt, der Raum wurde seit Jahrzehnten nicht mehr benutzt. Ben führte sie zu einer Treppe, die neben einem verschlossenen Aufzug nach oben führte. Ohne ein Geräusch zu machen, huschte er die Stufen hinauf. Die anderen folgten ihm.

Plötzlich stutzte Simon: Von oben war ein eigenartiges Geräusch zu hören, ein leises Getrappel, wie das Prasseln von Hagelkörnern, die auf den Boden prallten. Simon brauchte einen Moment, um zu erkennen, was sich hinter dem Klang verbarg: Dort oben mussten viele Menschen unterwegs sein, es war das Geräusch ihrer Schritte, das sie hörten. Niemand dort oben sagte ein Wort.

Ben stoppte vor dem letzten Treppenabsatz. Die Schritte waren jetzt deutlich zu hören, es war das Klacken von Absätzen auf glattem Steinboden. Filippo wollte neugierig seinen Kopf um die Ecke strecken, doch Ben hielt ihn in letzter Sekunde zurück. Murrend hockte sich Filippo auf eine der Stufen.

Sie mussten nicht lange warten. Eine Sirene heulte auf, das Getrappel verstummte. Alle bis auf Ben zuckten zusammen.

»Jetzt!« Ben gab ihnen ein Zeichen, ihm zu folgen.

Sie erreichten das Ende der Treppe. Vor ihnen öffnete sich die Eingangshalle eines der Hochhäuser der Stadt, es war ein imposanter, mit Marmorplatten ausgelegter Raum. Die Wände waren mit Holzpaneelen verkleidet, unter der Decke hing ein riesiger Kronleuchter. Die Halle war voller Schläfer, alle standen regungslos und starrten mit stumpfem Blick zum Ausgang. An einem Tresen lehnte ein Soldat, er überwachte den Raum und blickte gerade zu einer Gruppe von Schläfern, die sich an der Eingangstür in zwei Reihen formierte. Kein Laut war zu hören bis auf das Geräusch ihrer Schritte, es verstummte nach und nach, als die Schläfer ihren Platz erreicht hatten. Der helle Ton ertönte, die Gruppe setzte sich in Bewegung. Es war Schichtwechsel, die Arbeiter in den Fabriken wurden ausgetauscht.

Den Atem angehalten, huschten die vier Jungen durch die Halle. Niemand bemerkte sie, auch nicht der Soldat, der den aus dem Haus marschierenden Arbeitern hinterhersah. Sie erreichten das Treppenhaus auf der anderen Seite, gerade als die Sirenen ein zweites Mal aufheulten und die Starre, in die die übrigen Schläfer verfallen waren, sich löste.

Die Treppe, die sie jetzt hinaufstiegen, war breiter und wirkte freundlicher als die enge Stiege, die zur Tiefgarage hinabführte. Ben lachte fröhlich, als er die Stufen hinaufsprang. Jetzt schien keine Gefahr mehr zu herrschen, hier oben waren sie sicher. Sie erklommen Stockwerk für Stockwerk, bis Ben endlich vor einer Wohnungstür stoppte. Filippo schnaufte, und auch Simon und Tomas waren außer Atem.

»Sind wir da?«, fragte Simon.

Ben nickte aufgeregt.

Die Tür war nicht verschlossen, Ben öffnete sie und betrat die Wohnung. Er tastete nach Simons Hand und zog ihn mit sich. Zögernd blieben Tomas und Filippo am Eingang zurück.

Die Wohnung war groß und hell, mit einem langen Flur und vielen Zimmern, in denen sich große Fenster zur Straße öffneten. Betten standen dicht an dicht, genau wie in den Schlafräumen im Bunker, in dem die Kinder Schutz gesucht hatten. Bens Ziel war eines der hinteren Zimmer, er führte Simon in den Raum, ohne seine Hand loszulassen. Eine Gestalt stand am Fenster, sie blickte hinaus, es war eine Frau mit kurzen blonden Haaren.

»Ist sie das?«, fragte Simon.

Ben nickte und rannte zu ihr. »Mama!« Er ergriff ihre Hand und zog sie herum. »Schau, wen ich mitgebracht habe!«

Das Gesicht der Frau war ohne Reaktion, auch als Simon lächelte und auf sie zuging. Es war, als würde sie durch ihn hindurchstarren.

»Hallo, können Sie mich verstehen?«

Die Frau rührte sie nicht. Simon hatte den Eindruck, dass sie mit offenen Augen schlief. Enttäuschung machte sich in ihm breit. »Ich dachte, sie ist wach.«

»Ist sie doch auch.« Ben zupfte am Arm der Frau. »Mama, sag was!«

Keine Reaktion.

Tomas betrat den Raum. Fragend sah er Simon an. Der schüttelte den Kopf. »Sie ist ein Schläfer.« Enttäuscht setzte er sich auf eines der Betten. Was sollten sie denn jetzt nur tun?

»Du bist kein Soldat, oder?«

Simon sah auf. Die Frau hatte sich ihm zugewandt. Ihr Blick wirkte wach. »Wer bist du?«

Ben antwortete für ihn. »Das ist Simon. Der Junge, von dem ich dir erzählt habe.«

Simon erhob sich verblüfft. »Sie schlafen nicht?«

Die Frau schüttelte den Kopf. Sie lächelte.

Die Enttäuschung, die sich in Simon breitgemacht hatte, wich Hoffnung. Gespannt sah er Bens Mutter an. »Wie haben Sie das gemacht?«

37

Bens Mutter sah Simon erstaunt an, sie verstand seine Frage nicht. »Was soll ich gemacht haben?«

»Sie sind kein Schläfer? Warum?«

»Ich weiß es nicht. Ich bin einfach aufgewacht.«

Simon runzelte die Stirn. »Aber es muss doch einen Grund gegeben haben, warum das passiert ist.«

Bens Mutter hob ratlos die Schultern. »Ich weiß ja noch nicht einmal, wie ich hierher gekommen bin.« Sie erzählte, dass Soldaten ihr Dorf gestürmt hatten, um allen Bewohnern zu befehlen, auf Lastwagen zu steigen. »Wir wurden in eine Fabrikhalle am Rand der Stadt gebracht, dort warteten Männer mit Atemschutzmasken und Spritzgeräten auf uns. Die haben uns mit einer Flüssigkeit eingenebelt, es roch süß und ziemlich ekelig. Das ist das Letzte, woran ich mich erinnere.« Dann sei sie irgendwann wieder aufgewacht. Sie habe hier auf dem Fußboden gelegen, berichtete Bens Mutter, und habe nicht aufstehen können. Sie vermutete, dass sie ihr Bein gebrochen hatte. »Und dann war Ben bei mir.« Sie lächelte und strich liebevoll ihrem Jungen über das Haar.

Erst jetzt, als sie einen Schritt auf Ben zumachte, sah Simon, dass sie humpelte.

»Ben hat mich versorgt, er hat mir zu essen und zu trinken gebracht und war bei mir, solange alle anderen weg waren. Das macht er jetzt noch. Er kommt fast jeden Tag.« Sie zog ihn an sich. Ben lächelte und schloss die Augen, als er seinen Kopf an ihre Seite legte.

Simon machte der Anblick traurig, denn er musste an seine eigene Mutter denken. Er vermisste sie sehr.

Ein Poltern unterbrach sie, kurz darauf kam Filippo in den Raum. Er hatte ein Glas in der Hand, ein Rest Wasser war darin. »Mann, schmeckt das ekelig!« Filippo wischte sich mit Ärmel den Mund ab, offenbar hatte er gerade das Glas leer getrunken. »Die Küche ist dahinten. Holt euch doch auch was zu trinken.« Er stolperte erneut. »Hoppla.« Er lachte.

Simon lachte nicht. Ihm kam ein unheimlicher Gedanke. Angespannt wandte er sich Bens Mutter zu. »Sie sagen, Ben hat sie versorgt. Ist das richtig?«

»Ja. Er hat mir zu essen und zu trinken gebracht. Ich konnte ja nicht aufstehen.«

Simon sah zu Ben. »Woher hast du das Wasser geholt? Aus der Küche, in der Filippo gerade eben war?«

Ben schüttelte den Kopf. »Ich komme hier nur ganz schwer an den Wasserhahn. Außerdem riecht das Wasser komisch.« Ben erzählte, dass er das Essen und Trinken für seine Mutter aus den Katakomben unter der Stadt hierher brachte.

Filippo lachte erneut, er torkelte etwas und musste sich abstützen, um nicht zu fallen. »Holla! Warum wackelt denn der Boden so?« Er legte seine Hand über seine Augen. »Ich glaub, mir wird schlecht.«

Tomas griff Filippos Arm. Er musterte ihn besorgt.

Simon sah seinen Verdacht bestätigt. »Es ist das Wasser! Sie betäuben alle Erwachsenen, die sie in die Stadt bringen, und dann sorgen sie dafür, dass sie nicht mehr aufwachen. Indem sie das Wasser vergiften.«

Filippo rutschte das Glas aus der Hand, klirrend zerschellte es auf dem Boden. Er tastete nach Halt, sein Blick wurde glasig. »Helft mir, bitte ...«, stammelte er, bevor er erstarrte und ins Leere blickte.

Ben betrachtete ihn interessiert. »Ist er jetzt ein Schläfer?«

Tomas rüttelte Filippo. »Hey, sag was!«

Filippo reagierte nicht.

»Wir müssen ihn hier wegbringen! Sofort!« Simon griff nach Filippos Arm, um ihn aus dem Zimmer zu führen. Filippo folgte ihm willenlos. »Los, kommt alle mit.« Er sah zu Bens Mutter zurück. »Sie auch. Sie müssen unbedingt den Kindern erzählen, dass Schläfer wieder aufwachen können.«

Ben zupfte an Filippos Ärmel. »Bleibt der jetzt so?«

Simon lächelte beruhigend. »Deine Mama ist wieder aufgewacht. Filippo wird auch wieder aufwachen.«

Gemeinsam verließen sie die Wohnung. Filippo stolperte mit ihnen die Treppe hinab. Simon hatte den Eindruck, als versuche Filippo immer wieder, die Betäubung, die seinen Geist umklammerte, zu durchstoßen, doch seine Bewegungen wurden immer gleichförmiger, bis sein Gang und sein Verhalten dem der Schläfer draußen auf der Straße glich.

Tomas nahm Simon beiseite. »Wie sollen wir ihn durch die unterirdischen Gänge bekommen? Das schafft der niemals in diesem Zustand!«

Simon antwortete nicht. Er stellte sich die gleiche Frage und zermarterte sich sein Hirn, um eine Lösung zu finden.

Vor dem letzten Treppenabsatz stoppte Ben. »Wir müssen auf die Sirene warten.«

Doch Simon hatte eine Entscheidung getroffen. »Ich gehe vor und nehme Filippo mit. Ihr nehmt den gleichen Weg zurück, den wir gekommen sind.«

Tomas war erstaunt. »Wie willst du Filippo durch die Stadt bringen?«

Simon zog sich seine Uniform zurecht. »Als Soldat.«

Tomas antwortete nicht. Doch Simon hätte schwören können, dass er Anerkennung in seinem Blick sah.

»Viel Glück.« Tomas boxte mit der Faust gegen Simons Schulter. Dann zog er ihn an sich und umarmte ihn.

Simon war froh, es bedeutete ihm viel, dass Tomas ihm vertraute. Er erwiderte die Umarmung, dann verabschiedete er sich von Bens Mutter. Auch Ben umarmte Simon.

Noch einmal holte er tief Luft, er sammelte sich wie ein Schauspieler vor seinem Auftritt. Dann straffte er seinen Körper und ergriff Filippos Arm, um mit festem Schritt die Treppe hinabzugehen.

Der Soldat am Tresen schaute erstaunt auf, als Simon mit Filippo durch die Halle marschierte. »Was machst du denn hier?« Er runzelte die Stirn.

»Sonderauftrag.« Etwas Besseres fiel Simon als Antwort nicht ein. Vielleicht war es nicht schlecht, dachte er, möglichst wenig zu reden. Seine Stimme war noch nicht so tief wie die eines Mannes, und je weniger er sagte, desto weniger fiel das auf.

Der Soldat starrte ratlos auf eine Liste, die vor ihm lag. »Davon weiß ich aber nichts.«

Ohne langsamer zu werden, ging Simon am Tresen vorbei. Er hob stumm seine Hand zum Gruß und steuerte den Ausgang an. Sein Herz klopfte ihm bis zum Hals. Jeden Moment rechnete er damit, dass der Soldat seinen Platz verließ und ihnen nachkam. Doch es blieb still hinter ihnen und sie verließen unbehelligt das Gebäude.

Draußen war es diesig, dichter Nebel trieb durch die Straßen. Simon spürte den Hustenreiz in seiner Kehle aufsteigen. Er orientierte sich kurz, dann schlug er die Richtung ein, in der er die unterirdische Wohnstatt der Kinder vermutete. Es war nicht lange her, dass ihn die drei Jungen zum Bunker geführt hatten, und Simon hoffte, die Straße mit dem Eingang zu erkennen, wenn er sie sah.

Er entdeckte den Tower, als er die nächste Kreuzung erreicht hatte und die Straßen hinabblickte. Der Turm überragte alles, das machte es leicht, ihn zu finden. Die Richtung, die Simon gewählt hatte, stimmte. Zügig ging er weiter, Filippo stolperte willenlos neben ihm her. Hätte Simon nicht Filippos Oberarm ergriffen, um ihn zu führen, hätte sich Filippo in den Strom der Schläfer eingereiht. Vermutlich, überlegte Simon, verschwanden so die Kinder, die groß genug waren, in Drhans Fabriken zu arbeiten: Die Soldaten betäubten sie, und waren sie erst einmal zu Schläfern geworden, taten sie alles, was Drhan von ihnen verlangte. Das Wasser, das alle tranken, erneuerte die Wirkung der Droge, mit der Drhan die Menschen seinem Willen unterwarf.

Sie kamen zügig voran, viel schneller als beim Hinweg durch den Untergrund. Anfangs war Simon auf dem Fußweg gegangen und hatte sich dort durch die Menge der Schläfer gedrängelt, doch bald schon war er hinaus auf die Straße getreten. Er war ein Soldat, der einen Schläfer durch die Stadt führte – Simon hoffte, sein Anblick würde keine Aufmerksamkeit wecken. Er wollte Filippo so schnell wie möglich in Sicherheit bringen.

Plötzlich ertönte ein Motorengeräusch, im gleichen Augenblick bog ein Geländewagen um die Ecke. Simon entdeckte die Patrouille zu spät, es blieb keine Zeit, auf den Gehweg zu springen und in der Menge der Schläfer zu verschwinden. Ruhig ging er weiter. Sein Herz klopfte.

Der Wagen näherte sich und stoppte neben Simon. Die Soldaten musterten ihn erstaunt. Einer der Männer beugte sich aus dem Fenster. »Was ist mit ihm?« Er wies auf Filippo.

»Ich soll ihn zum Tower bringen. Irgendein Versuch.« Simon waren die medizinischen Labore eingefallen, die er in Drhans Turm gesehen hatte.

»Das ist aber die falsche Richtung.« Der Soldat war erstaunt. »Sollen wir dich rüberfahren?«

Simon wurde heiß: alles, nur das nicht! Er bemühte sich, cool zu bleiben, während er mit möglichst tiefer Stimme antwortete. »Ist schon okay, danke. Ich lauf lieber, ich muss noch was erledigen.« Er wies auf Filippo. »Ihm ist das egal, wann er ankommt.« Simon grinste die Soldaten an, dann ging er, ohne eine Antwort abzuwarten, weiter. Aus den Augenwinkeln sah er, dass die Männer ihm nachblickten. Simon hörte, wie hinter ihm der Motor des Geländewagens aufheulte. Folgten sie ihm? Er spürte den Schweiß an seinem Rücken perlen. Doch das Motorengeräusch wurde leiser, der Wagen entfernte sich von ihm. Simon war erleichtert.

Er musste nicht lange suchen, bis er die Straße mit der unscheinbaren Stahltür entdeckt hatte. Der Eingang befand sich in der Fassade eines Hauses und führte direkt zu der Treppe, die sie hinab zum Bunker bringen würde. Simon vermutete, dass dies der Fluchtweg war, durch den sich einst die Menschen in den Schutzraum hätten retten sollen. Er öffnete den Eingang und schob Filippo über die Schwelle. Simon war erleichtert, als die Tür hinter ihm wieder ins Schloss fiel. Sie hatten es geschafft, hier waren sie sicher.

So schnell es ging, führte Simon Filippo die Treppe hinab. Simon musste aufpassen, dass Filippo nicht stolperte und die Stufen hinunterstürzte. Immer wieder hielt er ihn fest oder stützte ihn, sodass Filippo den Abstieg unbeschadet überstand. Simon war außer Atem, als sie den Eingang des Bunkers erreichten.

Die beiden Jungen, die zur Wache eingeteilt waren, sahen erschrocken auf, als Simon in der Uniform der Soldaten die Treppe hinunterkam. Wie zuvor schon die Mädchen erkannten sie Simon nicht und verschwanden eilig im Bunker, um die Tür hinter sich zuzuziehen.

Simon wurde ärgerlich.

Es ging ganz schnell, und es fiel Simon leicht: Die Zeit stoppte, Filippo neben ihm erstarrte. Auch die beiden Jungen, die in den Bunker flohen, standen wie eingefroren. Simon ging zu ihnen und stellte sich zwischen sie und die Bunkertür. Dann ließ er die Zeit wieder los.

Die beiden Jungen schrien vor Schreck auf, als Simon plötzlich direkt vor ihnen stand.

»Ich bin's, Simon!«

Jetzt endlich erkannten die Jungen ihn. »Puh, hast du uns erschreckt«, sagte der Größere der beiden. Er war ein wenig blass um die Nase.

»Wir dachten nicht, dass du wiederkommst«, ergänzte der zweite Junge.

»So kann man sich irren.« Simon grinste, bevor er wieder ernst wurde. »Ruft sofort alle Kinder zusammen. Ich muss euch etwas erzählen.«

»Und was?« Die beiden Jungen waren gespannt.

Simon ballte entschlossen die Faust. »Wir werden eure Eltern aufwecken!«

38

Die Nachricht, dass Simon die Schläfer wieder zum Leben erwecken wollte, verbreitete sich wie ein Lauffeuer in den Höhlen und Gängen unter der Stadt. Jede Familie schickte eine Abordnung von Kindern in den Bunker, um mit der Mutter von Ben zu sprechen und um Filippo zu beobachten. Stimmte Simons Verdacht, dann musste irgendwann die Wirkung der Droge, die Filippo mit dem Wasser zu sich genommen hatte, wieder abklingen. Und tatsächlich erwachte Filippo am nächsten Morgen aus seiner Trance. Jetzt waren alle Kinder von Simons Entdeckung überzeugt.

Sie trafen sich noch am gleichen Tag im Konferenzraum neben der Windhalle. Ashakida hatte es sich nicht nehmen lassen, Simon zu begleiten, und auch Filippo, Tomas und Luc waren mit zur Versammlung der Familienoberhäupter gekommen. Die Stimmung, als Simon den Raum betrat, war eine ganz andere als die bei seinem ersten Besuch. Die Jungen und Mädchen sahen ihn nicht misstrauisch, sondern mit Achtung an. Was Simon getan hatte, rang ihnen Anerkennung ab. Bisher war ihr Leben davon geprägt gewesen, irgendwie durchzukommen. Und obwohl sie alles gut organisiert hatten, schwebte über allen das Wissen, irgendwann einmal zu Schläfern zu werden. Simon hatte ihnen erstmals die Hoffnung gegeben, dass ihr Leben besser werden konnte. Die Vorstellung, ihre Eltern zu finden, ließ sie alle aufgeregt sein.

Libor, der oberste Ratsherr, erhob sich von seinem Stuhl, als er Simon sah. Auch die anderen Familienoberhäupter, die an dem ovalen Tisch saßen, standen auf. Ein Mädchen begann zu klatschen, während sie Simon anstrahlte, ein Junge fiel ein, und bald klatschten ihm alle Beifall. Simon war das unangenehm und er hätte sich am liebsten verdrückt, doch Ashakida, die seine Gefühle spürte, stupste ihn aufmunternd mit der Schnauze an. »Das bisschen Beifall ist ja wohl das Mindeste«, raunte sie grimmig. Ashakida erinnerte sich noch gut daran, wie überheblich ihn Libor bei ihrem ersten Besuch der Ratsversammlung behandelt hatte.

Libor lächelte verkniffen, als er auf Simon zuging. »Schätze, ich habe mich geirrt. Es tut mir leid. Wir hätten dir und deinen Freunden helfen müssen.«

Simon fand es gut, dass sich Libor entschuldigte. Für ihn war die Sache damit erledigt: Was geschehen war, war geschehen, sie mussten in die Zukunft sehen, nur das war wichtig. Noch war der Kampf gegen Drhan nicht gewonnen.

Simon wartete, bis die Kinder zur Ruhe gekommen waren und alle sich gesetzt hatten. Dann erklärte er ihnen seinen Plan. Zunächst würden sie die Orte suchen, an denen Drhans Männer das Wasser der Stadt vergifteten. Das sollte leicht sein, denn die Wasserleitungen waren in den Schächten unter der Erde verlegt, sodass sie das Netz unbemerkt absuchen könnten. Wenn sie Glück hatten, gab es eine zentrale Stelle, an der die Droge mit dem Trinkwasser vermischt wurde. Simon vermutete, dass es ein fest installiertes Rohr gab, durch das die Soldaten das Betäubungsmittel in das Wasser leiteten. Hatten sie dieses Rohr gefunden, würden sie die Zufuhr der Droge unterbrechen. Rund zwölf Stunden später – Simon hatte sich die Zeit bei Filippo gemerkt – würden die Schläfer aufwachen, und zwar ungefähr alle zur gleichen Zeit. Bis dahin würde in jedem Stockwerk in den Hochhäusern der Stadt ein Kind bereitstehen, um den erwachenden Erwachsenen zu erzählen, was geschehen war und was sie vorhatten.

Die Kinder und Jugendlichen hörten ihm gespannt zu. »Und dann?«

»Dann werden wir die Soldaten besiegen.«

Libor runzelte die Stirn. »Wie soll das gehen? Sie haben Waffen.«

Simon nickte ernst. »Das stimmt. Aber es sind vielleicht hundert Mann, nicht mehr.« Simon hatte die Schlafräume der Soldaten, die er im zerstörten Tower entdeckt hatte, gezählt und die Zahl der Betten zusammengerechnet. Die Erwachsenen in der Stadt hingegen, rechnete er den Kindern vor, waren viel zahlreicher als die Soldaten. Simon vermutete, dass mehr als zehntausend Menschen im Stadtzentrum lebten. Möglicherweise war die Zahl der Bewohner noch größer, denn auf der Straße sahen sie nur die Schläfer, die nicht arbeiteten. »Sie rechnen nicht damit, dass wir uns wehren. Wir werden sie überrumpeln. Wenn wir alle zusammenhalten, dann haben die Soldaten keine Chance gegen uns.« Simon beendete seinen Vortrag und sah entschlossen in die Runde.

Die Kinder schwiegen. Jetzt war allen doch ein wenig mulmig zumute. Sie würden kämpfen müssen, wurde allen klar. Allerdings war die Hoffnung, ihrem Gefängnis zu entkommen, größer als die Furcht, dass ihnen etwas zustoßen könnte.

Die Anspannung entlud sich in aufgeregtem Stimmengemurmel. Die Kinder berieten sich und diskutierten, was für den Plan sprach und was dagegen. Simon stand mit Ashakida, Tomas, Filippo und Luc ein wenig abseits.

»Cooler Plan.« Filippo rammte Simon seinen Ellenbogen in die Seite. Auch Luc sah beeindruckt aus.

Tomas hingegen war unruhig, ihn ihm bohrte ein Gedanke. Er blickte Simon forschend an. »Was denkst du, wo Ira ist?«

Simon zögerte. Er hoffte, dass Ira als Schläfer irgendwo in einem der Hochhäuser lebte und mit den anderen aufwachen würde. Das sagte er Tomas auch, und er ergänzte, dass Ira bestimmt sofort in den Bunker kommen würde, sobald sie aufwachte. Doch insgeheim fürchtete er, dass Ira in Drhans Gewalt war und er sie nicht einfach gehen lassen würde. Schon in der Vergangenheit hatte Drhan alle Menschen, die Simon wichtig waren, eiskalt dafür eingesetzt, seine bösen Ziele zu erreichen. Simon musste an seinen Großvater denken, mit dem er zum Tower gelockt worden war.

Ashakida knurrte leise. Sie hatte seine Gefühle gelesen und teilte seine Meinung.

Vielleicht, hoffte Simon, würde es ihm gelingen, Ira zu befreien, wenn die Soldaten keine Macht mehr in der Stadt hatten.

Das Gemurmel verstummte, Libor sah Simon an. »Okay. Wir tun es. Eine solche Chance bekommen wir vielleicht niemals wieder.«

Die Kinder und Jugendlichen, denen der oberste Ratsherr vorstand, nickten zustimmend. Simon war erleichtert und freute sich.

Jetzt übernahm Libor die Führung. Als Erstes organisierte er Spähtrupps, die nach der Stelle, an der das Wasser vergiftet wurde, suchen würden. Danach teilte er das Stadtzentrum in einzelne Abschnitte ein. Jede Familie bekam einen Bereich zugewiesen, in dem die Kinder ausschwärmen würden, um den erwachenden Erwachsenen alles zu erzählen.

Lärmend löste sich die Runde auf.

Ein Junge drängte sich durch die Menge auf Simon und Ashakida zu. Simon erkannte ihn sofort: Es war der Rothaarige mit dem pickeligen Gesicht, der ihn auf die Spur seines Großvaters gebracht hatte. Der Junge hatte damals beobachtet, wie die Soldaten einen alten Mann in den Tower gebracht hatten, und er hatte Simon davon erzählt.

Als der Junge näher kam, stutzte Simon: Er spürte die Gefühle des Pickelgesichts, der Junge schob sie in einer Welle vor sich her. Ashakida empfand es genauso, und ihre Nackenhaare stellten sich auf, während sie Simons Blick suchte.

Simon ließ sich nichts anmerken. Er erwiderte das Lächeln des Jungen.

»Ich muss dir unbedingt was erzählen«, begann das Pickelgesicht das Gespräch. »Ich glaube, es ist wichtig.« Er schielte unruhig zu der Leopardin, die ihn nicht aus den Augen ließ. »Können wir irgendwo ungestört reden?«

»Keine Angst, du kannst Ashakida vertrauen. Was ich weiß, weiß auch sie. Also?« Abwartend sah Simon ihn an.

Der Rothaarige zögerte, während sein Blick unruhig durch den Raum wanderte. »Ich weiß, wo deine Freundin ist.«

Simon merkte auf. »Du meinst Ira?«

Das Pickelgesicht nickte. »Sie haben sie in den Tower gebracht.«

»So wie meinen Großvater?« Simon wechselte einen Blick mit Ashakida.

Der Rothaarige nickte erneut. »Ja. Aber nicht durch den Stundentunnel. Sie haben deine Freundin und Philja von der Straße aus in den Turm geführt, durch einen Seiteneingang. Ich kann ihn euch zeigen, wenn ihr wollt. Ich glaube, ich weiß, wie man ihn aufmacht.« Er habe die Soldaten beobachtet, berichtete das Pickelgesicht, es sei ganz einfach.

Simon schwieg. Sein Misstrauen wuchs. Er spürte deutlich die Furcht des Jungen, dazu Argwohn und Neid. Doch da war noch mehr: die Angst, enttarnt zu werden. Das Pickelgesicht verbarg etwas vor ihnen. Simon konzentrierte sich und tastete sich in die Gefühle des Rothaarigen vor.

Was er sah, ließ ihn erschrocken zusammenzucken. Wütend sah er den Jungen an. »Du bist nicht auf unserer Seite. Du arbeitest für die Soldaten. Du willst mich und Ashakida in eine Falle locken!«

39

Simon war empört. Jetzt war ihm klar, warum er bei der Suche nach seinem Großvater in die Hände der Soldaten gelaufen war: Das Pickelgesicht hatte schon damals für Drhans Männer gearbeitet, als sie ihm eine Falle gestellt hatten. Mithilfe des Jungen war er hineingetappt.

Ashakida knurrte und zeigte ihre Zähne. Sie war so wütend wie Simon.

Ängstlich wich der Rothaarige zurück.

Simon hielt ihn fest. »Gib es zu: Du bist ein Spitzel! Sie haben dich auf uns angesetzt, damit du alles verrätst.«

Jetzt wurden auch die anderen Kinder und Jugendlichen im Konferenzraum auf die Situation aufmerksam.

Das Pickelgesicht schwieg. Schweiß stand auf seiner Stirn. Hilfe suchend sah er sich um. Noch während Simon darüber nachdachte, wie er beweisen konnte, was er in den Gefühlen des Pickelgesichts gelesen hatte, riss sich der Junge los und floh durch die Tür.

Ashakida reagierte sofort: Mit einem Satz sprang sie dem Fliehenden nach, sie hetzte ihm hinterher und stellte ihn im Schaltraum kurz vor der Windhalle. Ohne zu zögern, sprang die Leopardin auf den Rücken des Jungen und riss ihn um. Polternd krachten sie in einen Rollwagen, der zwischen den Schaltpulten stand und zur Seite schleuderte, dann kugelten sie über den Boden. Das Pickelgesicht wehrte sich verzweifelt, doch er hatte keine Chance: Ashakida hatte sich in seiner Jacke verbissen und hielt ihn unerbittlich fest.

Jetzt kamen auch die anderen hinterher, an der Spitze Libor und Simon. Libor packte den Rothaarigen und riss ihn hoch. Auf ein Zeichen von Simon, der beruhigend seine Hand auf Ashakidas Körper legte, löste die Leopardin ihren Biss. Sie schüttelte sich angewidert und spuckte aus.

»Stimmt das, was er sagt?« Wütend zerrte Libor das Pickelgesicht mit sich und brachte ihn in den Konferenzraum. Dort drückte er den Jungen auf einen Stuhl und setzte sich ihm gegenüber. Zwei ältere Jugendliche stellten sich vor den Ausgang, um eine erneute Flucht des Verdächtigen zu verhindern.

Libor musterte das Pickelgesicht genau. »Jetzt rede: Steckst du mit den Soldaten unter einer Decke?«

Ashakida knurrte, als der Junge nicht sofort antwortete.

Nach einem Seitenblick zu der Leopardin nickte er. »Es tut mir leid!« Der Junge sah bedrückt aus. Scham überlagerte das Gefühl der Angst, das Simon zuvor noch gespürt hatte.

Der Rothaarige erzählte, dass Drhans Soldaten ihm die Aufgabe zugeteilt hatten, alles zu erzählen, was im Rat besprochen wurde. Ab und zu habe er Sonderaufgaben bekommen, wie jene, Simon in die Falle zu locken.

Libors Gesicht verzog sich angewidert, er hatte kein Verständnis für den Verrat. »Warum tust du das? Was haben dir die Soldaten versprochen?«

Einen Moment war es still. Alle warteten gespannt auf die Antwort des Jungen.

Der Rothaarige zögerte. Dann sah er auf. »Sie haben mir gesagt, ich dürfe meine Eltern wiedersehen, wenn ich ihnen helfe.«

Niemand sagte ein Wort. Viele der Kinder dachten darüber nach, was sie an der Stelle des Rothaarigen gemacht hätten. Die Eltern wiederzusehen oder überhaupt kennenzulernen, das war ein Wunsch, den fast jeder in der Runde verstehen konnte.

Kopfschüttelnd betrachtete Libor das Pickelgesicht. »Du weißt, dass du Drhan und seinen Soldaten nicht trauen kannst. Sie hätten ihr Versprechen niemals gehalten.«

Hilflos hob der Junge seine Schultern.

Simon kam ein Gedanke. »Gibt es noch mehr Spitzel unter den Kindern?« Er war besorgt. Wenn ihr Plan, die Schläfer aufzuwecken, vorzeitig an die Soldaten verraten würde, wäre das eine Katastrophe.

Der Rothaarige schüttelte den Kopf. Simon konzentrierte sich auf die Gefühle des Jungen, dann drehte er sich zu Libor um. »Er sagt die Wahrheit.«

Libor war nicht überzeugt. »Woher willst du das wissen?«

»Ich weiß es einfach. Glaub mir.«

Libor nickte nachdenklich. »Okay.« Er gab den beiden Jugendlichen an der Tür ein Zeichen. »Bringt ihn weg. Wir überlegen später, was wir mit ihm machen. Es gibt jetzt Wichtigeres zu tun. An die Arbeit! Und kein Wort an eure Familien, dass wir einen Spitzel unter uns hatten. Das Letzte, was wir jetzt brauchen können, ist Misstrauen untereinander.«

Die Kinder und Jugendlichen murmelten zustimmend.

*

Sie waren gemeinsam gleich nach der Ratsversammlung aufgebrochen, um zurück zum Bunker zu gehen. Filippo, Luc und auch Tomas redeten miteinander, wann immer es möglich war und keine Gefahr bestand, dass sie bei ihrem Marsch durch die Katakomben der Stadt von den Soldaten entdeckt wurden. Die Aussicht, ihre Eltern wiederzusehen, ließ sie aufgeregt und voller Vorfreude sein. Simon hingegen war schweigsam, er beantwortete nur einsilbig Ashakidas Fragen.

Die Leopardin spürte, dass er nachdenklich war. Aufmunternd stupste sie ihn mit der Schnauze an. »Dein Plan ist gut. Er wird schon klappen.«

Simon nickte nur und ging schweigend weiter.

Ashakida musterte ihn besorgt. Als sie in seine Gefühle eindringen und in ihm lesen wollte, wehrte er sie ab. »Lass mich einfach in Ruhe, okay?«

Für einen Augenblick war sie beleidigt, dass er sie zurückwies. Misstrauisch sah sie ihn an. »Was hast du vor?«

Simon schwieg.

»Jetzt komm schon! Rede mit mir.« Erneut versuchte sie, seine Gefühle zu lesen.

Simon fuhr herum. »Kann ich nicht eine Sekunde lang alleine nachdenken? Manchmal bist du echt anstrengend.«

Die Leopardin sprang ihm mit ein paar Sätzen nach. Seine Worte hatten sie getroffen, ärgerlich peitschte ihr Schwanz hin und her. »Glaubst du, mir bringt das Spaß? Ich habe mir nicht ausgesucht, auf dich aufzupassen.«

»Und ich habe mir nicht ausgesucht, dass du es tust.«

»Ich kann's ja auch lassen! Dann sieh doch zu, wie du alleine klarkommst!«

Simon war jetzt wirklich sauer. »Falls du es vergessen hast: Ich war alleine in Superbia. Und ich hab's hierher zurückgeschafft, ohne dich. Also behandele mich nicht wie ein Baby.«

Seine Augen funkelten wütend. »Und noch was: Nur weil du meine Gefühle lesen kannst, hast du noch lange nicht das Recht, es ständig zu tun.« Ärgerlich stapfte Simon davon.

Ashakida starrte ihm verblüfft nach. Ihr Zorn verrauchte in Sekunden. Sie wusste, dass es falsch gewesen war, in ihn zu dringen. Simon war nicht mehr der 13-jährige Junge, der keine Ahnung hatte, welche Aufgabe auf ihn wartete und der von ihr beschützt werden musste. Simon hatte sich verändert, so wie alles sich verändert hatte.

Er hatte recht: Er brauchte ihre Hilfe nicht mehr.

Der Gedanke machte die Leopardin traurig.

Nach einer Weile erreichten sie den Bunker. Schweigend betraten sie die unterirdische Anlage. Die Kinder in den Gängen betrachteten sie scheu.

»Ich ruhe mich einen Moment aus.« Simon warf der Leopardin einen bedrückten Blick zu, ihr Wortgefecht ging ihm nahe.

Ashakida war so zerknirscht wie er. Doch sie wollte hier vor den Ohren von Ben und den anderen nicht über ihren Streit reden. Also nickte sie nur. »Wir sehen uns später.«

*

Simon lag in seinem Bett und starrte an die Decke, als sich Ashakida durch die Vorhänge schlängelte. Anders als sonst blieb sie vor seinem Lager stehen, anstatt sofort zu ihm auf die Matratze zu springen.

Simon richtete sich auf. Er betrachtete die Leopardin bedrückt. »Es tut mir leid, was ich gesagt habe.«

»Nein, mir tut es leid«, unterbrach Ashakida ihn. Sie war verlegen. »Ich wollte dich nicht beleidigen oder wie ein Kind behandeln. Es ist, weil …« Sie zögerte.

Simon betrachtete sie aufmerksam. »Weil … was?«

»Weil ich Angst habe.«

Ihre Antwort erstaunte Simon. Er rückte ein Stück zur Seite und bedeutete der Leopardin, zu ihm zu kommen. Ashakida sprang auf das Bett und setzte sich.

»Wovor hast du Angst?«

Die Stimme der Leopardin war leise, als sie auf Simons Frage antwortete. »Ich habe Angst, dich noch einmal zu verlieren.«

Simon wusste, sie erinnerte sich an den Moment, als der Stundenfluss sie traf und sie beide auseinanderriss.

Besorgt sah Ashakida ihn an. »Ich weiß nicht, was du vorhast. Aber bring dich bitte nicht in Gefahr!« Sie betrachtete ihn traurig, dann wandte sie sich ab und sprang vom Bett, um den Schlafraum zu verlassen.

Simons Stimme hielt sie zurück. »Ganz ohne Gefahr geht es nicht, wenn wir Ira und Philja retten wollen.«

»Wir?« Ashakida sah zu ihm zurück.

»Kommst du nicht mit?« Simon ging zu ihr. »Das musst du aber, wenn du weiter auf mich aufpassen willst.« Er knuffte die Leopardin mit einem schiefen Grinsen.

Ashakida war erstaunt. Sie hatte nicht damit gerechnet, dass er sie mitnehmen würde.

Simon wurde ernst, als sie ihm das sagte. »Glaubst du wirklich, ich gehe ohne dich?«

»Und was hast du vor?« Ashakida ahnte die Antwort, und sie fürchtete sich vor ihr.

»Ich will in den Tower.«

Die Leopardin fletschte erschrocken ihre Zähne. »Du weißt, dass sie dir eine Falle stellen. Sie erwarten dich dort.«

»Ja.«

»Und trotzdem willst du dort hingehen?«

Simon nickte. Er wirkte entschlossen. »Wir gehen in den Tower. Aber nicht auf dem Weg, den Drhan für uns vorbereitet hat. Wir gehen durch das Weltentor.«

40

Sie redeten die ganze Nacht miteinander und diskutierten Simons Plan. Als sich die anderen Kinder im Schlafsaal beschwerten, weil sie nicht schlafen konnten, krochen Simon und die Leopardin unter die Bettdecke und flüsterten dort weiter, bis sie so müde waren, dass sie gemeinsam einschliefen.

Ashakida erwachte als Erste von ihnen beiden. Sie betrachtete den schlafenden Simon nachdenklich. Sein Plan war mutig und gut, und selbst mit ihren kritischen Fragen hatte sie nichts entdeckt, was sie anders machen könnten.

Behutsam stupste sie ihn mit ihrer Schnauze an. »Aufwachen.«

Simon hatte Mühe, sich aus dem Schlaf zu reißen. Er blinzelte sie müde an und rieb sich seine Augen, bevor er sich aufsetzte. »Wie spät ist es?«

»Gerade war Wachwechsel. In einer halben Stunde werden alle geweckt.«

Simon nickte missmutig und schwang seine Beine aus dem Bett. Das Aufstehen fiel ihm schwer, doch sie hatten viel vor, und sie durften keine Zeit verlieren, auch wenn Simon gerne noch geschlafen hätte.

Er wusch sich, auch die Leopardin zog sich zurück, um sich für den Tag vorzubereiten. Danach aßen sie eine Kleinigkeit. Die Kinder, die im Speisesaal Frühdienst hatten, waren alle so müde wie sie.

Eine halbe Stunde später saßen sie Libor gegenüber. Er hatte Simon am Tag zuvor gebeten, sich gleich am Morgen mit ihm und den anderen Ratsältesten zu treffen. Simon berichtete ihnen von seinem Plan, alle hörten ihm aufmerksam zu. Libor musterte ihn nachdenklich, als Simon geendet hatte. »Wenn ich nicht gesehen hätte, was du geleistet hast, und wenn hier nicht eine sprechende Leopardin mit am Tisch säße, würde ich dir die Geschichte mit den Weltentoren nicht glauben.« Die anderen Jugendlichen nickten zustimmend. So wie Libor fanden sie die Vorstellung, dass es neben ihrer Welt noch sechs weitere parallele Welten gab, einfach unglaublich.

Dann berichtete Libor, was sie herausgefunden hatten. Die Spähtrupps waren stundenlang unterwegs gewesen, sie hatten das gesamte unterirdische Leitungsnetz abgesucht. Ein Trupp war tatsächlich fündig geworden. Bis zu der Abzweigung, an der das Wasser für die unterirdischen Bunker und die Wohnräume der Kinder abgeleitet wurde, floss sauberes Wasser durch das System. Kurz danach hatten die Soldaten an das Hauptrohr eine schmale Leitung angeschweißt. Sie führte direkt bis unter den Tower. Vermutlich leiteten Drhans Männer die Droge, die die Erwachsenen in der Stadt betäubte, auf diesem Weg in das Trinkwasser ein. Es würde leicht sein, die Verbindung zu unterbrechen, denn die Späher hatten in einem Verteilerraum dicht unter dem Tower einen Hebel entdeckt, mit dem die Leitung abgesperrt werden konnte. Zwar war der Hebel durch ein Schloss gesichert, doch Libor war davon überzeugt, dass es ihnen gelingen würde, das Schloss aufzubrechen und die Leitung zu verschließen.

Ashakida knurrte leise. »Und wenn es noch ein Rohr gibt, durch das Drhans Männer das Wasser vergiften?«

Den gleichen Gedanken hatten auch die Ratsältesten gehabt, antwortete Libor. Deshalb würde heute noch einmal das gesamte Leitungsnetz abgesucht werden. Wenn ihr Plan gelingen sollte, mussten sie sicher sein, dass auf einen Schlag das gesamte Trinkwasser von der Droge befreit werden konnte. Denn nur dann wachten auch alle Schläfer zur gleichen Zeit auf.

Libor suchte Simons Blick. »Wir verschließen das Rohr morgen am Nachmittag, sodass am Abend aus allen Wasserhähnen der Stadt klares und sauberes Wasser fließt. Zwölf Stunden später wachen die Erwachsenen auf, und unser Aufstand beginnt. Reicht dir die Zeit?«

Simon ging in Gedanken die Strecke durch, die sie zurücklegen mussten. Der Weg bis zum Weltentor und wieder zurück zum Tower war weit, doch wenn sie bald aufbrachen, dann müssten sie es schaffen. Er nickte.

Drei Stunden später waren Simon und Ashakida bereit. Der Rucksack war gepackt, Simon hatte ihre Ausrüstung überprüft und auch noch einmal das Skizzenbuch des Großvaters durchgeblättert, um nachzuprüfen, ob die Zeichnungen ihnen eine Hilfe sein konnten. Ashakida hatte sich um den Proviant gekümmert und auch für sich einen Rucksack packen lassen, den Simon ihr wieder abnahm, weil er fand, dass sie immer noch zu schwach dafür war. Außerdem bestand er darauf, dass sie noch einmal in den Kräutern badete, bevor sie aufbrachen. Ashakida protestierte nicht.

Jetzt standen sie vor der Bunkertür, gemeinsam mit Nicolas. Das Oberhaupt der Familie hatte sie zum Ausgang begleitet.

»Bist du so weit?« Fragend sah Simon die Leopardin an.

Ashakida knurrte leise, während sie nickte.

Nicolas winkte zwei vielleicht zehnjährige Jungen herbei, die hier auf sie gewartet hatten. »Das sind Leon und Finn. Sie bringen euch bis zu dem Ort, an dem wir euch das erste Mal getroffen haben.«

Die beiden Jungen strahlten. Sie waren stolz darauf, Simon und Ashakida durch die unterirdischen Gänge der Stadt leiten zu dürfen.

Doch Nicolas zögerte, das Signal zum Aufbruch zu geben. »Und ihr seid euch sicher, dass das Flussbett des Stundenflusses der richtige Weg aus der Stadt ist?« Er wirkte nicht überzeugt. »Gibt es keine bessere Lösung?«

Simon schüttelte den Kopf. »Der Stundenfluss fließt durch den alten U-Bahn-Tunnel, und der führt unter der Sperrmauer hindurch.«

»Aber wie wollt ihr das schaffen? Ihr habt nur eine Stunde Zeit.«

»Wir haben es schon einmal geschafft.« Simon tat so, als wäre er entspannt. Dabei erinnerte er sich noch gut daran, wie knapp sie damals dem Wasser entkommen waren.

Auf einen Wink von Nicolas öffneten die Wachen die Bunkertür. »Viel Glück.« Er reichte Simon die Hand und drückte sie fest. Bei der Leopardin zögerte er, doch dann nahm Nicolas seinen ganzen Mut zusammen und strich ihr zum Abschied über das Fell. Die anderen Kinder, die sie zum Ausgang begleitet hatten, winkten. Nur Ben umarmte Simon fest, er wollte ihn nicht mehr loslassen, bis Simon ihm versprochen hatte, wiederzukommen.

Hoffentlich, dachte Simon, würde er sein Versprechen halten können.

Er schulterte seinen Rucksack, nickte noch einmal Nicolas zu und verließ gemeinsam mit Ashakida den Bunker. Als er die

Schwelle überschritt, warf er einen letzten Blick zurück. Ben hatte sich abgewandt, er wirkte in sich gekehrt, so wie am ersten Tag, als Simon ihn kennengelernt hatte. Der Metallring, mit dem er spielte, kreiselte vor ihm auf dem Boden. Kurz überlegte Simon, Ben etwas zuzurufen, doch er zögerte einen Moment zu lange, und die Bunkertür schloss sich vor ihm.

Simon spürte eine Bewegung neben sich, die Leopardin huschte an seine Seite und drückte sich kurz an ihn. Die beiden sahen sich an: Das, was vor ihnen lag, war gefährlich, und sie hatten beide Angst. Doch das Gefühl lähmte sie nicht. Der Wunsch, ihren Freunden zu helfen, war stärker. Es war gut, etwas tun zu können. Simon zwinkerte der Leopardin aufmunternd zu, dann gab er den beiden Jungen das Zeichen zum Aufbruch.

Sie durchquerten zügig die Unterwelt der Stadt. Die Kinder liefen behände durch die Gänge und Rohre, und auch Simon bewegte sich inzwischen so sicher, dass er das hohe Tempo, das ihre beiden Führer vorlegten, gut mithalten konnte. Die Leopardin war geschickt wie immer, ihre Sprünge sahen elegant aus, auch wenn Simon bemerkte, dass sie noch nicht ganz so kräftig war wie zu Beginn ihres Abenteuers und ein paar Tage mehr Zeit gebraucht hätte, um sich richtig zu erholen.

Nach einiger Zeit erreichten sie den Raum, der nach ihrem Kampf mit dem Stundenfluss ihre Zuflucht gewesen war und in dem Ira das erste Mal in ihrem Leben geduscht hatte. Die Schränke, die Stockbetten, die medizinischen Geräte, die Dusche mit dem Vorhang – alles wirkte unberührt, niemand war nach ihnen hier gewesen. Auch die Tür zur Fluchttreppe, die hinab in den U-Bahn-Tunnel führte, war unversperrt, die Stangen, mit denen der Ausgang verriegelt gewesen war, lagen dort, wo sie sie abgelegt hatten.

Simon wandte sich den beiden Jungen zu. »Danke. Ab hier gehen wir alleine weiter.«

Die Jungen zögerten. Sie flüsterten kurz miteinander, dann nahm sich der Kleinere der beiden ein Herz: »Stimmt es, dass unsere Eltern aufwachen werden?«

Simon nickte.

»Wie ist das, Eltern zu haben?«

Simon musste an seine Mutter und an seinen Vater denken, während er die Fragen der Kinder beantwortete. Die beiden Jungen hörten Simon gespannt zu. All das, wovon er erzählte, hatten sie noch niemals erlebt. Sie wurden immer aufgeregter, während sie seinen Worten lauschten und weitere Fragen stellten.

»So, das reicht.« Die Leopardin fauchte ungeduldig und schob sich zwischen Simon und die Jungen. »Wir müssen jetzt weiter.«

Simon nickte. »Ashakida hat recht. Lauft zurück zu den anderen. Und sorgt dafür, dass unser Plan gelingt.«

Die Jungen nickten. Sie winkten ihnen noch einmal zu, dann liefen sie davon. Ihre Ohren leuchteten rot vor Aufregung. Ihre Schritte verhallten, es wurde still. Simon und Ashakida waren alleine.

Simon blickte die Leopardin an. »Bist du bereit?«

Ashakida nickte.

Simon zog die Tür auf und betrat den Treppenschacht.

41

Die Wände des Tunnels waren tropfnass, als sie das vom Wasser zerstörte Gleisbett der U-Bahn betraten. Der Stundenfluss musste gerade eben erst durch den Schacht gerauscht sein, überall tropfte und plätscherte es und zwischen den verbogenen Schienen standen noch die Pfützen. Simon blickte auf seine Uhr: Ihnen blieb weniger als eine Stunde Zeit, um den Tunnel zu durchqueren, bevor das nächste Mal eine gewaltige Flutwelle durch den U-Bahn-Schacht rauschen würde. Bis dahin mussten sie den nächsten Bahnhof erreicht haben.

Der Weg war beschwerlicher, als ihn Simon in Erinnerung hatte. Immer wieder türmten sich verbogene Schienen und Gleisbohlen, die das Wasser aus ihrer Verankerung gerissen hatte, zu großen Haufen, sie bildeten sperrige und glitschige Hindernisse, die Simon und Ashakida mühsam überklettern mussten. Sie kamen nur langsam voran. Unauffällig sah Simon auf seine Uhr: Er hatte den Eindruck, dass sie nicht schnell genug waren. Doch er sagte nichts: Die Leopardin war schwach, der Weg strengte sie sehr an, und er wollte ihr nicht noch mehr Sorgen bereiten.

Doch auch Ashakida wurde unruhig. Obwohl sie keine Uhr trug, hatte sie ein gutes Zeitgefühl. Sie spürte, dass es eng wurde. »Los, schneller.« Ihr Blick war besorgt. »Wir müssen raus aus dem Tunnel, bevor das Wasser kommt. Ich bin noch nicht stark genug, um die Zeit zu stoppen.«

Simon zögerte ihr zu erzählen, dass auch er schon einmal die Zeit angehalten hatte. Er fragte sich, ob es ihm ein weiteres Mal gelingen würde.

Der Boden begann zu zittern, gerade als sie im Licht ihrer Taschenlampe den Bahnsteig des U-Bahnhofes aufblitzen sahen. Ein leises Rauschen war zu hören, es wurde schnell lauter: Der Stundenfluss kam! Weder Simon noch Ashakida sagten ein Wort. So schnell sie konnten, liefen sie weiter. Bald war der Bahnhof im Strahl der Taschenlampe deutlich zu sehen, doch Trümmer und angeschwemmte Bohlen versperrten ihnen den Weg. Das Rauschen schwoll an und steigerte sich zu einem Dröhnen, jetzt begannen die Wände zu beben. Erschrocken blickte Ashakida zurück: Hinter ihnen tobte die Wasserwand heran, brüllend und alles mit sich reißend, was sich ihr in den Weg stellte. Sie würde sie beide erfassen, bevor sie das letzte Hindernis überklettert und den rettenden Bahnsteig erreicht hatten. Erschrocken schrie Ashakida auf.

Plötzlich stoppte die Wasserwand und es wurde totenstill. Die Leopardin taumelte zurück, sie stolperte und stürzte zu Boden. Mühsam rappelte sie sich wieder auf. »Was passiert hier?« Sie sah zu Simon, der stumm im Tunnel stand und auf die Wasserwand blickte.

Simon reagierte nicht.

Die Leopardin lief zu ihm. »Machst du das, Simon? Hältst du die Zeit an?«

Simon nickte stumm. Ashakida sah ihn mit großen Augen an.

Sie überwanden gemeinsam das letzte Hindernis, das sie vom U-Bahnhof trennte, und kletterten den Bahnsteig hinauf. Die Wasserpflanzen, die den Boden und die Wände der Station überwucherten, hingen starr herab, ihre Tentakel waren hart wie Stein, so wie alles, was in der Zeit gefangen war. Simon und Ashakida schlängelten sich durch den Dschungel, bis sie den Gang erreicht hatten, der hinauf zum Ausgang des Bahnhofes führte. Sie gingen ein Stück die Schräge empor, dann ließ Simon die Zeit los.

Brüllend tobte die Wasserwand weiter, sie schleuderte die Gleisbohlen durch den Tunnel und riss die Schienen zur Seite. Dann schoss die Flut donnernd am Bahnhof vorbei. Ein Teil der Welle überspülte den Bahnsteig und drängte in die angrenzenden Gänge, der Rest verschwand in der Tunnelöffnung. Die Pflanzen glühten auf, der Bahnsteig leuchtete jetzt in allen Farben. Das Wasser stieg weiter, es schoss Simon und Ashakida hinterher, doch je höher die Welle schwappte, desto schwächer wurde sie, bis sie ihren Schwung ganz verlor und schließlich sanft um Simons und Ashakidas Füße spülte.

Die Leopardin wich zurück und knurrte angespannt. Die Erinnerung an jenen Moment in der Halle unter dem Tower, als die Wasserwand sie getroffen und mit sich gerissen hatte, saß tief und war in ihr so lebendig, dass Simon ihre Gefühle spürte und den Augenblick deutlich vor sich sah. Simon nahm die Leopardin in den Arm und hielt sie fest, bis die Bilder in ihr und in ihm verblassten.

Sie schwiegen, während sie weiter den Gang hinauf zum Ausgang des U-Bahnhofes gingen. Auch später, als sie durch die Straßen der verlassenen Vorstadt wanderten, redeten sie kaum ein Wort. Jeder von ihnen hing seinen Gedanken nach. Erst als es dunkler wurde, verständigten sie sich, dass sie eine Pause und einen Schlafplatz brauchten. Bis zum Museum, in dessen Keller sich das Weltentor befand, war es nicht mehr weit, gleich morgen früh würden sie das Tor durchqueren.

Sie fanden in einer Seitenstraße ein Mietshaus, dessen Eingang unversperrt war und in dem sie tatsächlich unter dem Dach eine offene Wohnungstür entdeckten. Das Apartment dahinter war klein, aber sehr gemütlich eingerichtet, Simon fühlte sich sofort wohl. Er bereitete aus ihren Vorräten ein Mahl, stellte Teller, eine Schüssel für Ashakida und für sich ein Glas auf ein Tablett und trug alles hinaus auf die kleine Dachterrasse, die an das winzige Wohnzimmer angrenzte.

Die Leopardin saß auf einer der Bänke und blickte in den Sonnenuntergang. Die Dächer der Vorstadt, die sich unter ihnen ausbreiteten, leuchteten golden, das Licht der Sonne brach sich vielfach in den Dachluken und Fensterscheiben. Alles wirkte unversehrt und sah so friedlich aus, als wären die Bewohner nur kurz fortgegangen, um bald schon wieder in ihre Häuser und Wohnungen zurückzukehren und ihr Leben dort fortzusetzen, wo Drhan es unterbrochen hatte.

Simon stellte das Tablett auf den kleinen Tisch und setzte sich neben Ashakida. Sie aßen, während sie stumm dabei zusahen, wie die Sonne am Rand der Bucht im Meer versank.

Ashakida wandte sich Simon zu. »Seit wann kannst du die Zeit anhalten?«

»Noch nicht lange. Ich habe es gerade erst entdeckt.«

»Und es strengt dich nicht an?«

Simon schüttelte den Kopf. »Nein, gar nicht. Ich mach's einfach.«

Die Leopardin war beeindruckt. Trotzdem wirkte sie enttäuscht, Simon spürte es genau, auch ohne in ihre Gefühle einzudringen. Auffordernd sah er sie an. »Jetzt sprich es endlich aus!«

Sie knurrte leise. »Warum hast du mir nichts davon gesagt?«

»Du warst so schwach, und ich wollte dich nicht aufregen.«

Ashakida verstand ihn nicht. »Warum sollte es mich aufregen, wenn du den Zeitenlauf festhalten kannst?«

Simon zögerte. Dann erzählte er ihr all die Dinge, die er ihr bisher verheimlicht hatte, angefangen bei Aphyr, die keine Göttin war, bis zu Simons Verdacht, dass er mit der Kraft seiner Gedanken das Ziel der Weltentore verändern konnte.

Ashakida lauschte ihm schweigend und blieb auch still, als er geendet hatte. Nach einer Weile sah sie auf. Sie musste das, was sie erfahren hatte, erst einmal verdauen. »Und du bist dir sicher, dass Aphyr der Name einer Firma ist?«

»Ja. Sie forschen in Laboren und stellen technische Geräte her.« Simon griff sich seinen Rucksack, den er mit auf die Terrasse genommen hatte, und holte den Handschuh hervor. »Der stammt auch von dort.« Er wies auf den kleinen Schriftzug, der unter der erhabenen Fläche auf dem Handrücken eingraviert war: APHYR.

Nachdenklich strich Ashakida mit ihrer Tatze über die Buchstaben. Dann begann sie, Fragen zu stellen. Sie interessierte sich vor allem für die Farben, in denen der Rücken des Handschuhs und der Gang des Weltentores geleuchtet hatten.

Simon betrachtete sie forschend. »Du hast doch einen Verdacht.«

Ashakida blickte auf. »Könnte es sein, dass der Handschuh Weltentore öffnet?«

Simon verstand nicht sofort, was die Leopardin meinte.

»Die Tore leuchten in unterschiedlichen Farben, wenn du dich auf die verschiedenen Welten konzentrierst. Und der Handschuh leuchtet genauso. Richtig?«

Simon nickte.

»Erinnerst du dich an das Fass, das plötzlich verschwunden war, als du es mit dem Handschuh berührt hattest?«

Natürlich erinnerte sich Simon an die Situation in der Halle unter dem Tower. Er hatte mithilfe des Handschuhs den Deckel des Fasses öffnen wollen, so wie er die Tür des Notausganges im U-Bahn-Schacht geöffnet hatte. Stattdessen war das Fass auf einmal fort gewesen.

Der Schwanz der Leopardin peitschte hin und her. »Was ist, wenn du das Fass in eine andere Welt transportiert hast?«

Simon trat an die Brüstung der Terrasse und dachte nach. Wenn Ashakida recht hatte, dann war der versperrte Notausgang nicht einfach aufgesprungen, als er ihn mit dem Handschuh angefasst hatte, sondern er hatte stattdessen die verschlossene Tür mit einer offenen Tür aus einer der anderen Welten getauscht.

Hatte er nicht das Gefühl gehabt, dass sich in diesem Moment die Wand vor ihm aufgelöst und wieder neu zusammengesetzt hatte?

Simon nahm den Handschuh und ließ ihn durch seine Finger gleiten. Das Kettengewebe klickerte leise. Was war, dachte er, wenn Ashakidas Vermutung stimmte? Konnte er wirklich damit die Grenzen zwischen den Welten durchbrechen?

Ashakida schob sich neben ihn. Sie knurrte leise. »Na los: Probier's aus!«

42

Simon zögerte, der Aufforderung der Leopardin zu folgen. Er wusste nicht, wie er den Handschuh bedienen musste, und vor allem wusste er nicht, was er damit auslöste. Das ließ ihn vorsichtig sein.

Die Leopardin knurrte ungeduldig. »Worauf wartest du? Tu's einfach. Was soll schon passieren?«

Behutsam strich Simon die winzigen Kettenglieder des Gewebes glatt. Dann, kurz entschlossen, schob Simon den Handschuh über seine Finger, zog ihn hoch und schnallte die Manschette an seinem Ellenbogen fest. In der gleichen Sekunde leuchtete die erhabene Fläche auf dem Handrücken auf. Das Licht war weiß. Simon war verblüfft, wie leicht es ihm inzwischen fiel, den Handschuh zu aktivieren.

Die Leopardin beobachtete Simon interessiert. »Jetzt denk an Superbia.«

Simon schloss die Augen. Er stellte sich den Dschungel vor, den zerstörten Tower, die Menschen, die unter der Erde lebten.

Ashakida fauchte überrascht. Als Simon seine Augen öffnete, sah auch er es: Die Fläche auf seinem Handrücken, gerade eben noch weiß, leuchtete nun rot. Er konzentrierte sich erneut, nun dachte er an die Welt, in der sie sich befanden. Es dauerte nicht lange, und die Farbe wurde schwächer, bis die erhabene Fläche wieder weiß leuchtete.

»Und wenn du an deine Heimat denkst?« Ashakidas Augen funkelten, als sie Simon ansah.

Diesmal war es schwieriger, denn Simon wusste nicht, wie seine Welt Gula jetzt aussah. Schließlich dachte er an das Dorf, das in der Sonne lag – vielleicht hatte die Feuerwand, die er entfacht hatte, Drhan davon abgehalten, es zu zerstören. Es dauerte nicht lange, und sein Handrücken leuchtete grün.

»Wahnsinn.« Ashakida war tief beeindruckt. Sie stupste mit ihrer Nase gegen Simons Glas. »Los, weiter.« Erwartungsvoll sah sie ihn an.

Simon verstand, wozu sie ihn aufforderte. Er ließ das Feld auf seinem Handrücken rot aufleuchten. Dann griff er nach dem Glas, und seine Finger umfassten das Trinkgefäß.

Im gleichen Augenblick – Ashakida schrie vor Überraschung auf – schien das Glas auseinanderzufallen, es verschwand, während nur Bruchteile von Sekunden später etwas Neues an der gleichen Stelle entstand. Simon brauchte einen Moment, bis er den Gegenstand erkannte: Es war ein Stück Holz, es stammte aus dem Inneren eines Baumes und hatte genau die Form des Glases, das verschwunden war. Ashakida blieb das Maul offen stehen, so verblüfft war sie. Auch Simon war überrascht und ihm klopfte das Herz bis zum Hals. Er wusste nicht, ob er sich freuen oder ob er sich fürchten sollte.

»An welche Welt hast du gerade eben gedacht?« Die Stimme der Leopardin klang rau.

»An Superbia.«

»Dort ist die Stadt mit Bäumen überwuchert, richtig?«

Simon nickte.

Ashakida lief um den Tisch herum. Ihr Schwanz peitschte aufgeregt hin und her. Schließlich stoppte sie und sah Simon an. Ihr Gesichtsausdruck war verschmitzt. »Wenn du das Glas wirklich nach Superbia transportiert hast, dann müsste es doch auch funktionieren, es wieder zurückzuholen, oder?« Sie erklärte ihm, was sie meinte.

Simon nahm das Stück Holz und platzierte es genau an die Stelle, an der zuvor das Wasserglas gestanden hatte. Der feuchte Rand, den das Trinkgefäß auf der Tischplatte hinterlassen hatte, half ihm dabei. Erneut ließ Simon den Handschuh rot aufleuchten, er berührte das Holzstück, und genau wie beim ersten Mal schien sich der Gegenstand auf dem Tisch in Simons Hand aufzulösen, um sich kurz darauf neu zusammenzufügen.

Simon war sprachlos. Das Glas, das er von Welt zu Welt geschickt hatte, stand tatsächlich wieder vor ihnen. Nur fühlte es sich jetzt rau an, winzige Holzstückchen waren in seine Oberfläche eingelassen.

Ashakida hatte recht gehabt, und dies war der Beweis.

Schweigend zog Simon den Handschuh wieder aus und stopfte ihn zurück in den Rucksack. Die Kettenglieder klickerten. »Ich glaub, ich bin müde.« Simon wartete die Antwort der Leopardin nicht ab und verließ ohne ein weiteres Wort die Terrasse.

Er lag auf dem Bett und starrte an die Decke, als Ashakida nach einer Weile in das Schlafzimmer kam. Sie sah fragend zu ihm auf, und als er zur Seite rutschte, sprang sie zu ihm auf die Matratze. Sie legte sich neben ihn. Nun schwiegen sie gemeinsam.

Ashakida brach die Stille. »Ich kann dich gut verstehen.« Sie seufzte. »Manchmal wird einem einfach alles zu viel.«

Simon nickte.

Die Leopardin rollte sich auf die Seite und sah ihn an. »Wenn du die Zeit zurückdrehen könntest, was würdest du tun? Lieber alles ungeschehen lassen und dafür niemals erfahren, dass du ein Torwächter bist? Oder würdest du alles genau so noch einmal erleben wollen?«

Jetzt rollte sich auch Simon auf die Seite, er blickte zu Ashakida und dachte über ihre Frage nach. Es war so viel Schlimmes passiert, es gab so viele Dinge, die er tatsächlich am liebsten ungeschehen machen wollte. Aber die Vorstellung, Ashakida niemals kennengelernt zu haben, war ebenso schrecklich.

»Also?« Fragend blickte die Leopardin ihn an.

»Ich kann die Zeit nicht zurückdrehen«, wich Simon aus. »Ich kann sie nur anhalten.« Genau das, dachte er, würde er jetzt gerne tun: Einfach hier liegen und alles vergessen, einfach nur bei Ashakida sein. Er streckte seine Hand aus und berührte ihre Tatze. Sie zog sie nicht zurück.

Eine Weile lagen sie so da und sahen sich an. Dann robbte Ashakida zu ihm und rollte sich vor ihm ein, ihren Rücken an seinen Bauch gepresst. Simon legte seine Arme um sie. Er spürte ihren Atem, ihr Brustkorb hob und senkte sich. Er roch ihr Fell, es duftete immer noch ein wenig nach den Kräutern, in denen sie gebadet hatte. Simon schnupperte. Iras Oma hatte Lavendel hinzugemischt. Er musste lächeln.

Nach einer Weile schliefen sie ein.

*

Am nächsten Morgen erwachte Simon vom Klappern des Geschirrs in der Küche. Er hörte Ashakida schimpfen. Sie war dabei, ihnen das Frühstück zu bereiten, und sie verfluchte wieder einmal ihre Pfoten, mit denen sie nicht greifen konnte. Lächelnd ging Simon ihr zu Hand, wobei er ihren Tatzen ausweichen musste, sie hieb nach ihm, wütend über sein Grinsen. Aber sie fuhr ihre Krallen nicht aus.

Sie frühstückten schnell, sie hatten nicht viel Zeit. Heute Nachmittag würden die Kinder in den Katakomben der Stadt die Rohrleitung, durch die die Droge in das Trinkwasser geleitet wurde, versperren. Am nächsten Morgen würden die Erwachsenen in den Hochhäusern aufwachen und keine Schläfer mehr sein, und der Aufstand konnte beginnen. Bis dahin mussten sie den Tower erreicht haben.

Eine halbe Stunde später standen sie vor dem Museum, in dem sie vor gar nicht langer Zeit eine Nacht verbracht hatten. Simon kam es vor, als ob es Jahre her wäre, so viel war seither geschehen. Er führte die Leopardin in den Keller zu der Bodenklappe. Der Dorn mit dem blühenden Rosenbusch steckte an seinem Platz, Simon hatte ihn mit Staub und Dreck bedeckt, nachdem er das Weltentor geöffnet hatte. Er warf Ashakida einen fragenden Blick zu, und als sie nickte, steckte er seinen Ring auf den Dorn und öffnete das Tor. Das Knarren ertönte, der Wind fegte in den Raum. Dann schimmerte auf dem Holz der geschlossenen Klappe der Gang, der in die Tiefe führte.

»Denk an Superbia.« Die Leopardin grinste. »Nicht dass wir in der falschen Welt landen.«

Simon nickte, und wenig später leuchtete die Wand des Ganges im Tor rot auf. »Bist du bereit?« Er sah Ashakida an.

Auch die Leopardin nickte.

Sie sprangen gemeinsam.

43

Das Erste, was Simon spürte, als er in seinen Körper zurückgekehrt war und die Schmerzen nachließen, war die Feuchtigkeit auf seiner Haut. Dann hörte er das Schreien der Urwaldtiere, sie hatten ihn entdeckt. Die Nachricht, dass der Torwächter zurückgekehrt war, verbreitete sich wie ein Lauffeuer. Simon richtete sich auf und blickte um sich. Er sah nirgendwo die Leopardin. Dann bemerkte er, dass sich ein großes Blatt bewegte, eine Schwanzspitze lugte darunter hervor. Erleichtert bog Simon die Pflanze zur Seite.

Ashakida lag auf dem Boden, das Gesicht verzerrt, sie kehrte gerade erst in ihren Körper zurück. Ihre Läufe zuckten und ihr Brustkorb hob und senkte sich schnell. Sie hatte sich verändert: Ihr Fell war jetzt dicht und kräftig und die Zeichnung darauf gleichmäßiger. Sie sah wunderschön aus. Simon erinnerte ihr Anblick an ein Foto aus einem Tierbuch, es hatte einen Leoparden an einem Flussufer gezeigt. Amur-Leopard, so hieß die Art, Simon hatte es sich gemerkt, weil Amur wie das französische Wort für »Liebe« klang.

Nach einer Weile schlug Ashakida die Augen auf. Sie verzog ihr Gesicht, die Schmerzen setzten ihr zu. Sie seufzte. »Daran gewöhne ich mich nie.« Mühsam stand sie auf, schüttelte sich und ging ein paar vorsichtige Schritte. Sie wankte leicht: So wie Simon hatte sie Probleme, ihre Bewegungen zu kontrollieren. Mit jedem Schritt wurde es besser.

Es krachte in den Bäumen, Blätter taumelten durch die Luft, Schatten huschten die Stämme der Urwaldriesen hinab. Dann brach eine Horde riesiger Meerkatzen aus dem Unterholz und stürmte auf sie zu. Knurrend wich Ashakida zurück. Simon hingegen lächelte und ging den Tieren entgegen. Das Rudel stoppte, nur der Anführer lief ein paar Schritte weiter. Es war die Meerkatze mit dem roten Pelzstreifen am Hals. Der Rudelführer setzte sich vor Simon auf den Boden und sah ihn erwartungsvoll an, während er leise keckerte und schnalzte.

Simon musste an seinen Großvater denken. Sein Opa beherrschte die Sprache der Meerkatzen, er hätte sich mit dem Tier unterhalten können. Dann fiel Simon ein, dass auch er sich schon einmal mit dem Anführer des Rudels verständigt hatte. Kurzerhand öffnete er seinen Geist und schickte seine Gefühle zur Meerkatze, so wie er es schon einmal getan hatte. Dabei stellte er sich vor, wie er und die Leopardin durch den Dschungel zum zerstörten Tower gingen.

Der Rudelführer verstummte. Es schien, als blicke er in sich hinein. Er schnalzte vorwurfsvoll, während er nachdachte. Schließlich sprang er auf, rief seinem Rudel keckernd etwas zu und rannte, als alle aufbrachen, mit den anderen zurück in den Urwald. Als er sah, dass Simon und Ashakida ihm nicht folgten, winkte er sie aufgeregt zu sich. Jetzt verstand Simon ihn: Die Meerkatzen wollten sie zum Tower führen. Auch Ashakida begriff, dass die Tiere ihnen halfen.

Gemeinsam gingen sie durch den Wald. Der Weg war mühsam, es gab keine Pfade, nur die Straßen der Stadt, die einst hier gestanden hatte. Der Dschungel hatte die Häuser, Plätze und Boulevards unter einer Schicht wuchernder Pflanzen verschwinden lassen. Ashakida übersprang elegant die

Hindernisse, die sich vor ihnen auftürmten, während sich Simon durch das Labyrinth aus überwucherten Autos schlängeln und die Wurzeln der Urwaldriesen mühsam überklettern musste. Die Meerkatzen hatten es leichter, sie tobten durch die Baumwipfel und waren viel schneller als sie. Doch der Rudelführer kam immer wieder zu ihnen zurück, um nach Simon zu sehen.

Plötzlich, sie hatten gerade einen von den Menschen dieser Welt angelegten Fahrweg entdeckt, wurde es ruhig im Wald. Die Vögel verstummten, die Meerkatzen, die eben noch hoch oben über ihnen gezetert hatten, waren auf einmal mucksmäuschenstill. Es war, als hielte der Dschungel den Atem an.

Der Anführer des Rudels lief einen Baumstamm hinab und hob seine Hand, während er lauschte. Warnend sah er Simon an. Dann huschte er in das Dickicht am Rand des Weges. Simon folgte ihm eilig und versteckte sich zwischen den Blättern einer Schlingpflanze, deren Ranken einen dichten Vorhang bildeten. Ashakida kroch zu ihm in die Deckung.

Nach einer Weile war ein Brummen zu hören, es wurde schnell lauter. Simon erkannte das Geräusch eines Motors. Bald sah er zwischen den Bäumen einen Geländewagen näher kommen, darin saßen Männer, sie trugen Schutzanzüge. Genau ein solcher Wagen hatte Simon und seinen Großvater in die unterirdische Stadt gebracht, als sie gemeinsam das Weltentor durchschritten und das erste Mal diese Welt betreten hatten. Simon duckte sich, bis die Patrouille vorbeigefahren war und das Motorengeräusch wieder leiser wurde.

Nach einer Weile lief der Rudelführer zurück auf den Weg und lauschte regungslos in die Stille. Endlich winkte er Simon und Ashakida zu sich, und während um sie herum der Dschungel wieder zum Leben erwachte, gingen sie weiter ihrem Ziel entgegen.

Simon warf Ashakida einen prüfenden Blick zu. Am Anfang ihres Marsches waren ihre Bewegungen noch schnell und kraftvoll gewesen, jetzt trottete sie ruhig neben ihm her. Sie wirkte erschöpft.

Ein Gedanke stieg in Simon auf. »Bis du schon einmal hier gewesen?«

Sie schüttelte den Kopf.

»Aber du weißt, was das für eine Welt ist?«

Die Leopardin schnaubte. »Ich bin ein Läufer, ich kenne jede der Welten. Das hier ist Superbia, und hier hat Drhan keine Macht.« Sie knurrte zufrieden.

Doch Simon wollte auf etwas anderes hinaus. »Die Menschen in dieser Welt nennen den Dschungel den Strahlwald. Hast du schon mal davon gehört?«

Ashakida runzelte die Stirn. »Stimmt. Das hatte ich vergessen.« Sie stockte kurz, bevor sie weitersprach. »Keine Sorge, es ist alles in Ordnung.«

Eine Weile liefen sie schweigend durch den Dschungel. Ashakida war nachdenklich. Sie runzelte die Stirn, während sie grübelte. »Wie lange dauert es eigentlich noch, bis wir den Tower erreichen?«

Simon blickte auf seinen Ring. Der Stein leuchtete nicht, das Weltentor war noch zu weit entfernt. »Ich weiß es nicht genau. Ich hoffe, heute Abend. Wir sollten hier im Wald übernachten und gleich morgen früh das Weltentor durchschreiten.«

»Morgen ist es zu spät«, antwortete Ashakida und verstummte.

Simon runzelte die Stirn. Lief alles nach Plan, dann würden am nächsten Morgen die Schläfer erwachen, und der Aufstand begann, während sie den Tower betraten. Simon fand den Zeitpunkt perfekt. Doch als er nachbohrte, wich Ashakida seinen Fragen aus. Simon merkte nur, dass sie schneller ging und ihn öfter dazu anhielt, sich ebenfalls zu beeilen.

Dass etwas Schlimmes passierte, begriff er erst, als sich das erste Fellbüschel aus ihrer Haardecke löste. Es blieb an einem Ast hängen, als sich Ashakida durch das Dickicht schlängelte und die verholzten Triebe einer Orchidee über ihren Rücken strichen. Simon erschrak: Das Büschel, das sich gelöst hatte, war groß wie eine Münze, an der Stelle war nun Ashakidas nackte Haut zu sehen. Die Haut war gerötet.

Die Leopardin warf einen kurzen Blick auf das Loch in ihrem Fell und lief wortlos weiter.

Simon eilte ihr hinterher. Er hatte das Fellbüschel vom Ast gezupft und hielt es Ashakida hin. »Was ist mit dir los?«

»Mach dir keine Gedanken.«

»Tu ich aber. Was passiert mit dir?«

Die Leopardin seufzte. »Kannst du dir das nicht vorstellen? Wir sind im Strahlwald. Was glaubst du, warum die Menschen hier Schutzanzüge tragen?«

Simon brauchte etwas, um das Gehörte zu begreifen. »Willst du mir damit sagen, dass die Strahlen für dich gefährlich sind?«

»Natürlich.« Ashakida knurrte angespannt.

Simon schluckte. Er war fest davon ausgegangen, dass der Strahlwald für die Leopardin nicht gefährlich sei, so wie auch ihm die Strahlen keinen Schaden zufügten. Dann erinnerte er sich daran, dass sein Großvater in der kurzen Zeit, die er sich ohne Schutz im Dschungel aufgehalten hatte, krank geworden war.

Simon wurde schlecht.

Ashakida warf ihm einen Blick von der Seite zu. »Jetzt entspann dich. Ist nicht so schlimm.«

»Na hör mal! Dir fällt das Fell aus. Und das ist nur das, was wir sehen. Wer weiß, was alles in deinem Körper passiert!«

Die Leopardin gab sich entspannt. »Und wenn schon. Sobald ich durch das Weltentor gehe, ist alles wieder gut.« Sie erzählte Simon, dass der Körper eines Läufers, nachdem er ein Weltentor passiert hatte, in jeder Welt neu aufgebaut wurde. »Darum sehe ich auch in jeder der sieben Welten anders aus.«

»Aber irgendwo muss doch dein richtiger Körper sein.« Simon versuchte, zu begreifen, was sie ihm erklärte.

Sie nickte. »In meiner Heimat. Da bin ich ja auch kein Läufer, sondern ich selbst.« Sie stolperte und taumelte zur Seite, bevor sie sich fangen konnte. Ihr Fell streifte einen Stamm, ein dichter Ballen Haare blieb an der Rinde des Baumes hängen. Ashakida betrachtete die nackte Stelle nachdenklich. Nun wirkte sie doch besorgt. »Vielleicht ist es besser, wenn wir uns ein wenig beeilen.«

Sie gingen schweigend weiter. Simon ließ die Leopardin nicht aus den Augen. Ihr Gang wurde schwerer, ihre Kräfte schwanden, doch sie schritt unbeirrt voran, ohne sich anmerken zu lassen, wie erschöpft sie war.

Endlich, Simon hatte lange schon darauf gewartet, begann der Stein in seinem Ring zu leuchten. Er zeigte ihn Ashakida. »Jetzt ist es nicht mehr weit.«

Die Leopardin knurrte leise.

Sie erreichten den Tower eine knappe Stunde später. Die Meerkatzen waren unruhig geworden, ihr nervöses Schnalzen zeigte Simon, dass sie ihrem Ziel nahe waren. Das Dickicht teilte sich vor ihnen, und sie betraten die riesige Lichtung, in deren Mitte der Tower stand.

Beeindruckt blieb Ashakida stehen. Sie hob ihren Kopf und blickte an der Ruine empor. Obwohl die Spitze des Turms fehlte, sah der Tower immer noch beeindruckend aus.

Simon dankte den Meerkatzen für ihre Hilfe und verabschiedete sich von ihnen. Dann liefen sie weiter. Simon trieb die Leopardin zur Eile an: Ihr Fell saß inzwischen so locker, das sich die Haare bei der leisesten Erschütterung ihres Körpers lösten. Die Haut darunter war rot und es bildeten sich kleine Pusteln.

»Geht's noch?« Simon war besorgt.

Ashakida antwortete nicht. Sie waren gerade in die Eingangshalle des Towers gegangen und die Leopardin hatte das Wappen entdeckt, das dort in den Boden eingelassen war. Sie blieb stehen und entzifferte die Schrift, die kreisförmig einen Adler umrahmte. »APHYR – Agency for Physical Research.« Sie verstummte gedankenverloren.

»Und? Glaubst du mir jetzt?«

Ashakida sah auf. »Natürlich glaube ich dir. Ich denke über etwas anderes nach.« Sie schwieg erneut. Erst als Simon nachfragte, verriet sie, was sie bewegte. »Die Legende sagt, Aphyr sei eine Göttin. Wenn das nicht stimmt, wenn Aphyr eine Forschungseinrichtung ist: Wer ist dann Drhan?«

44

Der Aufstieg im zerstörten Tower war eine Tortur, sowohl für Ashakida als auch für Simon. Die Leopardin war schwach und schleppte sich die Stufen hinauf. Trotzdem wies sie seine Hilfe zurück – Simon musste hilflos mit ansehen, wie sie sich quälte. Nach einer Weile konnte sie nicht mehr. Erschöpft blieb sie stehen. »Wie weit ist es noch?«

Simon antwortete nicht. Ohne ihren Protest zu beachten, knotete er aus einem Gurt seines Rucksacks eine Schlaufe und legte sie Ashakida um den Brustkorb. Dann griff er in den Gurt und zog die Leopardin hoch, während sie die Stufen erklomm. Jetzt ging es besser. Ashakida knurrte genervt, doch insgeheim war sie froh, dass er ihr beistand.

Auf der Hälfte der Strecke machten sie Rast. Simon nutzte die Gelegenheit und zeigte der Leopardin die riesige Halle, die er auf der Metallbrücke durchquert hatte. Ashakida war beeindruckt, auch wenn sie keine Ahnung hatte, wozu der Raum gut sein sollte. Simon erzählte ihr von seiner Vermutung, dass sich in dem Becken unter der Brücke das Wasser des Stundenflusses sammelte, bis es durch das gläserne Rohr in den Untergrund abgelassen wurde.

Sie stiegen weiter die Treppe hinauf. Mühsam erklomm die Leopardin Stufe für Stufe. Endlich erreichten sie die oberste Ebene des Turmes. Wind strich durch die zerborstenen Stahlstreben, durch die offene Decke schien die Sonne. Ihr Licht brach sich tausendfach in den von geschmolzenem Metall bedeckten Trümmern. Das Glitzern ließ sie blinzeln.

Außer Atem von dem Anstieg sah sich Ashakida um. »Wo ist das Weltentor?«

Simon wies zum Kontrollpult. »Dort drüben liegt ein Stahlschrank. Ich zeig ihn dir.« Er ging voran. Ein Windstoß erfasste sie, er zerrte an Simon und strich über Ashakidas Fell. Büschelweise lösten sich die Haare aus ihrer Haut. Simon sah es besorgt, doch er sagte nichts.

Der Schrank lag an seinem Platz, halb verborgen unter dem herabgestürzten Stahlträger. Simon warf einen Blick auf seinen Ring: Er leuchtete hell, das Weltentor war intakt. Erleichtert schob Simon den leuchtenden Stein auf den Metalldorn im Türrahmen, bis das Relief in die Gravur einrastete. Dann öffnete er mit einer beherzten Drehung des Ringes das Tor. Für einen Augenblick geschah nichts, dann war das vertraute Knarren zu hören, gefolgt von dem Windstoß, der Ashakida weitere Haare aus ihrem Fell riss. Sie sah jetzt ziemlich gerupft aus, was ihr sehr unangenehm war. »Besser, wir verschwinden hier.«

Simon nickte, er war der gleichen Meinung wie sie. Er erzählte ihr in knappen Worten, an welchen Ort sie das Weltentor führen würde und dass sie keine Angst haben sollte, wenn sie nach der Ankunft das Gefühl habe, eingesperrt zu sein. Dann konzentrierte er sich und dachte an Avaritia, bis der Gang des Tores blau schillerte.

Simon schob Ashakida vor die Öffnung, ohne die Proteste der Leopardin zu beachten. »Du zuerst. Ich komme sofort nach. Du hast keine Zeit zu verlieren.«

Ashakida warf ihm einen langen Blick zu. Schließlich wandte sie sich dem Tor zu und sprang. Ihr Körper schien in die Tiefe gesogen zu werden und ein Lichtblitz raste davon. Dann war Simon alleine.

Simon warf einen letzten Blick zurück. Er dachte an die Menschen in dieser Welt, an seine Freunde, die er hier hatte, an seinen Großvater, der vielleicht schon wieder gesund war. Doch als er bemerkte, dass das Weltentor seine Farbe verlor, konzentrierte er sich wieder auf sein Ziel Avaritia, und als der Gang des Tores blau leuchtete, sprang auch er. Das Weltentor riss ihn mit sich.

Er spürte das Fell der Leopardin, als er in seinen Körper zurückkehrte. Sie hatte ihre Ankunft schon hinter sich und lag ruhig da, während er noch mit den Schmerzen kämpfte. Sie hielt ihn fest, bis auch er ganz in Avaritia angekommen war. Erleichtert spürte er, dass ihre Felldecke unversehrt war. Eine Weile lagen sie nebeneinander, sie genossen es beide, sich nahe zu sein und für einen Augenblick alles zu vergessen, was geschehen war und was noch vor ihnen lag.

Schließlich tastete Simon nach seinem Rucksack, um die Taschenlampe hervorzuholen, er hatte sie dort nach ihrem Aufstieg durch den Treppenschacht des Towers verstaut. Er lud den Akku mit der Kurbel und schaltete das Licht ein. Ashakida fauchte ärgerlich, als der Strahl ihre Augen traf. »Mach das blöde Ding aus!«

Simon beachtete ihre Aufforderung nicht. Er ließ den Lichtkegel über ihren Körper wandern. Ihre Zeichnung war heller, sie war nun wieder ein Schneeleopard. Ihr Fell war dicht und unversehrt, und sie sah gesund aus. Simon war erleichtert.

Sie bemerkte seinen Gesichtsausdruck und gab sich lässig. Doch auch sie war froh, den Strahlwald rechtzeitig hinter sich gelassen zu haben.

Ashakida wurde ernst. »Danke, dass du mir geholfen hast.« Sie seufzte. »Eigentlich ist das ja meine Aufgabe.«

Simon verstand nicht sofort, was sie meinte.

»Na, dir zu helfen«, entgegnete die Leopardin. »Ich soll dich beschützen, schon vergessen? Und jetzt beschützt du mich …«

Simon war genervt. »Kannst du nicht endlich damit aufhören?« Er schob seinen Rucksack zur Seite, um Platz auf dem Boden des Schranks zu schaffen, und schaltete die Lampe aus. »Vielleicht ist es das Beste, wenn wir die Nacht hier verbringen. Morgen früh beginnt der Aufstand, dann werden die Soldaten abgelenkt sein.« Das sei der beste Moment, ergänzte Simon, um nach Ira und nach Philja zu suchen.

Sie versuchten, es sich in dem engen Raum bequem zu machen, und hingen ihren Gedanken nach. Ashakida sprach als Erste aus, woran sie dachte. »Das mit dem Wasserglas, das du nach Superbia geschickt hast, das war der Knaller.«

Auch Simon hatte darüber nachgedacht, was am Abend zuvor geschehen war. Hatte er wirklich ein Weltentor geöffnet und das Glas darin verschwinden lassen?

Die Leopardin seufzte. »Warum sind wir eigentlich endlos durch den Dschungel gelaufen? Das hätten wir einfach haben können.«

Simon verstand nicht, was sie meinte.

Sie erklärte es ihm. »Wenn du wirklich mit deinem Handschuh ein Tor zwischen den Welten öffnen kannst, dann könntest du doch auch selbst hindurchgehen. Und ich gleich mit.« Sie streckte sich, der Gedanke gefiel ihr.

Simon erinnerte sie daran, in welchem Zustand das Wasserglas gewesen war, als er es wieder in ihre Welt zurückgeholt hatte. »Möchtest du auch so aussehen?«

Die Leopardin kicherte. »Warum nicht? Wäre doch mal was anderes.« Sie kitzelte ihn. Er wehrte sie ab, sie balgten miteinander, bis sie schließlich still liegen blieben.

Simon dachte darüber nach, was die Leopardin gesagt hatte. Ihm lief ein Schauer den Rücken hinunter. Die Vorstellung, überall ein Weltentor öffnen zu können, war einfach unglaublich. Aber selber hindurchzugehen, würde er sich niemals trauen. Was, wenn es schiefginge?

Ein Geräusch ließ ihn stutzen. Auch Ashakida spitzte ihre Ohren. Von draußen war ein Poltern zu hören, dann laute Stimmen, jemand brüllte etwas. Simon konnte nicht verstehen, was der Mann rief, der Stahlschrank dämpfte die Geräusche. Er tastete nach dem Hebel, der das Schloss von innen entriegelte, und drückte die Schranktür vorsichtig einen Spalt weit auf. Jetzt waren die Stimmen deutlich zu hören, und nun konnte Simon verstehen, was gesagt wurde. Zwei Männer stritten miteinander, die Stimme des einen war schrill und hoch, während die des anderen tiefer war. Beide wirkten entschlossen.

»Du kannst uns nicht aufhalten! Wir hauen ab.« Das war die schrille Stimme.

»Geht hinunter und kämpft! Das ist ein Befehl!«

»Warst du schon draußen auf der Straße? Das sind Zehntausende! Die ganze Stadt wacht auf! Wir haben keine Chance!«

Simon wurde ganz aufgeregt, als er die Worte hörte. Offenbar hatte der Aufstand schon begonnen, die Schläfer waren erwacht und lehnten sich gegen die Soldaten auf. Sein Plan funktionierte!

Simon schnappte sich seinen Rucksack und setzte ihn auf, dann vergrößerte er den Türspalt und linste hindurch. Eine Gruppe von Soldaten stand vor dem Kontrollpult, ihr Wortführer stritt mit einem Offizier, der sich vor dem Bedienfeld aufgebaut hatte und die anderen zurückzuhalten versuchte. »Ihr kennt unsere Aufgabe«, sagte der Offizier gerade, »ihr dürft nicht gehen.«

Doch der Wortführer der Soldaten beachtete den Offizier nicht. Er schob ihn zur Seite und legte einen Hebel auf dem Pult um. Die Maschine krachte, das von den Spulen umgebene Höllentor glühte rot auf. Blitze zuckten. Die Pumpe, die Wasser über das heiße Metall fließen ließ, lief ächzend an. Es zischte, Dampfschwaden zogen durch den Raum. Der Wortführer blickte auf die Anzeigetafel, dann nickte er dem ersten seiner Kameraden zu. Der Soldat legte seine Waffen ab, bis er nur noch die Uniform aus Spinnenweben trug, dann nahm er Anlauf und sprang in das rot glühende Tor. Ein Lichtblitz leuchtete auf, die Spulen entluden sich, und im gleichen Augenblick schien der Körper des Soldaten in die Tiefe gesogen zu werden. Der Mann war fort.

Simon verfolgte die Ereignisse gebannt.

»Los, der Nächste.« Der Wortführer behielt die Anzeige im Auge. »Jetzt.«

Ein weiterer Soldat sprang, auch er verschwand. Einer nach dem anderen passierte Drhans Weltentor und ließ Avaritia hinter sich. Die Pumpe ächzte, das Wasser ergoss sich in einem riesigen Schwall auf das glühende Metall. Der Nebel aus Wasserdampf wurde immer dichter.

»Sie verlassen Avaritia!« Simon war aufgeregt. Er schob Ashakida vor den Spalt, damit sie es selber sah.

Plötzlich ging ein Aufschrei durch die Gruppe der Männer. Der Offizier hatte seine Pistole gezogen, er richtete sie auf den Wortführer. »Sofort aufhören. Geht zurück auf die Straße und kämpft.«

Der Wortführer schüttelte langsam den Kopf. »Es ist vorbei, verstehst du das nicht? Also mach jetzt keinen Fehler.« Er wies auf seine Kameraden, die nun ebenfalls ihre Waffen gezogen und auf den Offizier gerichtet hatten.

Überwältigt von der Übermacht, gab der Offizier auf, er hob eine Hand und legte mit der anderen seine Waffe auf den Boden. Ungerührt nahm der Wortführer die Pistole an sich, dann wandte er sich wieder dem Kontrollpult zu, um die Maschine zu überwachen.

Der Offizier wies auf den Hebel, der die Pumpe steuerte. »Du musst die Anlage stärker kühlen. Sonst fliegen wir hier alle in die Luft.«

Der Wortführer antwortete nicht. Doch er vergrößerte den Wasserstrahl, der sich auf die glühenden Torbogen ergoss. Derweil strömten immer mehr Soldaten durch den Eingang in die Halle, jetzt kamen auch die Wissenschaftler aus den Forschungsetagen in den Raum. Einer nach dem anderen verschwand im Höllentor.

Ashakida hatte so wie Simon den Atem angehalten, während sie die Soldaten beobachtete. Jetzt knuffte sie ihn begeistert. »Sie geben auf! Avaritia ist gerettet!« Auch Simon freute sich.

Plötzlich hörte er ein Wispern: »Simon!« Die Stimme klang eindringlich und lockend. »Simon, komm zu mir!« Das Wispern wurde lauter und fordernder.

Im gleichen Moment erfasste ihn eine Kraft, sie packte ihn und zog ihn mit sich. Erschrocken schrie er auf.

»Ich habe auf dich gewartet, Simon. Komm nach Hause.«

Es war die Stimme von Drhan.

45

Ashakida war herumgefahren. Geschockt sah sie, wie Simon gegen die Kraft, die ihn ergriffen hatte, ankämpfte. Zitternd, alle seine Muskeln angespannt, presste Simon seine Hände an die Wände des Schranks, er versuchte sich festzuhalten, doch sein Körper war nicht stark genug. Drhan zog ihn unerbittlich zu sich.

»Halte die Zeit an, Simon«, rief die Leopardin, bevor sie sich in seinem Gürtel verbiss und ihn festzuhalten versuchte. Gemeinsam kämpften sie gegen den Sog, der Simon mit sich zu reißen drohte.

Plötzlich war es totenstill. Die Rufe der Männer draußen in der Halle waren verstummt, ebenso das Zischen der Maschine, das Stampfen der Pumpe. Auch die Kraft, die an Simon gezerrt hatte, war plötzlich fort.

Erschöpft ließ die Leopardin Simons Gürtel los. »Alles okay mit dir?« Sie betrachtete ihn besorgt.

Simon antwortete nicht. Sein Herz klopfte schnell. Drhans Angriff hatte ihn überrascht, obwohl er mit ihm hätte rechnen müssen. Noch immer zitterte sein Körper: Die Kraft, die ihn gepackt hatte, war stark gewesen. Jetzt kam ihm sein Plan, im Tower nach Ira und Philja zu suchen, verrückt vor. Wir sollte er es schaffen, sich hier gegen Drhan zu stellen oder ihn gar zu bezwingen?

Ein Stupsen der Leopardin riss ihn aus seinen Gedanken, sie stieß ihn aufmunternd mit der Nase an. »Du schaffst das schon«, sagte sie nur. In ihrer Stimme lagen so viel Zuversicht und Vertrauen, dass Simon wieder Mut fasste.

Er lächelte tapfer. »Dann lass uns gehen.« Er wollte den Stahlschrank verlassen, doch er stieß sich seine Stirn am Metall, als er die Tür aufzudrücken versuchte. Ashakida musste grinsen: Simon hätte genauso gut probieren können, eine Felswand zur Seite zu schieben.

»Ja, ja, hab's schon kapiert.« Simon verzog das Gesicht, ärgerlich, nicht gleich daran gedacht zu haben: Die Tür war in der Zeit gefangen, es war unmöglich, sie zu bewegen.

Plötzlich war wieder alles wie zuvor: die Rufe, das Zischen, das Stampfen und dazu die Kraft, die an Simon zerrte. Doch diesmal wehrte er sich nicht, im Gegenteil: Simon stieß die Tür auf und taumelte aus dem Schrank, fest im Griff von Drhan. Die Leopardin fauchte erschrocken, doch bevor sie etwas rufen konnte, stand wieder alles still.

Jetzt war es an Simon, zu grinsen. »Dachtest du wirklich, ich schaff es nicht, noch einmal die Zeit anzuhalten?«

Die Leopardin fauchte ärgerlich, während sie Simon durch den Kontrollraum folgte. Ihr Blick schwankte zwischen Bewunderung und Erstaunen. »Ich versteh das nicht. Du siehst total entspannt aus. Ich musste gegen Drhans Kraft kämpfen.«

Beide wussten, welchen Moment sie meinte: Ashakida war Simon zu Hilfe gekommen, als der nichts ahnend das Weltentor in der Scheune seines Großvaters geöffnet hatte und Drhan ihn durch das Tor zu sich ziehen wollte. Die Zeit anzuhalten, hatte Ashakida damals viel Kraft und beinahe das Leben gekostet.

Umso erstaunter war sie jetzt, wie leicht es Simon fiel, in den Lauf der Zeit einzugreifen. Sie fauchte beeindruckt. »Jetzt sag schon. Wie machst du das?«

Simon hob die Schultern. Er wusste es selbst nicht. Er wollte es einfach, und es geschah. Wie konnte er ihr etwas erklären, das er selber nicht verstand?

Simon schob seine Gedanken beiseite. Sie hatten jetzt keine Zeit für Zweifel oder für Fragen. »Komm.« Er wies auf einen Treppenschacht auf der Nordseite der Halle, gleich neben den Aufzügen. »Dort geht es lang.«

»Woher willst du das wissen?«

»Drhans Kraft hat mich in diese Richtung gezogen. Und ich denke, wo Drhan ist, sind auch Ira und Philja.«

Ashakida behagte die Vorstellung überhaupt nicht, in die Höhle des Löwen zu gehen. Doch was Simon sagte, klang logisch, und so folgte sie ihm, vorbei an den in der Zeit gefangenen Soldaten.

Der Aufgang, der sich hinter der Öffnung am Rand der Halle verbarg, war schmal und steil, es war eine Nottreppe, vielleicht wurde sie auch von Arbeitern oder Technikern genutzt. Eisige Kälte kroch die Stufen herab. Simons Magen kribbelte: Sie näherten sich Drhan. Gemeinsam machten sie sich an den Aufstieg, Ashakida sprang voran. Simon war froh, zu sehen, dass es ihr wieder besser ging. Nach einer Weile erreichten sie einen Treppenabsatz, ein kurzer Gang zweigte hier ab. Die Tür am Ende des Ganges war verschlossen.

»Wohin?« Ashakida sah Simon fragend an.

Simon zögerte, während er überlegte, ob Ira und Philja vielleicht hier gefangen gehalten wurden. Kurz entschlossen ging er in den Gang und legte die Hand auf die Klinke der Tür. Dann ließ er die Zeit los, um den Durchgang öffnen zu können. Mit aller Kraft stemmte er sich gegen den Sog, der ihn augenblicklich packte, und stieß die Tür auf, bevor er die Zeit wieder stoppte.

Ashakida betrat zuerst den Raum. Erschrocken jaulte sie auf.

Simon folgte ihr eilig, und auch er wich geschockt zurück. Vor ihnen öffnete sich eine riesige Halle, sie war fast so groß wie das Becken, in dem das Wasser des Stundenflusses gesammelt wurde. Von der Decke hingen Gitterbahnen herab, es mussten hunderte sein, benetzt mit einer klebrig aussehenden Flüssigkeit. Zwischen den Stäben der Gitter waren Fäden gesponnen, Millionen winziger Spinnen saßen darauf, um zu fressen und zu wachsen. Jetzt waren sie erstarrt, sie waren in der gestoppten Zeit gefangen, so wie alles in dieser Welt.

Ashakida verzog ihr Gesicht. »Sie züchten sie hier.«

Auch Simon fand den Anblick eklig. Ihm kam ein Gedanke. »Warum fressen die Viecher eigentlich den Tower nicht auf?« Er musste daran denken, wie gefräßig und wie gefährlich die Spinnen waren.

Die Leopardin wies auf die Flüssigkeit, die in schweren Tropfen an den Gitterbahnen hing. »Schätze, solange sie gefüttert werden, fressen sie nichts anderes.«

Simon erinnerte sich daran, was in seiner Welt der Vater von Tomas berichtet hatte: dass der Tower Woche für Woche von Tankwagen mit Zuckerlösung beliefert wurde.

Die Leopardin schüttelte sich angewidert. »Lass uns hier verschwinden.«

Simon nickte stumm. Obwohl er dafür die Zeit kurz lösen musste und Drhans Kraft mit aller Macht an ihm zerrte, verschloss er die Tür sorgfältig.

Schweigend gingen sie weiter die Treppe hinauf. Je höher sie kamen, desto kälter wurde es. Simon wurde immer mulmiger zumute. Wie sollte es ihm gelingen, Ira und Philja aus dem Tower zu bringen? Selbst wenn er die beiden fände, konnte er sie nicht bewegen, solange die Zeit stillstand. Doch löste er die Zeit, dann packte ihn Drhans Kraft. Bisher hatte er es geschafft, sich ihr zu widersetzen. Doch Simon hatte gespürt, dass Drhan immer stärker wurde, je näher er ihm kam.

Würde er genug Kraft habe, sich ihm zu widersetzen, wenn er Drhan gegenüberstand?

Sie erreichten das Ende der Treppe. Sie mussten hoch oben im Tower sein, der Aufstieg hatte lange gedauert. Die Tür, die vom obersten Treppenabsatz abging, stand offen, Simon sah es mit Erleichterung, denn so brauchte er nicht die Zeit loslassen, um sie zu öffnen. Er quetschte sich durch den Spalt, Ashakida huschte hinterher.

Die Halle, die sie betraten, war groß und prachtvoll. Marmor bedeckte den Boden, die Wände schillerten golden. Sitzgruppen luden zum Verweilen ein, dazwischen standen Blumenkübel, in denen großblättrige Grünpflanzen wuchsen. Simon erinnerte der Raum an eine Hotelhalle. Sogar einen Empfangstresen gab es, das kreisrunde Wappen von Aphyr war daran angebracht. Ein bulliger Leibwächter und eine sehr schlanke Empfangsdame standen hinter dem Pult, beide waren regungslos, gefangen in der Zeit.

Es war eiskalt im Raum.

Während Ashakida in die Halle schlich, um sich dort umzusehen, ging Simon zum Tresen. Vielleicht fand er dort einen Hinweis, wo Ira und Philja gefangen gehalten wurden. Er umrundete die beiden erstarrten Gestalten und blickte auf die Arbeitsfläche, die sich hinter dem Empfangspult verbarg. Sie war leer, bis auf ein Buch. »Termine«, stand darauf geschrieben, und darunter ein Name: »Dr. H. A. Norris«. Simon stutzte. Das war sein eigener Nachname: Norris, so hieß er. Was hatte das zu bedeuten?

Ein Ruf von Ashakida unterbrach seine Gedanken. »Simon, komm her, schnell!«

Simon rannte zu Ashakida, er sah sie am anderen Ende der Halle. Als er bei ihr war, erkannte er, warum sie so aufgeregt war: Sie hatte Ira und Philja gefunden. Die beiden hockten in einer Sitzgruppe, so wie alles um sie herum in der Zeit erstarrt. Sie sahen ängstlich aus, doch sie waren unverletzt, man hatte ihnen nichts getan.

Die Leopardin fauchte unruhig. »Und was machen wir jetzt?«

Simon kam nicht dazu, ihr zu antworteten, denn eine Stimme ließ ihn zusammenzucken. »Da bist du ja, Simon.« Es war die Stimme von Drhan.

Simon fuhr herum. Die Halle war leer.

Eine Bewegung lenkte seinen Blick nach oben: In einem Glaswürfel, der unter der Decke zu schweben schien, stand eine Gestalt, es war ein Mann mit grau meliertem Haar. Er sah freundlich aus. Lächelnd sah er zu ihm herab. Erneut hörte Simon die Stimme, sie kam von dort oben und war zugleich in ihm, lockend und fordernd zugleich. »Ich habe lange auf dich gewartet, Simon. Komm zu mir. Hab keine Angst.« Der Mann streckte seine Hand aus.

Simon starrte entsetzt auf die Gestalt hinter der Glaswand.

Aber das war unmöglich!

Simon wusste, dass nicht sein konnte, was er sah. Niemals war das die Wahrheit.

Dort oben stand sein Vater.

46

Fassungslos starrte Simon auf die Gestalt, die über ihm zu schweben schien. Die lockende Stimme, die ihn schon so oft gerufen hatte, füllte seinen Kopf aus. Sie klang vertraut und verführerisch, wie in der ersten Nacht, als er im Haus seines Opas am Fenster gestanden und seinen Namen gehört hatte.

»Simon! Komm zu mir! Komm nach Hause!«

Stand dort wirklich sein Vater und winkte ihn zu sich?

Für einen Augenblick ertappte sich Simon bei dem Gedanken, die Zeit loszulassen und heimzukehren. Alles wäre gut, der Kampf wäre vorbei. In der gleichen Sekunde schrie er auf: Ashakida hatte seine Gefühle gelesen und ihm ins Bein gebissen. Der Schmerz riss Simon in die Wirklichkeit zurück.

Die Leopardin fauchte ärgerlich. »Denk nach, verdammt noch mal! Das ist nicht dein Vater!«

Simon wusste, dass Ashakida recht hatte. Sein Vater war in Gula, zusammen mit seiner Familie. Nichts von dem, was er hier sah, durfte er glauben, nichts von dem, was er hörte, nichts von dem, was er fühlte. Entschlossen richtete er sich auf. Dort oben stand Drhan, und er würde sich nicht von ihm bezwingen lassen!

Die Glaswände, die den Mann umgaben, erzitterten. Erst jetzt sah Simon, dass sie nicht wirklich aus Glas waren, sondern sich bewegten, so als würde ein Schild aus Energie Drhan umgeben. Immer wieder liefen Wellen über die Schicht und verzerrten, was dahinter zu sehen war.

Ashakida fauchte nervös. »Los, lass uns abhauen.«

»Nein.« Simon war entschlossen. »Nicht ohne Ira und Philja.«

»So ist es richtig, Simon.« Drhans Stimme klang zufrieden. »Lass die Zeit los und hole deine Freunde.« Der schillernde Würfel, aus dem Drhan zu ihnen herabsah, bewegte sich, er sank tiefer und kam näher. Ashakida wich erschrocken zurück.

Fasziniert betrachtete Simon die Gestalt. Drhan ähnelte tatsächlich seinem Vater, doch zugleich sah er ganz anders aus. Kurz glaubte er, seinen Großvater zu erkennen, dann sich selbst, dann wieder sah er Menschen, die ihm fremd waren.

»Wer sind Sie?« Simon war ruhig stehen geblieben, obwohl sich Drhan bis auf wenige Armlängen genähert hatte.

»Komm zu mir, und du wirst es erfahren. Es ist nur ein Schritt.« Drhan, jetzt wieder Simons Großvater ähnlich, streckte seine Hand aus.

Langsam schüttelte Simon den Kopf. »Sie wissen, dass ich das nicht tun werde. Sie haben keine Macht über mich. Nicht, solange ich die Zeit anhalte.«

Erneut änderte Drhan sein Aussehen, ohne dass Simon merkte, wie das geschah. Es war, als vereine Drhan alle Personen, die er abbildete, in sich.

»Du bist stark geworden, Simon. Stärker, als ich gedacht hatte.« Drhan musterte ihn nachdenklich.

»Wer sind Sie?«

Drhan lächelte. »Das weißt du nicht? Sieh mich an: Ich bin du!«

Für einen Augenblick kam es Simon vor, als sehe er in einen Spiegel. Er schüttelte den Kopf. »Das ist eine Täuschung. Ich bin hier, und Sie sind dort auf der anderen Seite. Sie sind das Böse.«

Drhan lachte, als hätte Simon einen guten Witz gemacht. »Eigentlich weißt du längst, wer ich bin. Wir haben uns schon einmal getroffen. Erinnerst du dich nicht mehr? Natürlich erinnerst du dich nicht.« Drhan lachte erneut, dann wurde er ernst. »Meine Leute haben mir gesagt, dass sie Avaritia nicht mehr halten können. Es ist die zweite Welt, die du mir nimmst. Kompliment. Ich habe dich unterschätzt. Ich dachte nicht, dass du so schnell lernst.« Er beugte sich vor, bis sein Gesicht nahe vor dem von Simon war. Nur noch die flirrende Wand trennte sie. »Glaubst du wirklich«, flüsterte Drhan, »ich gebe auf, nur weil du diese Schlacht gewonnen hast?«

Sie sahen sich an. Noch einmal durchlief die Gestalt, die sich Drhan nannte, alle Personen, die sich in ihr zu vereinen schienen.

»Wir sehen uns wieder, Simon.« Drhan lächelte. Dann wandte er sich um und berührte etwas hinter sich, Simon konnte nicht erkennen, was es war. Im gleichen Augenblick löste sich der schillernde Würfel auf, und mit ihm die Gestalt in seinem Inneren.

Simon brauchte einen Moment, um zu erfassen, was gerade eben geschehen war. Überwältigt starrte er auf die Stelle, an der eben noch Drhan mit ihm gesprochen hatte. War er wirklich fort? Oder war das nur ein Trick, der ihn in die Falle locken sollte?

Doch etwas hatte sich verändert, Simon spürte es ganz genau.

Und dann begriff er, was es war: Die Kälte war fort.

Aufgeregt drehte Simon sich zu Ashakida um. »Es ist vorbei!«

Die Leopardin fauchte nervös, sie war sich nicht sicher. Bevor sie protestieren konnte, ließ Simon die Zeit los. Für einen kurzen

Moment fürchtete er, dass die Macht nach ihm griff, doch es geschah nichts dergleichen. Stattdessen schallte ein aufgeregter Ruf durch die Halle. »Simon!« Eine Gestalt lief quer durch den Raum, es war Ira, sie rannte auf ihn zu und sprang in seine Arme. »Ich wusste, dass du kommst.« Ira hielt ihn fest, so als ob sie ihn nie wieder loslassen wolle.

Ashakida runzelte die Stirn, als sie die Umarmung sah. »Es reicht.« Sie fauchte ärgerlich. »Könnt ihr das nicht später erledigen? Wir müssen weiter.« Kurz zerrte sie an Simons Hosenbein, bevor sie sich abwandte und zu Philja lief, um nach ihm zu sehen.

Eine Stimme ließ alle herumfahren. Der bullige Leibwächter stand in der Mitte der Halle, er war erstaunt und zugleich sehr wütend. »Wer hat euch hier hereingelassen?« Langsam kam er näher. Dabei öffnete er sein Waffenholster, um seine Pistole hervorzuholen.

Ohne darüber nachzudenken, stoppte Simon die Zeit.

Ashakida war erstaunt. »Was hast du vor?«

Simon zwinkerte ihr zu, bevor er neben den bulligen Mann trat. Die Pistole steckte noch in ihrer Tasche am Gürtel des Wächters, Simon legte seine Hand auf den Knauf. Dann ließ er die Zeit los. Im gleichen Moment zog er die Pistole aus dem Holster. Erschrocken fuhr der Leibwächter zurück, als Simon plötzlich neben ihm stand und seine Waffe in der Hand hielt.

Simon warf die Pistole fort und stoppte erneut den Zeitenlauf. Er ging auf die andere Seite des Mannes, etwas weiter entfernt, und ließ die Zeit wieder los. Der Wächter wirbelte herum, für ihn hatte Simon von einem Augenblick auf den anderen den Platz gewechselt. Er war blass geworden. »Wer bist du?«

Simon lächelte. »Ich bin Salvatore.« Er wusste nicht, warum er diesen Namen verwendete, aber es fühlte sich richtig an.

»Salvatore …«, wiederholte der Leibwächter geschockt.

Simon ging einen Schritt auf ihn zu. »Es ist vorbei. Ich rate Ihnen und Ihrer Kollegin: Verlassen Sie diese Welt. Und zwar sofort.«

Der Wächter nickte stumm. Die Frau am Empfangstresen hatte die Begegnung sprachlos verfolgt. Jetzt liefen beide davon, ihr Ziel war der Aufzug, die Tür stand offen. Die Kabine schloss sich und fuhr hinab. Sie waren alleine.

Die Anspannung der vier entlud sich in Gelächter, vor allem Ira lachte laut. Sie war tief beeindruckt von dem, was sie gesehen hatte, und betrachtete Simon mit großen Augen.

Ashakida sah es genervt. »Los, lasst uns aufbrechen.«

Gemeinsam machten sie sich an den Abstieg. Ira redete ohne Unterlass, sie war aufgeregt und versuchte aus Simon herauszubekommen, was geschehen war. Ashakida wurde es irgendwann zu viel. Sie fauchte wütend. »Kannst du nicht mal still sein? Wir sind immer noch im Tower und noch lange nicht in Sicherheit.«

Ira verstummte beleidigt.

Die Halle, in der Drhans Weltentor stand, schien verlassen zu sein. Die Maschine arbeitete stampfend und dröhnend, dichte Dampfschwaden hingen in der Luft. Die Torbogen des Höllentors zitterten, Wasserschwaden ergossen sich auf das rot glühende Metall.

Simon war erleichtert, als er die verlassene Halle sah. »Sie sind weg! Die Soldaten haben Avaritia verlassen! Wir haben es geschafft, Ashakida!« Freudig wandte er sich der Leopardin zu.

Sie erwiderte seine Freude nicht, im Gegenteil: Simon spürte Angst in ihr. Besorgt sah er sie an. »Was ist los?«

»Wir haben etwas vergessen.« Ashakidas Schwanzspitze tänzelte nervös hin und her. »Die Spinnen.«

Simon wusste sofort, was sie meinte: Wenn nicht nur Drhan, sondern auch alle seine Männer den Tower verlassen hatten, dann würde niemand mehr die Spinnen füttern. Die gefräßigen Tiere würden zuerst von innen den Tower einspinnen und ihn fressen, dann die Stadt, dann das ganze Land, bis alles zerstört war. Simon wurde eiskalt, als er daran dachte.

Sie mussten die Spinnen aufhalten, sonst war Avaritia verloren!

Ira und Philja verstanden nicht, worüber Simon und Ashakida sprachen, doch sie spürten den Ernst der Lage und schwiegen bedrückt.

Plötzlich merkte Simon auf. »Das Höllentor!« Er wies auf die Maschine, mit der Drhan seine Soldaten von Welt zu Welt reisen ließ.

Ashakida stutzte. »Was ist damit?«

»Feuer zerstört die Spinnen, richtig?« Simon ballte die Faust. »Wir lassen das Höllentor explodieren.«

47

Langsam schüttelte Ashakida den Kopf. »Denk an Superbia. Auch dort ist das Höllentor explodiert.«

Simon unterbrach sie aufgeregt. »Genau. Es funktioniert, wir haben es beide gesehen: Alles oberhalb der Maschine war verglüht. Es wird die Spinnen vernichten.«

»Und was ist mit der Welt passiert? Sie ist verstrahlt! Niemand kann dort leben, außer er gräbt sich ein oder zieht sich einen Schutzanzug an.«

Simon nickte, er hatte daran gedacht. »Ich war dort, ich habe mit den Bewohnern geredet. Die Strahlen kommen nicht aus dem Tower. Sie sagen, der Wald strahlt, weil zwei Tage nach der Explosion ein Kraftwerk heißgelaufen und außer Kontrolle geraten ist.« Er wandte sich an Philja. »Wo wird hier in der Stadt der Strom hergestellt?«

Philja erzählte, dass es am Rand der Stadtmauer, die das Zentrum umschloss, ein großes Betongebäude gab. Dicke Stromkabel waren dort angeschlossen. »Die Kabel führen bis zum Tower, wir haben es bei unseren Patrouillen unter der Stadt gesehen.«

»Das wird es sein!« Simon wandte sich an Ira. »Geh gemeinsam mit Philja zu Libor und erklär ihm und den anderen Ratsältesten alles. Die Erwachsenen müssen das Kraftwerk herunterfahren, so schnell es geht. Wenn das Höllentor zerstört ist, verbraucht es keinen Strom mehr.«

Ira nickte, und auch Philja signalisierte seine Zustimmung. Die beiden liefen zu einem der Aufzüge und verschwanden mit der Kabine in der Tiefe.

Simon trat an das Kontrollpult und ließ seinen Blick über die Anzeigen gleiten: Er suchte den Hebel, mit dem der Wasserzufluss gesteuert werden konnte. Der Offizier hatte ihn auf die Idee gebracht: Wenn das Tor nicht ausreichend gekühlt würde, dann fliege alles in die Luft, hatte der Soldat seinen Kameraden gesagt. Es war ganz einfach: Sie brauchten nur das kühlende Wasser abzustellen, dann würde das Tor so heiß werden, bis alles in ihm verglühte. Die Stockwerke über dem Höllentor würden sich in der Hitze auflösen, und mit ihnen die gefräßigen Spinnen.

Endlich fand Simon den richtigen Hebel. Er sah die Leopardin an. »Bist du bereit?«

Ashakida knurrte missmutig. »Schätze, das musst du erledigen.« Sie blickte auf ihre Tatzen. »Ohne Hände kann ich keinen Schalter bedienen.«

Simon legte seine Hand auf den Griff und drehte ihn, bis der Wasserstrahl, der sich auf die rot glühenden Seiten des Höllentores ergoss, erstarb. Ein Zittern ging durch die Anlage, das Dröhnen wurde lauter. Kurz entschlossen zog Simon den Hebel von seiner Halterung und steckte ihn in seine Tasche. Jetzt konnte niemand den Wasserstrahl, der das Tor kühlte, wieder einschalten.

Plötzlich gellte Ashakidas Schrei durch den Raum, er war kaum zu hören in dem Zischen und Stampfen der Maschine: »Halte die Zeit an!«

Simon fuhr herum, erschrocken wich er zurück: Der Offizier rannte auf ihn zu, ein Messer in der Hand, er hatte ihn fast erreicht. Offenbar hatte sich der Soldat versteckt, als sie in die Halle gekommen waren. Er war fest entschlossen, Simon aufzuhalten.

»Simon, die Zeit!«

Was dann geschah, dauerte nur Bruchteile von Sekunden: Ein Blitz huschte heran, es war Ashakida, wie ein Pfeil schnellte sie herbei. Der Offizier hechtete auf Simon zu, das Messer in der ausgestreckten Hand. Im gleichen Augenblick, Simon hob gerade schützend seine Arme vor sein Gesicht, warf sich Ashakida zwischen ihn und den Angreifer. Die Leopardin jaulte auf. Dann erstarrte die Zeit, und es wurde totenstill im Raum.

Entsetzt starrte Simon auf den Körper der Leopardin: Das Messer des Soldaten, das ihm gegolten hatte, steckte in ihrem Bauch, Blut strömte aus der Wunde. »Ashakida!« Erschrocken beugte er sich über sie. Der Stich war tief. Hilflos sah Simon, wie ihr Fell rot wurde.

Die Leopardin schlug ihre Augen auf. »Es tut mir leid.« Sie jaulte auf, als sie sich bewegte.

»Bleib ganz ruhig. Ich werde dir helfen.« Behutsam befreite Simon ihren Körper und nahm sie auf seine Arme. So schnell er konnte, trug er sie zum Aufzug. Sie stöhnte bei jedem seiner Schritte. In der Kabine löste Simon die Zeit und berührte den Knopf, der den Fahrstuhl in die Eingangshalle schicken würde. Die Tür schloss sich, die Kabine raste ihrem Ziel entgegen.

Besorgt untersuchte Simon die verletzte Leopardin. Das Blut pulsierte mit jedem Schlag ihres Herzens aus ihrer Wunde. Was sollte er nur tun? Er konnte unmöglich ihre Blutung stoppen. Er musste zu einem Arzt oder in ein Krankenhaus. Doch wie sollte er in der Stadt Drhans einen solchen Ort finden? Simon wusste, das war unmöglich.

Die Kabine stoppte, die Tür öffnete sich, Simon lief hinaus in die verlassene Eingangshalle. Die Türen des Towers standen weit offen.

Die Leopardin in seinen Armen wurde immer schwächer.

»Halte durch, Ashakida, bitte!«

Simon verließ den Turm und rannte hinaus auf den Platz vor dem Tower. Die Straßen waren voller Kinder und Erwachsener. Die Schläfer freuten sich, erwacht zu sein, manche von ihnen hatten ihre Kinder wiedergefunden und umarmten sie glücklich. Niemand beachtete ihn, die Grenze, die den Turm umgab und die die Menschen auf Abstand hielt, wirkte immer noch. Erst als Simon die unsichtbare Linie überschritt, wurden die Ersten auf ihn aufmerksam.

»Dort ist er! Das ist Simon!« Eines der Kinder aus dem Bunker hatte ihn erkannt und wies auf ihn. Nun erkannten auch die anderen ihn. Bravorufe schallten über den Platz, dann klatschte der erste Beifall, bis eine Welle aus Jubel und Applaus durch die Straßenschluchten brandete.

Simon lief hilflos durch Menge, die schwer verletzte Leopardin auf dem Arm. Die Menschen, die nahe genug waren, sahen, was passiert war, und sie machten ihm erschrocken Platz, sodass sich eine Gasse bildete, durch die Simon ging.

»Ist hier jemand Arzt?«

Niemand reagierte auf seinen Ruf. Simon war verzweifelt: Warum half ihm keiner?

Da durchschoss ihn ein Gedanke: Ein Weltentor würde Ashakida retten! Hatte sie nicht erzählt, dass in jeder Welt ihr Körper neu aufgebaut werde?

»Ich brauche einen Wagen!« Verzweifelt versuchte Simon, den Lärm der jubelnden Menschen zu übertönen. »Hört mich jemand?« Vielleicht schaffte er es mit einem Fahrzeug, das Museum in der Vorstadt rechtzeitig zu erreichen. Dort gab es das einzige Weltentor, das er in Avaritia kannte.

Simon spürte eine Hand, sie stupste in seine Seite. Neben ihm stand Ben, er zog Simon mit sich. »Ich weiß, wo ein Wagen steht.«

So schnell er konnte, lief Simon Ben hinterher. Das Auto, zu dem der Junge ihn führte, stand nicht weit entfernt, es war ein offener Geländewagen, mit dem die Soldaten durch die Stadt patrouilliert waren. Der Motor lief, die Männer mussten ihn überstürzt verlassen haben.

Simon dankte Ben, dann hob er Ashakida vorsichtig auf die Ladefläche und legte sie auf eine Reihe von Decken und Planen, die dort lagen. Die Leopardin jaulte leise auf. Ihr Fell am Bauch war blutgetränkt. »Es tut so weh, Simon.« Ihr Körper zitterte. Simon verband ihre Wunde notdürftig und wickelte die Leopardin in eine der Stoffbahnen.

Ein Ruf ertönte, Ira hatte ihn entdeckt, gemeinsam mit Tomas, Luc und Filippo kam sie zum Wagen. Die Freunde waren entsetzt, als sie sahen, was geschehen war.

Simon erklärte ihnen kurz, was er vorhatte.

»Ich komm mit.« Ira wollte sich auf den Beifahrersitz setzen, doch Simon hielt sie zurück. »Ihr müsst hierbleiben und die Menschen vom Tower fernhalten. Achtet darauf, dass niemand den inneren Kreis betritt.«

Die Freunde versprachen, zu tun, worum Simon sie gebeten hatte.

Eilig kletterte Simon auf den Fahrersitz. Er hatte erst einmal probiert, ein Auto zu steuern, damals hatte er heimlich mit dem Wagen seines Vaters geübt und eine kleine Beule hineingefahren. Sein Bruder Tim hatte ihn nicht verraten.

So wie Tim es ihm gezeigt hatte, legte Simon den Gang ein und ließ die Kupplung kommen, während er gleichzeitig das Gaspedal herabdrückte. Der Wagen machte einen Satz, Ashakida jaulte auf. Dann fuhren sie. Die Freunde winkten ihm nach, bevor sie sich umdrehten und zurück zum Tower rannten.

Hupend bahnte sich Simon einen Weg durch die Menge. Die Straßen waren voller Menschen, alle waren glücklich, niemand ahnte, welches Drama sich in dem Geländewagen, der an ihnen vorbeiraste, abspielte.

Simon warf einen besorgen Blick zurück zur Ladefläche. Die Leopardin wurde immer schwächer, ihr Atem ging flach. »Simon!« Ashakidas Stimme war kaum zu hören. Sie hob ihren Kopf. Ein Gefühl erreichte Simon, sie strahlte es aus, um es zu ihm zu schicken: Es war ihr Wunsch, dass er anhielt und sie in den Arm nahm.

Simon bremste und stoppte den Wagen. Er kletterte über den Sitz zu ihr und streichelte sie. Tränen schossen in seine Augen. »Bleib bei mir, Ashakida!« Er begann zu weinen, während er die Leopardin festhielt.

Hinter ihnen war eine Explosion zu hören, Qualmwolken wälzten sich hoch oben aus dem Tower. Das Gebäude erzitterte. Sekunden später schien die Fassade des Turms ins Rutschen zu kommen, sie floss davon und ergoss sich auf die freie kreisrunde Fläche rund um das Gebäude. Erschrocken stoben die Menschen auseinander.

Simon beachtete nicht, was hinter ihm geschah. Seine ganze Aufmerksamkeit galt Ashakida.

Die Leopardin hob ihren Kopf. Sie hatte fast keine Kraft mehr, ihr Flüstern war kaum zu verstehen. »Dein Handschuh.«

Simon brauchte einen Moment, bis er begriff, was sie ihm sagen wollte: Er konnte mit seinem Handschuh ein Weltentor öffnen! Hastig durchwühlte er seinen Rucksack, bis er das Kettengewebe gefunden hatte. Er zog es über und schnallte die Manschette um den Ellenbogen. Die erhabene Fläche auf dem Handrücken glühte weiß auf.

»Ich will nach Hause, Simon!« Die Stimme der Leopardin war nicht mehr als ein Wispern. Eine Welle von Gefühlen traf ihn, es waren Ashakidas Erinnerungen an ihre Heimat, die Leopardin hatte ihren Geist geöffnet. Simon ließ die Bilder ihrer Welt in sich hineinfließen. Der Rücken seines Handschuhs wechselte die Farbe, das Weiß wurde zu einem leuchtenden Gelb. Für den Bruchteil einer Sekunde durchschoss Simon der Gedanke, was wohl passieren würde, wenn sie sich irrten. Doch es war keine Zeit, Angst zu haben. Er schloss die Augen und konzentrierte sich.

Der Wagen, in dem sie saßen, glühte auf, und mit ihm Simon und Ashakida. Für einen Moment schien es, als würde die Welt um sie herum zerfließen.

Dann waren sie verschwunden.

Epilog

Simon fuhr hoch und riss die Augen auf. Mit einem Schlag war die Erinnerung wieder da, und die Bilder in ihm waren so lebendig, dass er für einen Moment um Atem rang.

Ashakida! Wo war sie? Hatte er sie rechtzeitig in eine andere Welt gebracht? War ihr Sprung durch das Weltentor gelungen?

Simon kletterte über die Sitzlehne in den hinteren Teil des Geländewagens. Die Planen auf der Ladefläche waren zu einem unförmigen Haufen zusammengeschoben, sie regten sich nicht.

»Ashakida?«

Simon hob zögernd die Hand. Er traute sich nicht, die oberste Decke anzuheben. Die Vorstellung, dass der Leopardin etwas zugestoßen sein könnte, war einfach furchtbar.

»Ashakida, bist du da?«

Ein Stöhnen drang gedämpft durch den Stoff, und die Planen regten sich. Simon war erleichtert: Sie lebte!

Er wollte gerade die oberste Decke zur Seite schlagen, als er überrascht zurückfuhr: Eine Hand, schlank und hell, schob sich aus den Falten einer Plane, es war die Hand eines Mädchens. Die Decke glitt zur Seite, jetzt war ein Arm zu sehen, eine nackte Schulter. Blondes Haar quoll zwischen den Stoffbahnen hervor. Dann sah Simon zum ersten Mal ihr Gesicht.

Sprachlos starrte er das Mädchen an.

Sie öffnete ihre Augen. Ihr Blick traf ihn und sie lächelte. »Hallo.«

»Hallo«, antwortete Simon verblüfft. »Wer bist du?«

Das Mädchen musste grinsen. »Was ist los, Salvatore? Erkennst du mich nicht?« Ihre blauen Augen blitzten vergnügt.

Simon stutzte. Die Stimme war ihm vertraut. Doch der Anblick des Mädchens war so überraschend für ihn, dass er etwas Zeit brauchte, bis er begriff, wer vor ihm lag. »Ashakida?«

Sie nickte, amüsiert von seinem entgeisterten Blick. »Wer sonst ist mit dir durch das Weltentor gegangen?« Sie wurde ernst, als sie daran dachte, was geschehen war, und hastig tastete sie unter der Decke nach ihrem Bauch. Was sie fühlte, ließ sie erleichtert ausatmen. »Verdammt, das war knapp gewesen. Danke!«

»Ist alles gut?«, fragte Simon und griff zur Decke, um selber nachzusehen. Ashakida wich zurück. Hastig zog sie den Stoff bis zum Hals hoch und setzte sich auf. Erst jetzt begriff Simon, dass sie keine Kleider trug. Er wurde rot und rückte ein Stück von ihr ab. Nun war er verlegen, die Situation war ihm furchtbar unangenehm.

»Bleib lässig!« Ashakida gab sich cool, obwohl Simon spürte, dass auch ihr der Moment peinlich war. »Ich bin ein Läufer. Ich kann nichts von Welt zu Welt transportieren, auch keine Kleidung.« Sie stockte. »Das kannst nur du.« Sie verstummte und schaute ihn mit großen Augen an, und in ihrem Blick schwang etwas mit, das Simon nicht deuten konnte.

Simon war komplett durcheinander. Ashakida war ihm vertraut, wie ihm sonst niemand in den Welten vertraut war. Und zugleich kam es ihm vor, als träfe er sie das erste Mal. Sprachlos starrte er sie an.

Sie wich seinem Blick nicht aus.

Simon schlug die Augen nieder. Eilig, um von der Situation abzulenken, wies er aus dem Fenster. Die prachtvolle Stadt blitzte im Licht der Sonne. Noch immer war keiner der vorbeigehenden Passanten auf sie aufmerksam geworden, niemand hob den Kopf, alle sahen auf die kleinen Bildschirme, jeder von ihnen trug einen in seiner Hand. »Wo sind wir hier?«

»Diese Welt heißt Luxuria. Das ist meine Heimat, ich komme von hier.« Ashakida lächelte entschuldigend. »Darum habe ich hier meinen wirklichen Körper und nicht den der Leopardin.«

Simon ließ den Blick an den Häuserfassaden entlangstreifen. »Es ist schön hier.«

Das Mädchen zögerte. »Ja, eigentlich schon.« Sie stockte kurz, bevor sie leise weitersprach. »Ich zeige dir alles, wenn du willst.«

Einen Moment war es still im Wagen.

Ashakida runzelte die Stirn. »Du bleibst doch hier? Oder willst du abhauen?«

Simon hob die Schultern. Er hatte keine Ahnung, was er jetzt tun sollte.

Das Mädchen strich sich ihre Haare aus dem Gesicht. »Bringst du mich nach Hause?« Sie wies auf die Decke, in die sie sich gewickelt hatte. »So kann ich schlecht durch die Straßen gehen.«

Simon war irritiert. »Und wie soll ich das machen?«

Ashakida musste lachen. »Du hast Drhan besiegt. Da wirst du es doch wohl schaffen, noch einmal diesen Wagen zu fahren.«

Simon musste ebenfalls kichern. Er setzte sich auf den Fahrersitz, auch Ashakida kletterte über die Rückenlehne nach vorne, um auf dem Sitz neben ihm Platz zu nehmen. Simon traute sich nicht, zu ihr zu sehen. »Fertig?« Er warf ihr aus den Augenwinkeln einen unauffälligen Blick zu.

Ashakida grinste, als sie es bemerkte. Sie nickte. »Ich zeige dir den Weg.«

Simon startete den Motor und legte den Gang ein. Er holte tief Luft, dann wandte er den Kopf und blickte Ashakida an. Er betrachtete ihre helle Haut, ihre dichten blonden Haare, ihre schön geschwungenen Augenbrauen, ihr tiefblauen Augen. Auch wenn es total ungewohnt war: Es gefiel ihm, wie sie aussah. Er lächelte.

Ashakida lächelte zurück.

Ruckelnd setzte sich der Wagen in Bewegung.

ENDE des dritten Teils.

Wie geht es weiter?

Mehr Informationen über die Torwächter-Reihe und den nächsten Band der Geschichte findest du im Internet auf der Torwächter-Seite www.kopf-kick.de. Die Torwächter-Bücher sind Teil des Leseförderprojektes *KOPF-KICK - KOPF-*Kino *I*st *C*ooles *K*ino.

Der Torwächter – Der verbotene Turm ist so wie alle Teile der Reihe auch als vom Autor vorgelesenes Hörbuch erschienen.

Der Torwächter kommt auch zu euch in die Schule - als Schullektüre oder bei Schullesungen mit Markus Stromiedel! Mehr Informationen bekommst du hier: *lesungen@kopf-kick.de*

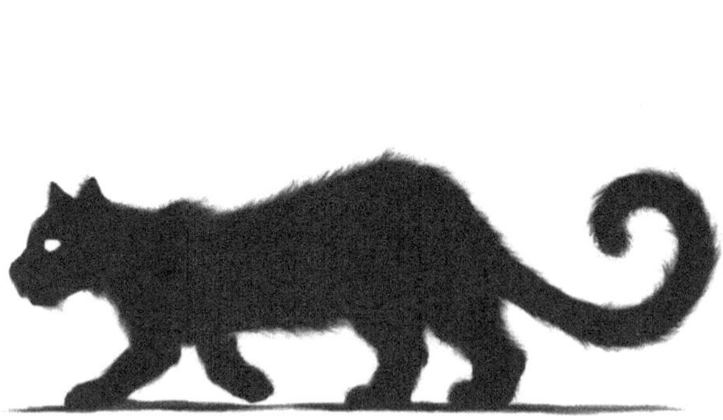